Prolog

Ein lautes Krachen zerbrach die ungewöhnliche Stille im Haus. Zwei schwarz gekleidete Männer betraten das Wohnzimmer.

„Wo ist sie?", schrie Einer der Beiden.

Der Mann auf dem Sofa zeigte stumm auf die Nebentür.

Der Andere zog, ohne ein weiteres Wort zu sagen, seine Waffe und ging Richtung Tür. Ein heftiger Tritt ließ die Tür mit einem weiteren Krachen aufschwingen. Die junge Frau in dem Zimmer erschrak. Hastig versuchte sie den Koffer zu schließen, den sie gerade eben noch gepackt hatte. Ängstlich sah sie in eine der Ecken des Zimmers. Der Blick des Mannes folgte dem ihren und entdeckte die beiden kleinen Mädchen hinter einer großen Truhe.

„Raus!", brüllte er die beiden Mädchen an.

Das Größere der Beiden zog heftig an der Hand der Schwester.

„Komm", flüsterte sie.

Ein leises Wimmern entwich der Kehle der Jüngeren. Sie stemmte sich gegen die Hand ihrer Schwester. Sie wollte nicht fort von ihrer Mutter, wollte sie beschützen.

Der Zweite betrat das Zimmer.

„Wo willst du hin?"

„Das geht dich nichts an!", schrie die junge Frau.

Einer der beiden Männer griff nach dem Koffer, den sie noch immer schützend vor sich hielt. Sie war kräftiger, als es ihre schmächtige Figur erahnen ließ. Der Zweite der Beiden griff ebenfalls nach dem Gepäckstück. Ein gefährliches Handgemenge entstand.

Aus der Ecke des Zimmers drang erneut und lauter das Wimmern der Mädchen. Für einen kurzen Moment war sie abgelenkt. Einen Moment zu lang. Ein Schuss. Dann Stille.

Die junge Frau rutschte zu Boden und blieb regungslos liegen.

AF138838

TEIL 1

1996

1

Hastig rannte Anne aus ihrem Zimmer. Sie schnappte sich schnell ihre Tasche und hörte nur noch im Vorbeigehen, wie ihr Vater, wenig an ihrer Antwort interessiert, rief:

„Willst du nichts frühstücken, Anne?"

Das hätte ihr jetzt noch gefehlt. Konversation mit *Vater*. Sie schmiss die Tür ohne ein Wort hinter sich zu und schwang sich auf ihr Rad. Zaghaft lächelnd fuhr sie durch die Straßen. Sie freute sich auf die Schule. Der einzige Ort, an dem ihr Vater nicht allgegenwärtig war.

Kaum war das junge Mädchen am Tor angekommen, wurde sie ruhiger. Sie hatte noch genügend Zeit, bis der Unterricht begann. Daher setzte sie sich im Schneidersitz auf den Rasen und fing an, die Leute zu beobachten, die an ihr vorbei gingen. Es kamen immer mehr Schülerinnen in ihren Uniformen. Knielange Faltenröcke, weiße Blusen und Strümpfe, Jacken und Schuhe liefen an ihr vorbei. Sie schwiegen größtenteils. Nur wenige unterhielten sich miteinander. Alles wie immer.

Nach einer Weile schweifte der Blick der Schülerin zu den Kindern und Jugendlichen der benachbarten Schule. Sie sahen aus wie sie, nur in anderen Klamotten, doch sie waren nicht wie die Schülerinnen ihrer Schule. Anne beobachtete sie schon eine lange Zeit und wünschte sich nichts sehnlicher, als zu ihnen zu gehören. Sie sahen so *frei* aus. Schnell senkte sie den Blick, bevor sie wieder zu weinen begann. Als sie sich einigermaßen gefangen hatte, hob sie den Blick und traf, wie so oft, auf einen Jungen des nebenstehenden Gymnasiums. Sie streifte ihre rotblonden welligen Haare hinter ihr Ohr und zog ein Notizbuch aus ihrem Rucksack. Zwanzig Minuten hatte sie noch. Genügend Zeit. Sie begann den Jungen ausgiebig zu analysieren. Diesen Jungen, den sie schon zigmal gezeichnet hatte, als sie, wie heute, auf dem Rasen saß und wartete. Jedes Detail kannte sie schon. Jede Bewegung, wenn er sich abseits hinstellte und auf seinen rothaarigen Freund wartete. Jede Mimik, wenn er sich mit seinen Mitschülern unterhielt. Das Einzige, was ihr noch fehlte, war sein

Blick. Den konnte sie noch nicht einschätzen, weil sie ihn nie wirklich im Gesicht beobachtet hatte, um Blickkontakt zu vermeiden.

Schnell flog der Bleistift über das weiße Papier. Seine Schultern, seine Haare. Einfach alles. Bis es in seiner Schule klingelte und er im Gebäude verschwand. Wieder ein unfertiges Bild. Seufzend packte Anne ihr Büchlein ein und stand auf. Noch zehn Minuten. Langsam würde sie gehen müssen. Dabei war es wie jeden Tag dasselbe. Erst Deutsch, dann ein kleines bisschen Mathematik, als nächstes Religion und Geschichte, in der sie alles über ihre Vorfahren und die Sitten und Bräuche der *Gemeinde* lernte, und zum Schluss, was auch sonst, Hauswirtschaftslehre. Anne langweilte sich manchmal und seitdem sie gesehen hatte, dass die Schüler der anderen Schule, Englisch und Französisch lernten, war diese Langeweile noch extremer geworden. Doch sie musste sich mit dem zufrieden geben, was sie hatte.

Nur zwei Monate. Dann war sie aus der Schule raus und die Sache mit dem Neid wäre endgültig vorbei. Hoffentlich! Anne war so sehr in Gedanken versunken, dass sie nicht mitbekam, wie der Unterricht begann. Sie schaute träumend aus dem Fenster. Von ihrem Platz aus konnte man wunderbar in das andere Gebäude schauen. Sie sah den Jungen vom Schulhof am Fenster sitzen. Sie sah, dass er sich beim Nachdenken in den Haaren wuschelte. In seinen wunderschönen schwarzen Haaren...

„Anne?", riss eine Stimme sie aus ihren Träumen.

Schnell drehte sie sich wieder um und versuchte, sich zu erinnern, was die Frage war.

Erwartungsvoll sah die Lehrerin sie an.

„Ich... ähm... also...", stotterte sie.

„Weißt du wenigstens, was die Frage war?"

Anne schluckte, knetete die Hände zusammen und wieder auseinander. Lügen würde nun nichts mehr bringen, das wusste sie nur zu gut.

„Nein, Frau Stein", sagte sie stattdessen.

„Na wunderbar!", meinte ihre Lehrerin daraufhin. „Ich fragte, ob mir jemand sagen könne, was die drei Hauptbestandteile eines Gedichtes sind. Kannst du es mir sagen?"

Anne dachte einen Moment nach. Konnte sie? Ja. Wollte sie? Nein. Musste sie? Ja. Also räusperte sich das Mädchen einmal und sagte schüchtern:

„Ja, Frau Stein. Das kann ich."

„Also?"

„Die drei Hauptbestandteile sind die Klang-, Bild- und Sinnebene."

„Da hast du aber Glück gehabt. Korrekt."

Die Lehrerin wandte sich wieder ihrer Tafel zu. Für Anne eine erneute Chance, um zu dem Jungen zu sehen. Er saß immer noch dort und rieb sich die Haare. Anne konnte nicht anders und zeichnete eine Skizze von ihm in ihre Aufzeichnungen. Als sie wieder hinsah, schaute er ihr direkt in die Augen und lächelte. Schnell sah sie wieder fort, radierte sein Gesicht von ihrem Blatt und widmete sich dem Unterricht.

Jannis langweilte sich im Unterricht. Mathematik interessierte ihn nicht wirklich. Trotzdem rechnete er fleißig mit, denn in einem Monat war die letzte Abiturprüfung und in zwei Monaten war die Schule vorbei.

Etwas anderes jedoch zog seine Aufmerksamkeit auf sich. Es war dieses blonde Mädchen, das er fast jeden Morgen und fast jede Pause sah. Er sah sie durch sein Fenster in ihrem Klassenraum. Eine komplett andere Schule. Er wunderte sich, dass es nur Mädchen an ihrer Schule gab. Keinen einzigen Jungen hatte er je gesehen. Nicht einmal einen Lehrer, nur Lehrerinnen.

Sie faszinierte Jannis. Wie sie immer etwas abseits der Masse saß, schwieg und sich umsah. Manchmal hatte sie einen Zeichenblock dabei. Sowie heute Morgen. Er hatte sie gesehen, wie sie vor ihrer Schule saß. Mit ihrer leuchtenden Ausstrahlung zog sie ihn förmlich in ihren Bann. Er studierte sie jedes Mal, wenn er sie sah. Jedes Detail kannte er. Jede Sommersprosse, jede Haarsträhne. Ihren

Kleidungsstil, der sich fast gar nicht unterschied von dem der anderen Mädchen. Ihre Angewohnheit, die Haare hinter die Ohren zu streichen, um sie danach sofort wieder vor das Gesicht zu schütteln. Er mochte das. Nur ein Zaun trennte sie von ihm.

Ihr Fenster war vielleicht drei, maximal vier Meter von seinem entfernt. Beide waren geöffnet. Wenn er sich konzentrierte, hörte er die Stimme ihrer Lehrerin. Unbemerkt wühlte er in seinen Haaren. Das machte er immer, wenn er sich konzentrierte. Er wollte einfach wissen, welchen Unterricht sie hatte, und wenn sie sich meldete, wie ihre Stimme klang. Kurze Zeit später hatte er herausgefunden, dass es Deutsch war, doch in dem Moment, wo sie rangenommen wurde und er hörte, wie ihr Name war, musste auch er eine Antwort geben. Da er aber fleißig mitgerechnet hatte, wusste er sofort, was die richtige Antwort war.

Als er wieder aus dem Fenster sah und nach dem Mädchen Ausschau hielt, bemerkte er, dass sie erneut zeichnete. Ihr Bleistift huschte nur so über das Papier. Fasziniert beobachtete Jannis sie minutenlang. Irgendwann sah sie auf und ihre Blicken trafen sich. Jannis deutete ein Lächeln an, doch das Mädchen sah hastig wieder weg und schaute nicht noch einmal auf.

Eine Stunde später saß Anne auf dem Rasen des Schulhofes. Es war Ende Mai. Frühling. Eine wunderbare Jahreszeit fand Anne. Sie liebte die Blüten der Bäume und den Duft der Frühblüher. Auch das Summen der Bienen hörte sie gerne und wie der Wind durch die Äste wehte. Es gab ihr das Gefühl, teilzuhaben an einem Leben. Das Gefühl, dass sich etwas änderte. Natürlich tat es das nie, aber allein der Gedanke daran gab ihr neue Hoffnung.

Anne hatte ihr Notizbuch auf ihrem Schoß und zeichnete die Menschen um sich herum. Ihre Mitschülerinnen, die Lehrerinnen, die Hausmeisterin. Einfach jeden. Doch egal, wie sehr sie sich darauf konzentrierte, ihre Hausmeisterin beim Fensterputzen zu zeichnen, ihr Blick schweifte immer wieder suchend über den Schulhof der anderen Schule. Dabei unterschieden sich die Schulen kaum. Beide

hatten einen hellen Putz, hohe Glasfenster und einen sehr grünen Schulhof. Überall standen Schüler rum, redeten und lachten. Manche der Jüngeren spielten Fangen. Doch etwas ganz Wesentliches unterschied die beiden Gebäude und deren Menschen. An Annes Schule war über dem Eingang ein großes holziges Kreuz. An der Anderen nicht. Das wäre auch ziemlich komisch gewesen, denn Anne bezweifelte stark, dass die Schule des Jungen ebenfalls eine Schule mit *religiösem Hintergrund* war. Anne schnaubte als sie diesen Gedanken hatte. Wie unwirklich ihr diese Welt erschien. So gleich und doch so verschieden. Zumindest von außen.

Erneut strich sie sich die Haare hinters Ohr, dann, im selben Moment, wurde ihr bewusst, dass sie so auffiel und jeder sie beobachten konnte. Also schüttelte sie die Haare sofort wieder ins Gesicht. Das war eine Macke von ihr. Ebenso wie dieses lästige Fingernägelkauen. Sie konnte einfach nicht damit aufhören. Ihre große Schwester meckerte immer mit Anne, wenn sie mitbekam, wie abgekaut ihre Nägel schon wieder waren, aber ihr war es egal. Es gab Dinge, die wollte sie selber entscheiden.

In dem Moment, wo Anne die Zeichnung aufgeben wollte und ein neues Blatt in ihrem Notizbuch suchte, kam ihr eine Idee. Was wäre, wenn sie einmal diesen Jungen von vorne zeichnen würde? Wie sahen seine Augen aus? Vorhin im Klassenraum war es ja nicht lange genug gewesen, um sich dieses wesentliche Detail einzuprägen. Im nächsten Augenblick verwarf sie diesen Blitzgedanken wieder. So etwas würde niemals funktionieren. Das war doch verboten. Trotz oder gerade wegen dieses Verbotes wurde der schwarzhaarige Junge von Tag zu Tag interessanter für Anne. Sie wollte alles über ihn wissen. Ihn einfach kennenlernen und mit ihm stundenlang zusammensitzen.

Doch Anne hatte keine Zeit mehr, darüber nachzudenken, denn in diesem Augenblick klingelte es zum Unterricht. Schwerfällig stand sie auf, nahm ihren Block und ihre Tasche und rannte zum Klassenraum.

Am Ende des Schultages, nachdem die Hausaufgaben verteilt waren, ging Anne langsam aus dem Gebäude. So wie jeden Tag würde sie nun

nach Hause fahren und ihre Hausaufgaben machen. Und so wie jeden Tag würde sie brav lächeln und immer nicken, egal, was ihr Vater von ihr verlangte. Abhauen, das traute das junge Mädchen sich nicht. Wie denn auch? Und wohin überhaupt? Erstens, gab es keinen Ort, wo sie hin konnte und zweitens, würde sie, wenn es ein Fehlschlag wäre, hart bestraft werden und darauf hatte Anne wirklich keine Lust.

Bestrafung hieß in ihrem Umfeld mehrere Tage im „Keller". Das war ein Gang unter ihrer Schule mit den verschiedensten Räumen. So genannte „Strafräume". Anne selber war nie da gewesen, kannte diese Räume nur aus Erzählungen, Legenden. Doch was sich dort abgespielt haben sollte... Anne wollte lieber nicht herausfinden, ob es der Wahrheit entsprach. Also blieb sie brav dort, wo sie war und wartete auf ein Wunder. Ein ziemlich großes Wunder.

Anne fuhr langsamer nach Hause, als sie zur Schule hinfuhr. Sie wollte Zeit schinden. Seitdem ihre große Schwester arbeiten war, musste sie ganze drei Stunden mit ihrem Vater alleine verbringen. Das fand Anne alles andere als toll, aber wehren konnte sie sich ja nicht.

Genervt stieg sie von ihrem Rad, schloss es an und öffnete die Haustür. Es war merkwürdig still.

„Vater?", rief sie vorsichtig.

Ein tiefes Brummeln kam aus dem Wohnzimmer.

Anne schüttelte den Kopf und ging langsam zur Geräuschquelle. Als sie sah, wie ihr Vater dort lag, musste sie sich das Lachen verkneifen. Ihr muskulöser und starker Vater lag, mit dem Kissen auf dem Gesicht, alle viere von sich gestreckt, auf dem Sofa und schien zu schlafen. Sie riss sich zusammen und sagte ruhig:

„Ich bin wieder da."

Keine Antwort.

„Ich werde jetzt meine Hausaufgaben machen."

Wieder keine Antwort.

Anne zuckte mit den Schultern und ging aus dem Zimmer. Es war besser so, dass ihr Vater sie nicht beachtete. So hatte sie wenigstens ein bisschen Zeit für sich.

Sie betrat ihr kleines Zimmer. Und obwohl es so klein war, wirkte es merkwürdig leer. Die Wände waren alle weiß gestrichen. Gegenüber der Tür war ein kleines Fenster mit ebenfalls weißen Gardinen. Auf der rechten Seite des Zimmer stand ein einfaches Holzbett mit, oh wie wunderbar, grauer Bettwäsche. Der einzige *Schmuck* hing über ihrem Schreibtisch auf der linken Seite des Zimmers. Es war ein Holzkreuz mit dem gekreuzigten Jesus, wie es in fast jeder Kirche zu finden war. Der einzige *Farbklecks* waren ihre Klamotten im Kleiderschrank neben der Tür. Anne wollte schon immer Poster oder Bilder aufhängen oder wenigstens Figuren aufstellen, doch das war verboten. Alles war verboten. Und sie musste sich fügen. Sonst wäre das ihr Untergang.

Anne setzte sich also an ihren Schreibtisch und öffnete ihre Tasche. Hausaufgabe war nur, Kopfrechnen üben und das war wirklich zu einfach. Zwar war sie in der siebten Klasse, doch das hieß nicht, dass sie etwas Ernsthaftes gelernt hatte. Sie lernten an ihrer Schule gerade einmal lesen, schreiben, rechnen und Hauswirtschaft, z.B. nähen oder kochen. Etwas Anderes brauchten die Schülerinnen bei ihrer bevorstehenden Zukunft auch nicht. Entweder, sie kochten bei einer der großen Kantinen, oder sie wurden Lehrerin an der Schule. Natürlich gab es auch noch die breite Masse der Hausfrauen und Mütter, aber wer wollte das schon. Ein Leben im Haus nur zum Mann bekochen und Kinderhüten.

Anne wollte so gerne aus diesem Leben ausbrechen. Wollte etwas lernen. Fremde Sprachen, andere Kulturen. Nur ein wenig. Ihr Leben war ein ewiger Teufelskreis. Natürlich gehörte sie ihrem Glauben an und natürlich glaubte sie an Gott, aber wieso so extrem? Warum durfte sie nicht wie andere auf eine *normale* Schule? Studieren würde Anne so gerne. Doch das durfte sie nicht. Die meisten in ihrer Umgebung, ihre so genannten Freunde (die eher spärlich waren) wussten nicht einmal etwas mit diesen Begriffen anzufangen. Sie verstand es nicht. Ihr Vater und dessen Vorfahren und auch ihre Mutter sind oder waren Mitglieder einer Religion, die sich „Gottes

Kinder" nennt. Und Anne und ihre Schwester waren *Gefangene* dieser Religion. Es gab kein Entkommen. Wer ausbrechen wollte, verschwand, ohne etwas zu hinterlassen, einfach von der Bildfläche. Auch deswegen verwarf das junge Mädchen den Gedanken an eine Flucht immer wieder schnell. Natürlich hatte sie schon des Öfteren daran gedacht. Schon als sehr kleines Mädchen waren diese Fluchtwünsche hochgekommen. Immer wieder war sie durch die schmalen Straßen der umzäunten Gemeinde gelaufen, auf der Suche nach einem Ausweg. Vergeblich. Schlussendlich hatte sie jeden Abend pünktlich zum Abendessen mit gewaschenen Händen am Essenstisch gesessen.

Anne warf einen Blick auf ihre Uhr. Schon fast 17 Uhr. Bald würde ihre Schwester nach Hause kommen und sie würden gemeinsam, so wie jeden Dienstag, zum Gottesdienst fahren. Er fand in der großen Aula ihrer Schule statt. Anne verstand auch das nicht. Am anderen Ende der Gemeinde stand der Ratssaal. Mit Gebetsräumen und einem großen Messegelände. Doch der Gottesdienst für die Frauen und Mädchen der Gemeinde wurde extra woanders abgehalten. Nur der Abgesandte, der Pfarrer, war als männliches Wesen anwesend. Früher war es ihr Vater gewesen, der die Messen hielt. Aber er hatte in letzter Zeit zu viel um die Ohren, sodass Anne und ihre Schwester die Messe des Pfarrers anhören mussten.

Kaum hatte sie das gedacht, rasselte auch schon der Schlüssel in der Tür. Hastig stand Anne auf und rannte aus ihrem Zimmer.

„Kathleen!", rief sie. „Hallo!"

Kathleen, ihre Schwester, sah sie kurz an und verschwand dann in ihrem Zimmer. Anne stand nur im Flur und stutzte. Das Schweigen, das auf ihre überschwängliche Freude folgte, war unerträglich. Nie, niemals, hatte ihre Schwester sie ignoriert, sie alleine gelassen. Niemals. Langsam trat Anne an die Zimmertür ihrer Schwester und klopfte zaghaft.

„Kathleen?", fragte sie. „Wir müssen gleich los."

„Ich... ich komme heute nicht mit." Kathleens Stimme zitterte. „Mir geht es nicht gut."

„Aber…"

Leise öffnete Kathleen die Tür.

„Komm wenigstens rein, bevor Vater wach wird."

Schnell schlüpfte das jüngere Mädchen in das Zimmer ihrer Schwester. Es war ebenso klein und unpersönlich wie das ihre. Eine perfekte Kopie.

„Was ist los, Kathi?", fragte Anne. „Du hast das bis jetzt noch nie ausfallen lassen. Nicht einmal, als du eine Lungenentzündung hattest. Du weißt, dass du mächtigen Ärger bekommen kannst."

Kathleen sah aus dem Fenster. Sie saßen auf dem kleinen, altersschwachen Holzbett, das gefährlich unter ihnen knarrte. Direkt hinter Anne war ein Fenster angebracht, aus dem man wunderbar in den Himmel schauen konnte. Kathleen starrte auf diese Stelle, als wäre sie hypnotisiert oder in Gedanken ganz woanders.

Erst jetzt sah Anne, dass die Augen ihrer Schwester merkwürdig feucht und rot unterlaufen waren.

„Kathi? Hast du geweint?"

Kathleen senkte den Blick auf den Boden. Dabei fielen ihre goldblonden festen Haare vor ihr Gesicht.

„Was ist los mit dir?"

„Mir geht es einfach nicht gut, okay? Und nun verschwinde!", fauchte Annes Schwester.

In Annes Augen sammelten sich Tränen.

„Das ist nicht gerecht!", schrie sie.

Dann sprang sie auf und rannte aus dem Zimmer. Im Laufen schnappte sie sich ihre Tasche und ihr Fahrrad und fuhr davon.

Kaum war Anne fort, brachen aus dem älteren Mädchen erneut die Tränen raus und sie begann ganz fürchterlich an zu schluchzen und zu weinen. Ihre Schwester zu verletzen hatte sie nie gewollt! Sie hatte sie doch beschützen wollen. Wie konnte das nur so aus dem Ruder gelaufen sein? Wo waren sie gescheitert? An welchem Punkt hätten sie umdrehen müssen?

Völlig aus der Puste traf Anne an ihrer Schule ein. Es waren schon fast alle Beteiligten anwesend. Suchend sah sie sich um. Sie suchte den Pfarrer, der die Anwesenheit überprüfte. Selbst, wenn Anne gesehen hatte, dass Kathleen log und es ihr alles andere als körperlich schlecht ging, hatte sie die Pflicht, ihre Schwester in Schutz zu nehmen und sie zu decken. Vielleicht würde Kathleen dann wieder freundlicher zu ihr sein. Etwas musste geschehen sein. Etwas, dass Kathleen aus der Bahn warf. Und egal, was es war, Anne fühlte sich verpflichtet, irgendetwas zu tun. So oft hatte ihre Schwester ihr aus der Patsche geholfen. Vielleicht war es jetzt an Anne, Kathleen zu helfen.

Sie fand den einzigen anwesenden Mann wenige Augenblicke später. Er stand am Eingang zum großen Saal und hakte fleißig ab. Er entdeckte Anne und winkte sie zu sich heran. Schritt für Schritt näherte sich das junge Mädchen. Plötzlich klopfte ihr Herz wie verrückt als sie dem heiligen Mann gegenüber stand.

„Guten Tag, Anne. Wo ist deine Schwester?", fragte der Pfarrer mit harter Stimme, während er ein Häkchen hinter ihrem Namen setzte.

„Ihr geht es sehr schlecht. So schlecht, dass sie sich nicht traute herzukommen."

„Was hat die Ärmste denn?", bohrte der Pfarrer weiter.

„Ähm... Das hat sie mir nicht gesagt, aber ihre Nase lief, ihre Augen tränten und sie klagte über sehr extreme Kopfschmerzen."

„Aha. Nun gut. Sie soll sich morgen bei Doktor Reinhardt melden. Und du, begib dich auf deinen Platz, mein Kind."

Misstrauisch blickte der Pfarrer hinter Anne her. Sollte sich die Geschichte wiederholen?

Eine Menge Leute waren im Großen Saal anwesend. Die meisten kannte Anne gar nicht. Nur vom Sehen her. Einige ihrer Mitschülerinnen sahen sich belustigt um. Wie jede Woche. Sie gackerten. Wie jede Woche. Anne hasste die Messen auch, aber trotzdem benahm sie sich. Nichts wurde schärfer geahndet als Ungehorsam.

Die Stuhlreihen waren nach Namen sortiert. Anne saß, wie immer, im hinteren Bereich. Trotzdem konnte sie die Stimme des Pfarrers ganz deutlich vernehmen.

„Sehet, welch eine Liebe hat uns der Vater erzeigt, dass wir Gottes Kinder sollen heißen!", fing er an. „Darum kennt euch die Welt nicht, denn sie kennt ihn nicht."

Anne sah wie gebannt auf ihn und hörte zu. Es war einfach unglaublich, was er von sich gab. Er sprach von Liebe und Treue dem Herrn gegenüber, aber auch von Satan und Sünde, von Bestrafung und Austreibung. Einerseits bezweifelte Anne seine Sätze, andererseits war alles so unglaublich toll, was der Pfarrer redete und er hatte auf jede Frage eine Antwort. Sie hatte nie bezweifeln sollen, dass alles nur schlecht war. Das wusste sie doch schon als kleines Kind. Treue war gut, Sünde war schlecht. Und Zweifel war eine der größten Sünden.

Anne schloss die Augen wie berauscht und lauschte des Pfarrers Stimme.

„Wer Sünde tut, der ist vom Teufel, denn der Teufel sündigt von Anfang. Dazu ist erschienen der Sohn Gottes, dass er die Werke des Teufels zerstöre."

Sohn Gottes. Das war ihr Vater Johannes. Der oberste Herr der Gemeinde. Er war der mächtigste, stärkste und gläubigste Mensch, den Anne je kennengelernt hatte. Er verurteilte und bestrafte, aber segnete und taufte ebenso. Er war stark. Er war mächtig. Niemand zweifelte an ihm. Nicht einmal seine eigenen Kinder stellten seine Methoden in Frage, denn schließlich war sein Wort Gesetz.

„Daran wird's offenbar, welche die Kinder Gottes und die Kinder des Teufels sind. Wer nicht recht tut, der ist nicht von Gott, und wer nicht seinen Bruder liebhat."

Nach den Worten des Pfarrers fühlte Anne eine tiefe Befreiung. Wie hatte sie je an ihrer Welt zweifeln können? Sie hatte doch von klein auf an gelernt, was gut und was schlecht war. Klar gab es große Nachteile an einer Lebensweise, wie sie es pflegten, aber immer hatte sie Geborgenheit und Sicherheit gefühlt. Niemand hatte je an ihrem

Vater gezweifelt oder an seinen Methoden oder seinen Urteilen. Nie hatte jemand sein Wort, das Gesetz, in Frage gestellt. Warum sollte Anne also damit anfangen? Seit jeher wurde es so praktiziert, also musste ja etwas dran sein. Anne musste sich fügen, ob sie es wollte oder nicht. Natürlich war sie jetzt unzufrieden, sie hatte ja kaum Möglichkeiten. Doch wenn sie artig war und immer auf den Herrn hörte, würde sie schon bald mehr Macht besitzen. Wann genau das war, konnte jedoch keiner sagen.

2

Die nächsten Tage vergingen wie im Flug. Ständig dieselben Gesichter. Ständig dieselben Handgriffe. Tagein, tagaus. Anne ging jeden Tag in die Schule – nur sonntags nicht. Am Morgen des Montags nach dem Gottesdienst ohne ihre Schwester spürte sie, dass etwas anders war. Rasch zog sie sich an. Anne musste ja nicht überlegen, es gab schließlich Uniformen an ihrer Schule. Leise öffnete sie ihre Zimmertür und steckte vorsichtig den Kopf hinaus. Es war totenstill. Normalerweise hörte sie morgens das Geschirr aus der Küche klappern, wenn Kathleen das Frühstück vorbereitete. Schließlich hatte diese die Rolle der Mutter übernehmen müssen, als diese verschwand. Jahre war das her. Anne hatte keinerlei Erinnerung an sie. Kathleen meinte, sie sei zu klein und danach zu traurig gewesen um sich daran erinnern zu können. Anne tappte auf den Flur hinaus und sah den leeren, abgewischten Esstisch. Auch in der Wohnstube war niemand. Am Schlafzimmer klopfte sie, bevor sie hineintrat. Ihr Vater schlief noch. Kein Wunder, nach der Nacht! Anne hatte ihn gehört. Er hatte sich, als er abends mit einer jungen Frau wiederkam, in sein Schlafzimmer geschlossen. Normalerweise wäre Anne hingegangen, um ihm „Gute Nacht" zu wünschen, doch nachdem sie gehört hatte, was er mit seiner Begleitung tat, war sie einfach ins Bett gegangen und hatte versucht zu schlafen. Sie war froh gewesen, dass er eine Begleitung hatte und sich nicht wieder ... Anne unterbrach diesen Gedanken. Sie wollte sich nicht an solche Dinge erinnern.
Auch Kathleen hatte sie am Abend nicht gesehen. Den ganzen Abend über nicht. Sie hatte alleine gegessen, alleine den Abwasch gemacht und auch alleine ihr Abendgebet gesprochen. Normalerweise war Kathleen bei allem bei ihr. Sie wollte ihre kleine Schwester doch vor allem und jedem beschützen. Merkwürdig! Es war so still. Auch keine Geräusche aus dem Zimmer ihrer Schwester. Anne schaute auf die große Küchenuhr und erschrak. Schnell griff sie nach einem Apfel, stopfte ihn in ihren Rucksack und verschwand zur Schule ohne weiter darüber nachzudenken.

Vor der Schule standen schon einige Schülerinnen. Da Anne auf den Boden sah, merkte sie nicht, wie die Mädchen sich zu ihr umdrehten und tuschelten.

Ignorier sie einfach, sagte eine Stimme in ihr.

Eigentlich war das auch das Beste. Ignorieren. Doch das war einfacher gesagt als getan. Wer konnte schon die Blicke ignorieren, das Getuschel? Wer war fähig dazu, einfach zu sagen „Ist mir egal." Anne wusste, was sie redeten. Sie redeten über ihren Vater. Über ihre Unfähigkeit, sich an die Gemeinde anzupassen. Über ihre vermeintlichen Zweifel. Sie redeten über ihre Wunden, die im Gesicht und die an den Armen. Ignorieren war nicht so einfach.

Anne setzte sich auf ihre Stelle im Schneidersitz ins Gras und holte ihr Notizbuch aus ihrer Tasche. Ohne es aufzuschlagen, legte sie es auf ihre Beine und schaute sich suchend um. Heute schien *er* nicht dort zu sein. Er stand nicht im Eingang mit seinem rothaarigen Freund und auch nicht auf dem Schulhof. Vielleicht hatte er einfach nicht zur ersten Stunde. Doch aus irgendeinem unerklärlichen Grund stimmte sie das noch einsamer.

Traurig stand Anne auf und ging langsam zum Klassenraum. Früher als sonst. Das verwirrte ihre Mitschülerinnen, die sie stirnrunzelnd anblickten. Sonst wich sie nicht von ihren Gewohnheiten ab. Das wussten sie. Anne lächelte einmal schüchtern und ging auf ihren Fensterplatz. Sie beobachtete ihre Mitschülerinnen, die sie jetzt wieder, wie immer, ignorierten.

Ganz hinten in der Ecke standen Karina, Emma und Josie. Im Grunde genommen mochte sie die drei Mädchen nicht sehr gerne. Sie waren ziemlich zickig und überheblich. Andererseits beneidete Anne sie insgeheim für ihren Mut. Dafür, dass sie sich trauten die Schuluniform mit Schleifen, Perlen und Stickereien aufzupeppen. Sie riskierten damit jede Menge Ärger. Ärger, den Anne nicht haben wollte. Aber warum auch nicht. Schließlich waren Emma und die anderen in der zweiten Schicht. Der Schicht, die immer ignoriert wurde, was das Benehmen anging. Sowohl im positiven als auch negativen Bereich.

Auf ihren Plätzen in der Mitte des Klassenraumes saßen Lilly, Marie und Zarah. Sie waren, wie Anne sie nannte, die Lehrerlieblinge. Immer taten sie, was von ihnen erwartet wurde. Was nicht bedeutete, dass sie sonderlich intelligent gewesen wären. Wahrscheinlich wurden sie daheim ebenso eingeschüchtert, wie Anne es bei sich zuhause wurde. Ansonsten konnte Anne sie nicht sehr gut einschätzen, weshalb sie den Kontakt zu diesen drei Mädchen eher mied.

Verteilt über den ganzen Raum saßen noch vier andere Mädchen. Rebecca, Paula, Hannah und Jana hießen sie. Alle vier hatten hellbraune Haare und dunkelbraune Augen. Sie waren nicht sehr intelligent und an sich sehr oberflächlich. Jede Einzelne von ihnen war in ihrem Denken sehr leicht zu beeinflussen. Anne beneidete sie nicht um ihren Charakter oder um ihre Familien. Nur zu gut wusste sie, dass in ihrem Bezirk bei der Großstadt Hamburg (die sie jedoch nie gesehen hatte) nur Familien des ersten und zweiten Standes, so wie die Herrscherfamilie (Anne fand den Ausdruck in ihrer heutigen Gesellschaft unpassend, aber sie hatte da wenig mitzureden) wohnten und lebten. Und was das bedeutete, welche Privilegien diesen Familien zustanden, spürte Anne jeden Tag aufs Neue am eigenen Körper.

Als ihr Blick durch den Raum schweifte, traf sie an der linken Fensterseite hinter dem Lehrertisch auf den Blick von Thilia. Sie lächelte einmal kurz zu Anne und wandte sich wieder zu Annemie, ihrer Zwillingsschwester, die neben ihr stand und verträumt aus dem Fenster sah. Anne mochte die beiden. Sie waren Anne ein wenig ähnlich. Sie waren zusammen aufgewachsen. So gut wie jeden Nachmittag hatten sie zusammen verbracht. Waren durch die Gemeinde gelaufen und hatten sich fortgeträumt. Sich alles erzählt. Dadurch hatte Anne auch erfahren, dass Thilia und ihr Zwilling dieselben Leiden durchmachten und dass die beiden genauso wie Anne reagierten – mit Selbstzweifeln und einem selbstzerstörerischen Verhalten. Die beiden waren die Einzigen, die Anne verstanden. Deshalb versuchte sie ab und an, ein Gespräch mit ihnen zu führen, was aber meistens eher scheiterte, weil alle drei nicht wirklich

wussten, wo sie anfangen sollten. Es war schwierig, einen Moment der Ruhe zu finden, in dem sie nicht kontrolliert wurden.

Anne wandte sich wieder sich selber zu und dachte über ihren Stand in der Klasse nach. Außer den Zwillingen bezeichnete sie fast jeder als seltsam und komisch. Sie meinte sogar, einmal mitbekommen zu haben, wie die anderen Mädchen sie als unnahbar und eiskalt beurteilten. Andere sagten, sie sei viel zu still und immer traurig. Doch Anne gefiel sich so unberechenbar, dass sie nicht gut einschätzbar war. Sie mochte es, alleine zu sein und niemandem Rechenschaft ablegen zu müssen. Wenigstens in einem Teil ihres Lebens.

Als der Unterricht beinahe zu Ende ging, es waren vielleicht noch zwei oder drei Minuten übrig, fand Anne einen Briefumschlag in ihrem Notizbuch, das sie gerade herausgeholt hatte. Auf diesem Umschlag stand ihr Name. Und es war Kathleens Schrift! Anne runzelte die Stirn. Ein Brief? Von Kathleen? Weswegen denn das? Kaum klingelte es, stand Anne verwirrt auf, nahm ihre Jacke und verschwand mit dem Brief auf den Schulhof. Dort stellte sie sich an den Zaun, riss den Brief auf und las:

„Liebste Anne,
bitte verzweifele nicht, wenn du diese Zeilen liest. Ich hab dich wirklich lieb, das vergiss bitte nicht. Niemals. Ich bitte dich.
Ich habe die Gemeinde in der letzten Nacht verlassen. Ich verrate nicht, wo ich hingegangen bin, oder mit wem, das wäre mir zu riskant. Wenn es mir irgendwie möglich gewesen wäre, dich mitzunehmen, glaub mir Anne, ich hätte es getan. Aber das ging nicht. Es tut mir so leid. Du ahnst gar nicht, was in den letzten Wochen außerhalb von Zuhause los war. Es war schrecklich. Was zuhause abging, hast du ja am eigenen Leib gespürt. Oh, Anne. Es tut mir so leid. Aber es musste sein! Ich hab dich so sehr lieb, das glaubst du mir wahrscheinlich gar nicht mehr.

Ich hatte nie vor, dich zu verlassen. Es hat sich so ergeben. Ich hoffe wirklich, dass wir uns in diesem Leben noch einmal wiedersehen. Ansonsten versprich mir, dass du auf der anderen Seite auf mich wartest, solltest du diese Welt vor mir verlassen. Ich vertraue dir jedoch, dass du es nicht durch die eigene Hand tust. Bitte Anne. Die Narben der Vergangenheit müssen irgendwann heilen.
Ich hab dich sehr lieb.
Deine Schwester Kathleen"

Anne konnte nicht glauben was dort stand. Ihre Kathleen? Abgehauen?
„Nein", flüsterte sie. „Nein, das kann nicht sein."
Sie merkte nicht einmal, wie ihr das Notizbuch aus der Hand rutschte und in den Rasen fiel. Tränen liefen ihre Wangen hinunter. Warum tat sie so etwas? Und wer passte jetzt auf sie auf? Sie war alleine.
Verzweiflung umklammerte eiskalt ihr Herz und zwang sie in die Knie. Weinend und sich schüttelnd vor Angst rutschte sie am Zaun hinunter und zeigte das erste Mal in ihrem Leben in der Schule eine emotionale Regung. Dieses Mal achtete jedoch niemand auf das junge Mädchen.

Jannis lief lachend aus dem Schulgebäude. Robin, sein bester rothaariger Freund, wusste einfach wie man ihn zum Lachen brachte. Er stellte sich zu ihm und den anderen Jungen seiner Klasse, beteiligte sich jedoch nicht an ihrem Gespräch. Etwas Anderes zog ihn in den Bann.
Es war dieses blondrote Mädchen, das er schon eine geraume Zeit beobachtete. Sie stand einsam am Zaun und hielt einen Zettel in der Hand. Sie sah unglücklich aus und keiner schien sich um sie zu kümmern.
„Jannis!", riss eine Stimme ihn aus seinen Gedanken. „Was ist denn da so Besonderes?"
Verwirrt drehte er sich um. Es war Robin gewesen.
„Nichts", antwortete Jannis schnell. „Nur... nur..."

Robin sah in dieselbe Richtung und fing an zu grinsen.

„Nur ein Mädchen. Ach. Jannis... Du hast nie Glück. Diese Mädchen sind unantastbar! Du weißt doch, was man über sie erzählt. Keusch, schüchtern, naiv und unnahbar."

Die Jungen drehten sich von Jannis fort und setzten sich in Bewegung, um noch einmal zum Schließfach zu gehen, bevor der Unterricht begann. Doch Jannis blieb stehen. Er sah, wie das Mädchen am Zaun hinunterrutschte und im selben Augenblick wusste er, was sie dort tat. Sie weinte. Ihr ganzer Körper zitterte und bebte. Eine schlechte Note vielleicht? Jedenfalls schien irgendetwas sie extrem zu ängstigen oder zur Verzweiflung zu bringen.

Ohne recht zu wissen, was er tat, ging er auf das Mädchen, von dem er wusste, dass es Anne hieß, zu. Keine 20 Sekunden später stand er schräg hinter ihr. Was sollte er jetzt tun? In den Filmen sah es immer so einfach aus.

„Hey", sagte er leise.

Anne erschrak und drehte sich hastig um. Mit verheulten und weitaufgerissenen Augen sah sie ihn an. Trotzdem sah Jannis, wie hübsch sie von Nahem eigentlich war. Ihre Wangenknochen traten leicht hervor und gaben ihrem Gesicht einen sensiblen Ausdruck. Ihre Augen waren eisblau und blickten ihm eindringlich in die seinen.

Schnell trat Anne ein paar Schritte zurück. Ihre Lippen bebten, als wolle sie etwas sagen.

„Ich bin Jannis. Kann ich dir irgendwie helfen?" Einen kurzen Moment war Stille. „Rede doch!"

Langsam kam Anne wieder etwas näher. Sie hielt sich an den Gitterstäben des Zaunes fest und flüsterte:

„Ich würde gern, aber ich darf nicht. Also geh bitte, okay?"

„Aber..."

„Psst!"

Schnell zog sie ihr Notizbuch aus dem Gras und nahm ihren Stift. Jannis sah nicht was sie schrieb, aber als sie fertig war, riss sie das Blatt heraus, faltete es zweimal und gab es Jannis.

„Ich muss gehen", flüsterte sie wieder.

„Ja. Tschüss."

Langsam stand Jannis auf und sah der geheimnisvollen Anne hinterher. Plötzlich spürte er eine Hand auf seiner Schulter. Er drehte sich um. Hinter ihm stand sein bester Freund und lächelte ihn an.

Jannis drehte sich nochmal nach ihr um. In diesem Moment neigte sie den Kopf in seine Richtung und lächelte zaghaft, während sie mit dem Schwarm der anderen Mädchen ins Gebäude getrieben wurde.

Unwillkürlich musste auch Jannis lächeln.

Als er wieder im Unterricht saß, faltete er das Papier auseinander. Er erkannte eine wunderschöne Handschrift, aber ihre Ausdrucksweise war einfach. Sehr provisorisch:

„Hey. Ich bin Anne.

Mit dir sprechen ist verboten, aber wir können schreiben."

Jannis überlegte lange, was er schreiben sollte. Langsam begann er.

„Hi Anne.

Ich bin Jannis Rohde. Ich bin Schüler hier am Gymnasium. Ich hab dich beobachtet und gesehen, dass du geweint hast. Ist alles in Ordnung? Möchtest du mir erzählen, was los ist?

Warum darfst du denn nicht mit mir reden? Das versteh ich nicht ganz. Was ist das für eine Schule, auf die du gehst?

Gruß,

Jannis"

Er las den Brief noch tausendmal durch bevor es wieder zur Pause klingelte. Vom Unterricht hatte er nicht eine Sekunde mitbekommen.

Auf dem Schulhof suchte Jannis nicht lange nach Anne. Sie saß in der hintersten Ecke des Schulhofes und starrte ausdruckslos vor sich hin. Wie sie so dasaß und nichts tat, einfach in die Luft starrte, kam sie Jannis unendlich verloren vor. Verloren und einsam. Abseits der Masse fiel sie niemandem auf außer ihm.

Langsam näherte sich Jannis ihr. Sie sah auf, lächelte flüchtig und erhob sich.

Als Jannis fast bei ihr war, schüttelte sie panisch den Kopf und sah sich hastig um, ob jemand sie beobachtete. Dann sah sie ihn fragend an. Er verstand sofort und gab ihr im Vorbeigehen den Zettel. Sie nahm ihn schnell, steckte ihn ins Notizbuch und lief davon. Dieses Mädchen war seltsamer, als Jannis es am Anfang gedacht hatte. Das Gute an der Sache war jedoch: Er war ihr näher als jede Sekunde davor und er wusste endlich wie ihr Blick war. So traurig, unbeholfen, kindlich, aber doch so tief, unschuldig und geheimnisvoll blau. Eisblau, fast weiß, und keinen Makel. Keine Sprenkel, keine Nuancen. Ihre Nase war eine süße kleine Stupsnase und ihr Gesicht war auch noch sehr kindlich. Zierlich und zerbrechlich. Ebenso wie ihr restliches Aussehen. Sie war kleiner als die Mehrheit der Mädchen, die Jannis kannte, hatte aber schlanke, fast magere, lange Beine und zierliche Handgelenke und lange, schmale Finger. Zierlich eben. Wie eine Porzellanpuppe.

Anne versteckte sich hinter einem Baum. Sie faltete den Zettel auseinander und las die Botschaft. Sie runzelte die Stirn. Antworten würde sie schon gerne, doch was war, wenn jemand die Zettel fand? Doch dieses Risiko wollte sie eingehen. Schnell schrieb sie:

„Hallo Jannis.

Wir Mädchen an unserer Schule dürfen keinen Kontakt zu anderen Leuten haben, außer aus unserer Gemeinde. Meine Schule ist nur für Mädchen und wir lernen für unser tägliches Leben. Rechnen, Lesen und Hauswirtschaft.

Ich habe gerade erfahren, dass meine große Schwester abgehauen ist. Sie wollte nicht mehr so eingeengt leben. Jetzt bin ich allein.

Gruß, Anne.

PS: ich würde dir gern mehr erzählen, aber ich glaube, dann müsste ich sterben."

Kaum hatte sie das geschrieben, riss sie den Zettel aus dem Notizbuch heraus und steckte ihn in ihre Jackentasche.

Die Begegnung mit diesem Jannis hatte für sie zwei Vorteile. Erstens, hatte sie seitdem nicht eine Sekunde länger an Kathleen oder die bevorstehende Zeit gedacht. Zweitens, wusste sie nun endlich ganz genau, wie seine Augen aussahen. So ein geheimnisvolles, leuchtendes Braun hatte sie wirklich noch nie gesehen. Wie ein langer Tunnel in sein Innerstes, aber dennoch neugierig und äußerst wachsam. Wirklich faszinierend. Mit einem leichten Lächeln im Gesicht ging sie durch den restlichen Tag und fuhr auch nach Hause. Es fiel ihr nun viel leichter, sich zu verstellen. So zu tun als würde Kathleens Verschwinden nichts mit ihr machen. In ihrem Innersten jedoch – dort brodelte es, denn sie unterdrückte ihre Wut, Angst, Trauer und Enttäuschung. Eine nicht angenehme Mischung.

3

Die nächsten Wochen vergingen für Anne schnell. Zwar waren die Wochenenden und Nachmittage immer noch schwer zu ertragen, doch die Aussicht, einen weiteren Zettel von Jannis zu erhalten, ließ sie lächeln und leben. Sie hatten sich viel zu schreiben und Anne teilte sich Jannis von Tag zu Tag offener mit. Über die Gemeinde sprachen sie nicht viel, schließlich war das das stärkste und wichtigste Verbot überhaupt. Auszuplaudern, wer sie waren.

Als sie wie jeden Mittwoch zur Schule fuhr, spürte sie, dass etwas passieren würde. Sie wusste nur noch nicht was. In ihrem Magen rumorte es ungewöhnlich und sie fühlte sich ziemlich unwohl. Doch ihr Vater würde sie nicht zuhause lassen. Also ging sie trotzdem in die Schule. Sie setzte sich im Schneidersitz ins Gras vor der Schule und nahm ihren Zeichenblock, besser gesagt ihr Notizbuch und schlug es auf. Seit kurzem fand man dort auch Zeichnungen von Jannis mit seinen Augen. Sie waren das A und O, der Punkt, der das Bild perfektionierte.

Lächelnd bemerkte sie, wie Jannis mit seinen Freunden auf dem Schulhof der anderen Schule stand. Fast unbemerkt winkte er ihr – und sie zurück. Dummerweise sah Anne nicht, wie eine der Lehrerinnen sie beobachtete und den Gruß zwischen den beiden entdeckte.

In der ersten Hofpause nahm Anne, nachdem sie den nächsten Brief von Jannis beantwortet hatte, ein Streichholz und zündete das Zettelchen an.

Was genau darauf stand, mochte für Außenstehende absurd und irrelevant ausgesehen haben, doch für Anne war es faszinierend, atemberaubend und sehr wichtig. Jannis erzählte ihr von seiner Familie. Von seinen Eltern, die sich *geschieden* (Anne hatte das Wort nie zuvor gehört) hatten und seinen Geschwistern. Anne wusste auch ohne auf den Zettel zu gucken, wie sie hießen. Die kleine Larissa, die eigentlich nicht ganz Jannis' Schwester war, sondern seine

Halbschwester, weil seine Mutter wieder geheiratet hatte (einen zweiten Mann! Anne fand das sehr komisch) und sein großer Bruder Maik, der schon im Hamburger Hafen arbeitete, aber bald nach Leipzig ziehen wollte. Anne fragte darauf hin, wer oder was *Leipzig* sei. Für sie gab es nichts, außer ihrer Gemeinde, den wöchentlichen Gottesdiensten und ihrer Familie, die mittlerweile aber nur noch aus ihrem Vater und ihr selbst bestand.

Auch sehr lustig fand Anne die Tatsache, dass bei Jannis Mädchen und Jungen auf ein und dieselbe Schule gingen. Auch war der Hausmeister ein Mann und es gab sogar Lehrer! In ihrer Welt war das undenkbar.

Ein wenig schmerzte es dem 16-jährigen Mädchen schon, zuzusehen, wie das Blatt mit seiner gradlinigen Schrift langsam abbrannte und verkohlte. Doch was hätte sie sonst tun sollen? Drei beschriebene Seiten in A4-Format ließen sich leider nicht so leicht verstecken.

Gerade als sie fast das zweite verbrannt hatte, bemerkte eine Lehrerin sie. Doch Anne war zu sehr in Gedanken bei Jannis, als dass sie sie mitbekommen hätte. Erst als sie ein Räuspern hinter sich hörte, schrak das Mädchen hoch.

„Was machen wir denn hier, Fräulein Röckitz?", fragte eine forsche Stimme.

Anne, die bis eben noch hockte, stand langsam auf, versteckte das letzte Blatt hinter ihrem Rücken, lächelte und sagte:

„Nichts Besonderes, Frau Kieper."

„Dann kannst du mir ja auch den Zettel zeigen, den du gerade im Begriff warst, zu verbrennen."

Anne errötete. Aber sich gegen sie wehren traute sie sich nun doch nicht. Viel zu groß war die Angst vor dem, was geschehen würde, wenn sie sich wehrte. Also holte sie ganz langsam, fast in Zeitlupe, das beschriebene Blatt hinter ihrem Rücken hervor. Leise liefen ihr die Tränen an den Wangen hinunter. Man hatte ihr Geheimnis, ihren Lebensinhalt, entdeckt. Sie würde dafür büßen müssen. Das wusste Anne jetzt schon. Auf Kontakt mit Außenstehenden, sogenannter Hochverrat, stand die höchste aller Strafen – das Ritual. Nur die

wenigsten überlebten es. Eigentlich kannte Anne niemanden, der es überlebt hatte. Die Angst überstieg ihren Horizont und ließ sie erzittern.

„Sehr interessant. Ich denke, ich werde nun deinen Vater kontaktieren. Er soll sich dir annehmen. So etwas Unverschämtes!"

Die Lehrerin packte das vor Angst schlotternde Mädchen grob am Arm. Leise sagte Anne:

„Sie tun mir weh."

„Das ist mir egal!", schrie Frau Kieper. „Du bist ein arrogantes und widerwärtiges Mädchen! Dass du dich so etwas traust!"

Die gesamte Mädchenschaft der Schule hörte Frau Kiepers Geschrei, doch niemand machte auch nur die leiseste Anstalt der jungen Anne zu helfen. Niemand kannte sie richtig. Niemand wusste, etwas mit ihr anzufangen. Jahrelang hatten sie sie ausgelacht, sie gemieden. Sie hatten die schrägsten Witze über sie gerissen und hatten sie nie in den Pausen angesprochen. Anne war das immer egal gewesen. Sie hatte schon immer lieber für sich alleine gekämpft. Doch in diesem Moment hasste Anne sich für ihre Schweigsamkeit und Isoliertheit.

Jannis stand etwas abseits der Masse auf dem Schulhof und sah sich suchend nach Anne um. An ihrem vereinbarten Treffpunkt (an einer Ecke, wo sie unbeobachtet waren) war sie nicht gewesen. Ihre Tasche hatte dort gelegen, aber sie nicht. Jannis lief den Zaun, der ihre Schulen voneinander trennte, auf und ab. Doch egal, wo er hinsah – er fand sie nirgends.

Er wusste nicht, was das für ein Gefühl war, dass ihn den ganzen Tag lächeln ließ, aber er mochte es. Diesen Hüpfer seines Herzens, wenn er Anne sah. Dieses Kribbeln im Bauch, wenn sie ihm den Zettel gab. Er sah sie so gerne lächeln. Es machte sie weich und brachte sie ihm näher als alles andere. Mehr noch. Es gab ihm das Gefühl, ihr etwas zu bedeuten.

Ihre Schrift war so rein, unschuldig, fast noch kindlich. Und was sie für Dinge schrieb, war so faszinierend und beängstigend zugleich! Wie sie ihren Alltag meisterte, mit der Angst vor ihrem Vater, die Wut auf

ihre Schwester und alles. Sie war die letzten zwei, drei Briefe erstaunlich offen und ehrlich gewesen. Hatte ihm geschrieben, dass sie jeden Tag auf der Hut vor dem Hass und dem Zorn ihres Vaters sein musste.

Das Einzige, was Jannis ziemlich merkwürdig fand, war, dass Anne keine Erinnerung an ihre Mutter zu haben schien. Als sie von ihrer Familie schrieb, erwähnte sie sie nicht mit einem Wort und nachdem Jannis gefragt hatte, was mit ihrer Mutter sei, kam nur noch ein „keine Ahnung" zurück. Es schien, sie nicht zu stören. Es ließ sie kalt. Zumindest augenscheinlich. Jannis vermutete ein Familiengeheimnis, das das sechzehnjährige Mädchen ganz schön belastete. Sie hatte Augenringe und sah mitgenommen aus. Wahrscheinlich hatte sie ihre Mutter verloren. Vielleicht sogar war sie abgehauen. Kurz vor Annes Schwester. Weswegen sie so empfindlich reagierte. Doch beweisen konnte Jannis nichts. Es waren Überlegungen, Gedankenspiele. Geschichten, die er sich ausdachte. Wie er es immer und gerne tat. Deshalb wollte er ja auch Journalist werden.

Auch, dass Anne in dieser Religion lebte, schien ihr nichts auszumachen, doch der Achtzehnjährige bemerkte, dass sie extrem unzufrieden mit ihrem Leben war. Nicht umsonst las er ihre Worte und war sofort wütend auf alles. Jannis kannte Annes Vater nicht und was er predigte, aber wenn er es mit „allen Mitteln" durchsetzte, war es nicht gut. Noch immer hallten ihm Annes geschriebene Worte im Kopf.

„Seit Kathleen weg ist, habe ich nur noch Angst", hatte sie geschrieben. „Ich muss aufpassen, was ich tue, was ich sage, sogar was ich denke. Vater ist sehr wütend auf meine Schwester. Er sagt es nicht, aber ich spüre es. Jeden Abend, wenn wir alleine sind. Jannis, bitte erzähl es niemandem.

Sonst wäre das mein sicherer Tod und ... noch will ich nicht sterben."

Jannis hatte Mitleid mit ihr. Er sah ihr an, wie sie sehr sie litt. Er wollte das ändern – nur wie?

Erst einmal musste er die Antwort auf seine Frage haben. Er hatte Anne gefragt, was sie so in ihrer Schule lernte, dass sie die Englischvokabeln, die er ihr nur Spaßes halber geschrieben hatte, so toll fand, denn er hatte Englisch schon immer als relativ eintönig empfunden. Aber um die Antwort zu bekommen, musste Jannis erst mal Anne finden, und das war gar nicht so einfach!

Plötzlich hörte er ein leises Kichern und drehte sich um. Er sah auf den Schulhof der benachbarten Schule und entdeckte ein paar junge Mädchen, die ihn anscheinend beobachtet hatten. Eines der Mädchen kam näher. Sie hatte helles Haar und einen gutgebauten Körper. Jannis schätzte ihr Alter auf etwa sechzehn oder siebzehn. Ihre Schuluniform war mit Schleifen und Perlen verziert und ihre Ärmel hochgekrempelt. Dennoch trug sie kein Make-up. Sie lächelte auffordernd und sagte:

„Hey. Ich bin Emma. Suchst du wen?"

„Ähm. Ich dachte, ihr dürft nicht mit mir reden?", fragte Jannis verwirrt.

„Hm. Schon. Aber hier ist grad keine Lehrerin. Außerdem sehen meine Freundinnen und ich das nicht so eng mit den Regeln."

„Oh, okay. Um ehrlich zu sein: Ja, ich suche jemanden. Vielleicht kennt ihr sie. Ihr Name ist Anne."

„Anne? Anne Röckitz?"

Jannis nickte.

„Ja, die kennen wir. Sie geht in unsere Klasse, aber Frau Kieper hat sie gerade ins Gebäude gebracht. Sie hat ziemlichen Mist gebaut", lachte Emma.

„Wieso?"

„Dummer Junge!", meinte nun ein zweites Mädchen. „Weil sie erwischt worden ist, wie sie Kontakt mit einem anderen Jungen hatte."

„Mist", flüsterte Jannis. „Und was passiert nun mit ihr?"

„Der Keller", sagte Emma. „Ob sie jemals zurückkommt, das müsstest du fragen."

„Und? Kommt sie zurück?"

„Das können wir nicht entscheiden. Das entscheidet der große Herr und der ist nicht gerade gnädig. Tschüss, fremder Junge."

Emma und ihre Freundinnen gingen zurück in die Schule, während Jannis immer noch wie gelähmt am Zaun stand. Der Keller? Was war das?

Anne schwieg immer noch, als sie im Klassenraum ankamen. Kaum, dass Frau Kieper ihren Arm losgelassen hatte, wich sie einen Schritt zurück. Die Lehrerin verließ den Raum und schloss ihn sorgfältig ab. Schnell huschte Anne zum Fenster und sah hinaus. Sie waren im dritten Stock – also konnte sie nicht durch das Fenster abhauen.

Anne hatte Angst vor der Strafe. Was würde sie nur erwarten? Während sie das überlegte, sah sie hinaus und entdeckte Jannis, der völlig verwirrt am Zaun entlang ging. Sie sah die Mädchen aus ihrer Klasse kichernd davon gehen. Was hatten sie ihm erzählt? Die Wahrheit? Wenn ja, würde er ihr helfen? Sie retten?

„Jannis", flüsterte das junge Mädchen. „Hilf mir."

Sie strich mit der Hand über die kühle Fensterscheibe und sah ihm traurig hinterher.

In diesem Moment trat Frau Kieper mit Annes Vater und einem weiteren Mann in den Raum. Als sie sich räusperte, drehte Anne sich erschrocken um.

Sie sah ihren Vater mit grimmiger Miene und hochrotem Gesicht, daneben ihre etwas pummelige Lehrerin mit ihrem schrecklich dunkelroten engen Rock und wiederum daneben einen Mann, den Anne vorher noch nie gesehen hatte, aber dessen Gesicht irgendetwas bei ihr auslöste. Sie wusste nur noch nicht, was.

Wütend packte die Lehrerin die kassierten Zettel auf den Tisch, an dem sie standen. Anne kam langsam hinzu und stellte sich auf die andere Seite.

„Die hier", sagte Frau Kieper. „Hab ich in ihrer Hand gefunden, kurz bevor sie sie verbrannt hatte."

Anne erkannte, dass dort nun auch der fast abgebrannte Zettel lag. Der Zettel, bei dem Jannis ihr seine Familie erklärt hatte. Leise lief eine Träne an Annes Wange hinunter.

„Wie konntest du nur so etwas tun, Anne?", meinte ihr Vater nachdem er schweigend die Zettel betrachtet hatte. „Hast du nicht nachgedacht?"

Wieder mischte sich die Lehrerin ein und sagte:

„Und diese lagen in ihrem Notizbuch. Das hat sie geschrieben."

Wieder las sich ihr Vater den Zettel durch. Anne schämte sich nicht, aber sie war wütend. Wütend auf ihren Vater, auf ihre Welt und auf ihre Schwester. Wäre sie nicht abgehauen, wäre das alles nie passiert.

„Du kennst die Regeln!", schrie ihr Vater plötzlich. „Wie konntest du unsere Welt preisgeben?!"

„Aber..."

„Du hast sie NIE gebrochen!", fuhr ihr Vater unbeirrt fort. „Ich bin wirklich enttäuscht!"

Der ältere Herr wurde noch lauter. Anne dröhnte es in den Ohren.

„Ich denke", meinte er ruhiger. „Du brauchst eine kleine ... *Erholungspause ...*"

Auch Frau Kieper nickte tüchtig.

Auf einmal meldete sich der fremde Mann.

„Ich hätte da auch schon eine Idee. Mein Vater hat, als Verantwortlicher für das Strafmaß, spezielle Kontakte zu der Verwaltung und ich glaube, wir hätten noch einen oder zwei freie Strafräume."

Nun war es Anne, die lauter wurde.

„Was?! Nein! Ich habe nichts getan!", schrie sie.

Ihr Vater schritt um den Tisch herum und packte sie grob am Arm, der immer noch von ihrer Lehrerin schmerzte. Er brüllte:

„Nichts getan?! Du hast unsere WELT preisgegeben. Du hast dich MIR widersetzt! Du hast die REGELN gebrochen. DU BIST EINE SCHANDE!"

„Lass mich los!", schrie Anne.

„NEIN! Ich werde dich eigenhändig dort hinbringen lassen!", brüllte ihr Vater zurück. „Und noch etwas: Solltest du jemals wieder lebendig zurückkehren, dann wirst du…"

Er hielt kurz inne und sah auf ihren Zettel.

„Dann wirst du diesen Jannis NIE WIEDERSEHEN!"

„Das kannst du nicht machen!"

Anne weinte fast erneut. Es tat ihr weh, zu wissen, sie würde diesen charmanten, tollen und netten Jungen nie mehr wiedersehen.

„Oh doch!", widersprach ihr Vater. „Ich kann!"

Mit diesen Worten packte der fremde Mann Anne von hinten und umschlang ihren Oberkörper samt Armen.

Sie schrie und zappelte, doch er war stärker. Er trug sie fort, durch die gesamte Schule. Ihr Vater, der fremde Mann und Frau Kieper beteten nebenbei. Sie schrie nach Thilia und Annemie, doch sie saßen nur auf der Treppe und sahen ihr hinterher.

Ganz leise flüsterte Thilia:

„Tschüss Anne. War schön mit dir."

Als Anne bemerkte, dass ihr die Mädchen nicht würden helfen kommen, schrie sie in ihrer Verzweiflung nach Jannis. Laut, fast kreischend, fing sie sogar an zu weinen.

4

Als Anne morgens erwachte, schien ihr die Sonne ins Gesicht. Durch das geöffnete Fenster hörte sie die Rotkehlchen in den Ästen der Weide zwitschern. Sie hockte sich auf das Bett und sah verträumt hinaus. Der kristallklare Schnee reflektierte die Wintersonne und blendete das junge Mädchen. Auf dem schneebedeckten Fensterbrett sah sie die kleinen Fußspuren ihres gefiederten Freundes. Liebevoll hatte sie ihn im letzten Winter „Max" genannt. Anne seufzte. In diesem Moment landete Max auf ihrem Fensterbrett. Dass das Rotkehlchen tatsächlich Max war, erkannte Anne an dem unverkennbaren schwarzen Fleck auf der roten Brust. Anne lächelte den Vogel an und es schien ihr, als würde er den Kopf zu ihr neigen und zurücklächeln.

„Wie gern wäre ich ein Vogel", flüsterte Anne in die Stille ihres Zimmers. „Einfach so wegfliegen zu können, das wäre toll."

Dann war mit einem Mal die Stille vorbei. Sie hörte ein heftiges Poltern, gefolgt von einer fluchenden Männerstimme. Stampfende Schritte näherten sich dem Kinderzimmer. Ohne darüber nachzudenken, sprang Anne vom Bett auf und lief wie vom Teufel persönlich verfolgt zur Zimmertür. Sie drückte von unten gegen die Klinke und stemmte sich mit der ganzen Kraft einer schmächtigen Zehnjährigen gegen die Tür. Doch es nützte nichts. Ein kräftiger Schlag genügte, um den Eingang des Zimmers freizumachen und Anne mitten in den Raum zu schleudern. Ihr Vater trat mit zornesroter Miene und eisblauen Augen, die ebenso kalt und unberührt waren wie der Rest seines Auftretens, herein. Seine Augen lagen in tiefen Schatten und waren gezeichnet von den letzten Nächten. Dennoch war Anne schnell klar, was er vorhatte.

‚Was hab ich diesmal falsch gemacht?', fragte sie sich, als ihr Vater sie am Nacken packte und hochriss.

Er schleifte sie aus ihrem Zimmer in den Flur, wo sie aus den Augenwinkeln ihre drei Jahre ältere Schwester sah, wie sie aus ihrem Zimmer lugte. Doch noch bevor einer der beiden etwas sagen konnte, öffnete ihr Vater die Haustür und stieß Anne hinaus in die Kälte. Diese Seite des Hauses war noch nicht vom Licht der Sonne berührt worden. Sie lag noch im dunkelsten Schatten. Das Sonnenlicht würde erst am Nachmittag seinen Weg hierher finden.

Anne rieb sich fröstelnd über die Arme. Wie lang sie hier wohl stehen bleiben musste? Sie trug nichts weiter als ihr Nachthemd, das weder lang noch sonderlich warm war. Nach einer Weile wurden ihre Beine schwer und taub. Auch ihre Hände und Füße liefen langsam, aber sicher blau an. Sie setzte sich auf einen kleinen, noch nicht zugeschneiten Stein und wartete. Immer mehr schmerzten ihre Gelenke und Gliedmaßen. Ihre Lippen wurden trocken und rissen auf. Notdürftig zog Anne ihre Arme unter ihr Nachthemd und versuchte, sie zu wärmen. Doch das brachte nicht viel. Erst nach einer gefühlten Ewigkeit ging die Haustür auf und ihre Schwester trat heraus. Ohne ein Wort zu sagen, zog sie Anne vom Stein hoch und brachte sie ins Haus. Sie rieb ihr über die Arme und küsste sie auf den Haaransatz. Doch Anne sah schon, dass sie nicht ins Haus gebeten worden war, um sich aufzuwärmen.

Ihr Vater stand bereits am oberen Ende der Kellertreppe und starrte sie an. Sein Blick war hasserfüllt und distanziert, was Anne das Gefühl gab, sie wäre hier so willkommen wie eine Warze mitten im Gesicht. Er bedeutete ihr, hinunterzugehen. Zögernd und mit unsicheren Schritten folgte Anne der Anweisung. Sie sah sich nach ihrer Schwester um, doch diese war schon längst wieder im Zimmer verschwunden. Auch sie hatte sich an Regeln zu halten.

Im Keller war es fast so kalt wie draußen, dazu aber auch noch feucht und klamm. Es roch modrig und ein bisschen nach Verwesung. Überall war es staubig. Anne war erst einmal hier drin gewesen, konnte sich aber nur verschwommen daran erinnern. Jedenfalls hatte es damals anders gerochen. Nach Blut oder irgendetwas in diese Richtung. An mehr konnte Anne nicht denken, als sie in den Einen der drei Räume gestoßen wurde. Nur an den Blutgeruch vor fast sieben Jahren. Nur an die Angst, die sie jedes Mal beschlich, wenn sie auch nur in die Nähe des Kellers kam.

Ihr Vater schloss die Tür hinter sich ab und trat auf Anne zu. Sie wich einen Schritt zurück, doch der Raum war nicht unbegrenzt, sodass sie schon nach wenigen weiteren Schritten an die Wand gepresst stand. Ihr Vater griff nach ihrem Oberarm und zog sie zurück. Ohne jegliche Vorwarnung schlug er zu. Obwohl Anne es vorhergesehen hatte, traf der Schlag sie mit Wucht. Sie taumelte. Sterne tanzten vor ihren Augen. Trotzdem fiel sie nicht. Zu stark waren ihr Widerstand und der Griff um ihren Arm. Auch nach drei weiteren schweigenden, heftigen Schlägen blieb Anne stumm und wehrlos. Ihre Wange

zwiebelte, war schon fast taub und fühlte sich an, als stünde sie in Flammen. Ihr Vater ließ ihren Arm los und sah sie an. Etwas sackte in Anne nach unten. Angst, Erleichterung und die leise Hoffnung, dass es jetzt zu Ende war, beschlichen das kleine Kinderherz. Doch es war nicht das Ende. Kaum richtete Anne sich auch nur um wenige Zentimeter auf, stieß ihr Vater sie gegen die Wand. Der Aufprall nahm ihr die Luft zum Atmen und trieb ihr die Tränen in die Augen. Sie knallte mit dem Hinterkopf gegen die Begrenzung des Raumes. Fast blitzartig breitete sich ein pochender Schmerz in ihrem Schädel aus. Sie rutschte an der Wand hinunter und schloss die Augen. Doch nur ein paar Sekunden später hob ihr Vater sie wieder hoch und zog sie so nah an sich ran, wie es nur ging. Anne atmete den schalen Geruch seines Alkoholkaters ein und spürte sowohl seinen Herzschlag, als auch sein Glied, das nach etwas zu tun lechzte. Ihr Vater packte eine seiner großen, rauen Hände auf ihren Rücken, mit der anderen zog er ihr Gesicht an seines. Er schaffte es jedoch nicht ganz. Sie war zu klein, nicht einmal eins-vierzig groß. Doch das störte ihn herzlich wenig. Er hob sie hoch, als würde sie nichts wiegen, und schob sie und sich an die Wand. Anne war zwischen Wand und dem Oberkörper ihres Vaters eingeklemmt. Er nahm ihre dünnen Beine und schlang sie sich um seine breiten Hüften. Nun spürte sie noch besser seine Erektion. Es ging wieder los. Da sie bewegungslos eingeklemmt war, schaffte ihr Vater es, ihr seinen Mund auf den ihren und ihren Hals zu drücken und gleichzeitig Gürtel und Reißverschluss seiner Hose zu öffnen. Ohne auf ihre Tränen zu achten, zog er ein kleines Taschenmesser aus seiner hinteren Hosentasche und schnitt ihren Slip auf, seinen zog er samt Hose hinunter. Seine rechte Hand schob er unter ihr Nachthemd. Er streichelte ihre kaum zu erkennende Hüfte, ihre Rippen und ihre noch nicht vorhandenen Brüste.

„Komm schon", hauchte er. „Du hast Papi doch lieb."

Anne schluckte. Was sollte sie nur tun? Würde sie schreien, wäre sie erledigt, aber auch, wenn sie nicht schrie.

„Lieb mich, kleine Anne. Lieb deinen Vater."

Er ging mit der Hand runter in ihren Intimbereich. Anne bezweifelte, dass ihr eigener Vater das sowohl aus moralischer als auch gesetzlicher Sicht durfte, aber sie war ja nur ein dummes, kleines Kind. Was wusste sie schon?

Miststück" und fing an, ihren Kopf an den Haaren hin und her zu ziehen. Wieder wurde er immer erregter und schneller, immer tiefer stieß er in ihre Kehle. Ihr Kiefer schmerzte und ein Würgereiz stieg in ihr hoch. Ihr Vater bemerkte es widerwillig und hauchte zornig: „Schlucken. Nicht Spucken."

Schwerfällig schluckte Anne den Samenerguss ihres Vaters herunter. Sie atmete tief durch die Nase ein und aus. Dann fuhr ihr Vater einfach fort, bis er erneut gierig stöhnte und sich schwer atmend aus seiner Tochter zog. Er küsste sie auf den Haaransatz und schloss den Raum wieder auf. Es war vorbei. Anne sackte in sich zusammen und starrte auf den Boden.

Wenige Minuten später hörte sie vorsichtige Schritte die Kellertreppe hinunter kommen. Die Tür ging ein Stück weiter auf und Kathleen trat herein. Sie hockte sich neben ihre kleine Schwester, legte ihr einen Arm um die Schultern und flüsterte beruhigend: „Es ist vorbei, Mäuschen. Vater ist gegangen. Hab keine Angst."

Anne sah auf und blickte in die sanften, dunkelblauen Augen ihrer Schwester. Sie lächelte nicht. Ein Lächeln hätte Anne nur unnötig aufgeregt. Kathleen half ihr, sich aufzurichten und begleitete sie nach oben. Eigentlich wollte Anne wieder in ihr Bett, doch der unterdrückte Würgereiz kehrte wieder und trieb sie sprintender Weise ins Bad. Sie beugte sich über die Toilette und würgte. Kathleen kam ihr hinterher, nahm ihr Haare zusammen und streichelte über Annes Rücken, während diese sich übergab. Als auch das überstanden war, sank Anne keuchend auf die kalten Fliesen und vergrub ihr Gesicht in ihren Händen. Kathleen stand auf und ließ Wasser in die Badewanne ein. Irgendwas musste sie für ihren Schützling tun und wenn es nur ein billiges Bad war.

Als Anne in der Wanne saß, umhüllt von einer Menge lauwarmen Wassers und der Gewissheit, dass sie vorerst sicher war, spürte sie, wie der Schmerz langsam wich. Schweigend wusch sie sich, Kathleen half ihr, wo sie nur konnte, und summte eine seichte Melodie. Danach half sie Anne in ihren Bademantel. Unschlüssig standen sie sich gegenüber. Anne, im grauen, aber doch bequemen Bademantel, und Kathleen, in Rock und Bluse, wie es sich gehörte. Auf einmal rollten Tränen aus Annes Augen. Einfach so. Da war plötzlich wieder die Angst, dass es doch nicht vorbei war. Dass es morgen wieder losging. Dass sie machtlos war. Die Wut darüber, dass ihr Vater das einfach so tun durfte. Dass niemand ihr half, außer Kathleen. Dass ihre

Hilfeschreie nicht erhört wurden. Aber die Angst war größer, viel größer.

Kathleen nahm vorsichtig ihre Hand und zog sie zu sich ran. Ganz sachte streichelte sie ihr über den Rücken und die nassen Haare. Umschlang den mageren, zierlichen Körper mit all ihrer Liebe, die sie geben konnte.

„Ist ja schon gut", flüsterte sie. „Jetzt bin ich ja da."

Doch Anne rutschte auf die Knie und ihre Tränen rollten weiter. Kathleen wusste, dass das erst aufhören würde, wenn ihr Vater aufhören würde, seine Tochter zu vergewaltigen, so wie er es die letzten sechs oder sieben Jahre schon tat, oder aber wenn er starb.

5

Jannis dachte die ganze Zeit an Anne, was man ihr angetan hatte oder wie es ihr ging. Ob er es wollte oder nicht, die Worte des anderen Mädchens machten ihn nervös. Was war dieser Keller? Was wurde dort mit ihr gemacht? Unruhig tigerte er im Zimmer hin und her, was bei dem ganzen Chaos aus leeren Plastikflaschen, Schulunterlagen und Geschriebenes nicht wirklich einfach war. Er trat gegen eine halbleere Colaflasche, dessen Deckel nicht ganz geschlossen war. Ein Teil des Inhaltes verteilte sich augenblicklich auf seinem Holzfußboden. Er fegte Zettel mit der bloßen Hand von seinem Tisch, setzte sich und stand sofort wieder auf. Er hatte Angst um Anne. In der kurzen Zeit war sie ihm ans Herz gewachsen. Fast wie eine Freundin, die man ewig kannte, oder eine kleine Schwester, die in Schwierigkeiten steckte. Irgendetwas musste er doch tun! Er wusste nicht, wo sie war, was man ihr vielleicht in diesem Moment antat. Er konnte es nur erahnen. Sich wieder in Tagalbträumen verlieren. Sich vorstellen, wie viele Schmerzen sie erdulden musste. Mit fanatisch religiösen Menschen war nicht zu spaßen. Das sah er ein. Doch würde dieser Mann seiner eigenen Tochter etwas antun? Sie töten? Jannis war sich über die moralischen Grenzen dieser Gruppe (er ahnte zwar, dass das Wort *Sekte* in diesem Zusammenhang besser passen würde, aber er weigerte sich strikt, es auch nur zu denken) nicht ganz sicher.

Drei Tage wartete er jeden Morgen an der Schule. Drei Tage suchte er unerbittlich nach Anne, wenn die Mädchen aus der Schule strömten. Drei Tage. Für ihn war es eine Ewigkeit.
Am Nachmittag des dritten Tages stand Jannis vor seiner Schule, winkte den letzten Freunden und wartete auf die Mädchen der Gegenüberliegenden. Er wusste nicht ganz genau, was er tun sollte, wenn es soweit war, er tat es aus dem Gefühl heraus. So wie immer. Sein Gefühl hatte ihn noch nie im Stich gelassen.
Um Punkt 15 Uhr strömten die Mädchen aus dem Gebäude. Wie in einer gut geölten Maschine, wie jeden Tag. Er wartete weiter. Und wie er es gehofft hatte, trat nach einer Weile ein einzelnes junges Mädchen

aus dem Gebäude, sah sich um und ging weiter. Sehr weit entfernt von der großen Masse der Mädchen.

Jannis lief ihr hinterher und beobachtete sie genau. Sie war sehr klein und hatte lange schwarze Haare. Sie waren glatt, wie flüssiges Gold, eben nur in Schwarz. Sie war vielleicht elf oder zwölf Jahre alt. Das sah Jannis an ihrer Art sich zu bewegen, dieser federnde, fast fröhliche, Gang. Während sie lief, sang sie ein Lied. Wie gebannt hörte er ihr zu:

„Wir sind in seiner Hand. Ihm gehört das Land. Gehorch ihm gut, sonst entfachst du seine Wut. Halt dich an die Regeln, sonst wirst bald davonsegeln."

Als sie an einer Kreuzung, außerhalb jeglicher Blicke waren, packte Jannis sie an der Schulter.

„Ah! Ihh!", quietschte das Mädchen.

„Psst!", machte Jannis. „Ich will nur etwas von dir wissen."

„Wer bist du?", flüsterte sie.

Panisch sah sie sich um, ob nicht irgendjemand zufällig vorbeikam und ihr half. Aber nichts als Häuser, die allesamt gleich aussahen, mit akkurat gepflegten Gärten und gebleichten Gardinen, waren um sie herum.

„Ist egal", lenkte Jannis sie ab. „Wie heißt du? Guck mich nicht so an, ich tue dir nichts. Versprochen!"

„Vivien. Ich bin Vivien. Was willst du von mir?"

Langsam wich die Skepsis aus ihrem Blick. Also ging er einen Schritt weiter und fragte:

„Ich will nur wissen... Kennst du Anne Röckitz?"

„Ja", nickte Vivien. „Das ist doch das Mädchen, das sie vor drei Tagen in den Keller gebracht haben."

„Ja. Genau sie. Warum haben sie das gemacht und wo sind diese Keller?"

„Ich bin nicht sicher, ob ich das wirklich sagen sollte. Du bist bestimmt nicht von hier. Sonst wüsstest du das."

„Bitte, bitte!", bettelte der Schüler. „Ich muss es unbedingt wissen!"

Misstrauisch beäugte Vivien ihn. Nach wenigen Sekunden seufzte sie jedoch und antwortete:

„Sie hat sich nicht an unsere Regeln gehalten. Die oberste Regel hat sie gebrochen. Geheimhaltung und Abgrenzung von jeglichen äußerlichen Einflüssen. Sie hat mit einem Jungen Kontakt gehabt, der nicht zu unserer Gemeinde gehörte."

„Und wo sind diese Keller?", drängte Jannis sie weiter.

„Unter der Schule … oh Gott, wenn meine Eltern wüssten, dass ich mit dir rede!"

Damit riss sich das Mädchen aus seinen Händen und rannte davon. ‚Unter der Schule‘, dachte Jannis traurig. ‚Na ganz große Klasse!‘

Anne saß in einem kleinen Raum und sah sich um. Klein war der Raum wirklich. Man könnte vielleicht acht oder neun Schritte gehen, mehr nicht.

Es war dunkel. Kein Fenster war in der Wand. Es gab nur einen Spiegel, ein kleines Klappbett und einen Nachttisch. An der Wand gegenüber dem Bett hing, neben der verschlossenen Tür, ein Jesuskreuz mit einer Figur des gekreuzigten Jesu Christi. Genauso wie in ihrem Zimmer und ebenso leidend blickend wie bei der wahren Kreuzigung. Anne kannte die Zeilen der Bibel an dieser Stelle nur zu gut. Zumindest jetzt, da sie im Keller lag. Die letzten Stunden waren der Hölle sehr nahe gekommen. Stundenlang vor diesem Kreuz hatte sie beten müssen – unter Beobachtung! Ohne Wasser, ohne Essen, denn schon kurz nachdem sie hier angekommen war, hatte sie „nur" hungern und dursten müssen. Doch mit knurrendem Magen und kratzendem Hals ließ es sich sehr schwer beten.

Schlafen konnte sie auch nicht wirklich. Albträume verfolgten sie. Träume von ihrem Vater, wie er Jannis quälte oder Kathleen bei lebendigem Leibe verbrannte. Träume, die ihr den Verstand raubten. Träume, die ihr jegliche Kraft raubten.

Anne wusste vor Schwindel, Hunger und Angst in diesem Moment nicht mehr, welcher Tag oder wie spät es war. Sie saß nur in der Ecke und starrte auf den Boden. Das junge Mädchen wollte nicht

nachgeben. Lieber sterben als Jannis verraten! Es lag ihr so viel an diesem Jungen. Der Gedanke an ihn schmerzte noch mehr als der Hunger und trieb ihr fast die Tränen aus den Augen. Sie konnte Kathleen nun wirklich gut verstehen.

Als ein Mann den Raum betrat, rollte eine einzelne Träne ihre Wange hinunter. Ganz plötzlich wurde es hell. Anne blinzelte und wischte sich schnell die Träne aus dem Gesicht. Sie erkannte den Mann sofort. Es war der, der sie auch hierher gebracht hatte. Mittlerweile wusste sie sogar, wie er hieß. Meier. Markus Meier. Ein scheußlicher Name, fand Anne. Er war sehr groß, sie schätzte ihn auf vielleicht einen Meter fünfundneunzig oder auch zwei Meter. Auf seinem Kopf prangte glänzend eine Glatze. Seine Augen funkelten böse grau. Er war komplett schwarz angezogen. Schwarze Hose, schwarzes Jackett, schwarze Schuhe. Er sah bedrohlich aus und grinste sie gefährlich an. In seiner Hand hielt er einen Leinensack.

„Ausziehen!", befahl er.

Anne runzelte die Stirn.

„Wie bitte?", fragte sie.

Es war das erste Wort, das kein Gebet war, seit sie in diesem Raum gelangt war.

„Ausziehen!", befahl Meier nun lauter. „Alles, außer die Unterwäsche."

Anne musste gehorchen, wenn sie weiter so grandios schweigen wollte. Also knöpfte sie erst die Bluse auf und warf sie auf den Boden. Dann der knielange Rock und die Kniestrümpfe. Die Schuhe hatte sie schon vorher, als sie an diesem Ort angekommen war, ausziehen müssen.

Zitternd stand sie in Unterhose und Büstenhalter vor Meier. Dieser sammelte die restliche Wäsche ein und stopfte sie in den Sack. Dann schrie er:

„Komm her!"

Zögernd trat Anne aus ihrer Ecke und kam auf ihn zu.

„Stell dich dirckt hier hin", sagte Meier und stellte sich direkt vor das Kreuz. Ohne ein Wort des Widerstandes bewegte Anne sich dort hin. Meier zog etwas aus seinem Gürtel, den Anne erst jetzt bemerkte. Sie

erkannte, dass es eine Peitsche mit drei Lederbändern, die am Ende jeweils einen Knoten hatten, war. Mit einem dumpfen Geräusch fiel die Tür, die den Raum vom Rest der Welt trennte, zu. Dann sagte Meier:

„Schwörst du im Namen des Heiligen Vaters, unseres Herren, dass du nie wieder Kontakt zu einem Menschen anderer Herkunft aufnehmen wirst?"

Anne dachte nicht lange nach und sagte bestimmt:

„Nein. Niemals."

„Falsche Antwort, Mädchen!", brüllte Meier.

Er hob die Peitsche und schlug sie auf Annes Rücken. Mit einem Zischen flog das Leder durch die Luft. Anne biss die Zähne zusammen. Sie spürte, wie das Blut warm über ihren Rücken floss.

„Ich wiederhole: Schwörst du im Namen des Heiligen Vaters, unseres Herren, dass du nie wieder Kontakt zu einem Menschen anderer Herkunft aufnehmen wirst?"

Anne blieb gerade stehen und funkelte böse zum Kreuz an der Wand. Sie sagte:

„Nein."

Diesmal schlug Meier zweimal zu. Doch Anne blieb stehen. Ihre Knie wackelten nur leicht, aber sie blieb standhaft. Niemals würde sie Jannis abschwören. Wie sollte sie auch? Er war ihr viel zu wichtig!

Eine Ewigkeit später saß Anne, zitternd vor Schmerzen, auf dem Bett und starrte vor sich hin. Man hatte ihr eine Schüssel mit Wasser und Lappen hingestellt, mit den Worten:

„Entweder du trinkst es oder du säuberst deine Wunden."

Anne war sich nicht sicher, was sie tun sollte. Entweder, sie löschte ihren quälenden Durst und sicherte so ihr Überleben, oder sie säuberte ihre brennenden Wunden und verhinderte somit eine ernsthafte Entzündung.

Andererseits zeigten ihr die Schmerzen, dass sie noch nicht tot war, dass sie noch lebte. Und das tat ihr unendlich gut, gab ihr Kraft. Bis zum Ende hatte sie durchgehalten. Bis zum Schluss alles abgelehnt.

Also nahm sie vorsichtig die Schüssel und führte sie zum Mund. Erst als das kühle Wasser ihre verdorrten Lippen benetzte und ihren ausgetrockneten Hals hinunterfloss, merkte das junge Mädchen, wie durstig sie wirklich war.

Trotz des riesigen Verlangens nach Wasser, trank Anne nur zwei oder drei große Schlucke. Denn wer wusste schon, wann sie das nächste Mal etwas bekam oder wann sie hier rauskam. Wenn überhaupt.

Die nächsten Tage arbeitete Jannis Gehirn auf Hochdruck. In seinem Zimmer herrschte ein wahres Chaos. Zwischen Klamotten und zerrissenen Bewerbungsbriefen für die Hamburger Uni, fand man Skizzen, Notizzettel und Papier mit großen Fragen darauf. Er überlegte ständig, wie er Anne fand und sie dann befreite. Nur noch eine Woche. Dann war die Schule vorbei. Dann würde es auffallen, wenn er dort an ihrer Schule herumschnüffelte. Er wusste mittlerweile zwar, wie er in den Gang im Keller kam, aber nicht, in welchem Raum Anne war und wie er sie befreien sollte.

Erst einmal brauchte er die Schlüssel. Nur, wo waren die? Er überlegte und überlegte, doch er fand keine Lösung.

Anne fror. Sie zitterte am ganzen Leib. Nicht ein Auge hatte sie in den letzten Stunden zugetan. Sie wollte nicht träumen, nicht diese schrecklichen Horrorträume. Trotzdem legte sie sich auf das Bett und schloss die Augen. Sie brauchte Schlaf. Dringend.

Als sie sie das nächste Mal öffnete, war die Tür nicht mehr verschlossen und ein Mann stand im Türrahmen. Trotz der geöffneten Tür, konnte Anne sein Gesicht nicht erkennen. Er trat einen Schritt vor und schloss die Tür. Nun war es stockduster. Der Mann schaltete die Deckenlampe, die eigentlich nur eine Glühbirne war, ein. Was wollte er?

„Na, hast du auch fleißig gebetet?"

Sie setzte sich langsam auf. Er breitete die Arme aus.

„Na komm. Lass mich deine Narben sehen."

Er trat näher heran und auch Anne stand auf und tapste vorsichtig auf ihn zu. Mit einer Hand klatschte er ihr auf den Rücken und mit der anderen fasste er an ihr Gesicht und zog sie an sich, um seine Lippen auf die ihren zu drücken. Dann schleuderte er Anne gegen die Wand. Beim Aufprall wurde ihr schwindelig, doch sie konnte sich auf den Beinen halten. Wieder ging er auf sie zu und zog an ihrem BH-Träger bis er wieder auf ihrer Haut aufklatschte.

„Ausziehen!", zischte er ihr zu.

Langsam fing sie an, ihren BH-Träger herunter zu ziehen, während sie beobachtete wie er sich zügig auszog. Erst das Hemd, dann die Hose und die Boxershorts. Als er komplett nackt vor ihr stand und sah, dass sie ihren BH und Slip immer noch an hatte, schlug er ihr ins Gesicht.

„Beeil dich!"

Sie öffnete den BH-verschluss, während ihre Wange noch zwiebelte.

„Den auch", grinste er fies und schnippte an ihrem Slip.

Anne fühlte sich immer unwohler. Langsam zog sie ihn runter. Wieder grinste er.

„Knie nieder", sagte er und drückte sie nach unten.

Nun war vor ihrem Gesicht ein längliches, dickliches und unangenehm riechendes Glied. Er wedelte ihr damit vor der Nase rum.

„Du weißt, was du jetzt zu tun hast."

Doch Anne schüttelte zaghaft den Kopf. Er starrte sie wütend an.

„Mund auf!", brüllte er.

Anne öffnete ihre Mund leicht.

„Weiter auf!"

Sie gehorchte und schloss die Augen. Sie spürte wie sich ihr Mund mit seinem Glied füllte, die Zunge zu Seite schob und fast ans Zäpfchen stieß. Er stöhnte leicht als er die Wärme und Feuchtigkeit um sein bestes Stück fühlte. Anne merkte wie es ruckartig in ihrem Mund wuchs. Es schmeckte abscheulich. Da sie sich nicht regte, griff er ihren Kopf und schob ihn vor und zurück. Erst langsam, dann immer schneller. Anne taten die Wangen und der Kiefer weh. Ständig musste sie ihren Würgereiz unterdrücken. Nach gefühlten drei Stunden schoss etwas heraus. Eine schleimige Substanz lief ihren Hals

hinunter. Doch dieser Geschmack... Sie würgte es wieder hoch, doch aus Angst weiter geschlagen zu werden, schluckte sie erneut. Er zog sich raus und blickte auf sie nieder, nahm sie am Schopf und warf sie auf das Bett. Anne fiel auf den Rücken. Die Wunden brannten wie Feuer. Er kam auf das Bett zu und Anne bekam Panik. Ohne es zu bemerken, drückte sie die Beine ganz fest zusammen. Doch er lachte nur auf und legte sich zu ihr.

„Kneifst du etwa?"

Mit seiner Hand riss er ihre Beine auseinander und legte sich hinein. Dann legte er sich auf den Rücken und zog Anne auf seinen Schoß.

„Na los. Ich weiß, dass du es bereits kennst."

Er fing an, sie überall zu streicheln. Angefangen mit der rechten Hand bei ihrer Wange, über ihren Hals bis er ihren Busen fest umschlang. Mit der linken Hand fing er von unten an. Erst die Beine, dann ihre Hüfte, in ihren Intimbereich hoch zu ihrer klar abgezeichneten Taille und Rippen bis diese Hand ebenfalls an ihrem kümmerlich ausgebildeten Busen war. Er griff fest zu und zog an den Nippeln. Anne versuchte gar nicht sich zu wehren, sie war eh zu schwach. Stattdessen blickte sie verzweifelt auf seine Erektion. Sie zögerte, bis er wieder zuschlug. Dann setze sie sich vorsichtig drauf. Doch er zog sie runter und rammte sich in ihren Unterleib. Anne schrie auf, aber er ließ sich nicht von seinem Vorhaben abbringen. In Anne brannte es fürchterlich. Knapp unter ihrem Bauchnabel fühlte sie einen ziehenden Schmerz, seine Länge. Tränen kamen ihr in die Augen. Das Brennen war unerträglich. Es fühlte sich falsch an. Viel zu breit, es passte nicht ganz. Und trotzdem rammte er weiter. Anne konnte sich vor Schmerz nicht bewegen. Sie krampfte vollkommen zusammen, was den Schmerz nur vergrößerte. Weitere Tränen rollten ihr die Wange runter und fielen auf seinen durchtrainierten Oberkörper. Da sie sich vor Schmerz nicht rühren konnte, stieß er immer wieder in sie rein. Doch nach einer Weile wurde es ihm zu anstrengend.

„Jetzt mach schon!", brüllte er sie wieder an.

Sie konnte nichts sagen. Ihre Augen hörten nicht auf zu tränen und sie wusste, dass alles was aus ihrem Mund kommen könnte, nur

jämmerliche schluchzende Töne sein würden. Er schlug diesmal auf ihren Rücken. Anne bemerkte wie eine der Wunden aufplatzte und anfing, zu bluten. Doch er warf sie nur von sich runter und legte sich auf sie. Schnell fand er wieder den Eingang und machte von oben weiter. Sein Mund fand den Weg von ihren Schlüsselbeinen über ihren Hals zu ihren Lippen. Er schob seine Zunge in ihren Mund und suchte die ihre. Doch auch die war bewegungsunfähig. Mit seiner linken Hand hielt er Annes Handgelenke fest und mit der anderen strich er ihr wieder über den ganzen Körper... An ihrem Busen griff er wieder fester zu, kniff und drückte hoch. Nach einer Weile stieß er hier auch schneller und härter. Sein Atem ging immer schneller, er hechelte fast schon, dann stöhnte er ein paar Mal leise bevor er sein schlaffes Glied rauszog und aufstand. Anne lag immer noch da. Sie merkte wie eine Flüssigkeit wieder aus ihr herausfloss, welche nicht ihre war. Er ging zurück an die Wand, zog sich gemütlich an und ging mit ihrer Unterwäsche in der Hand wieder auf das Bett zu. Die Unterwäsche warf er neben das Kopfkissen. Doch bevor er ging, nahm er Annes Gesicht in die Hand und flüstere ihr zu:

„Nächstes Mal wirst du besser sein, verstanden Kleines?"

Dann lief er zur Tür hinaus und schloss sie wieder ab.

Sobald Meier die Tür hinter sich geschlossen hatte, brachen die Tränen wie die Sintflut aus Anne heraus. Sie lag völlig entkleidet auf dem kleinen Bett, hatte aber nicht die Kraft, aufzustehen und sich die Unterwäsche wieder anzuziehen. Also lag sie dort und weinte. Doch noch viel schlimmer als das innerliche Feuer, das sie zu zerreißen drohte, war die Gewissheit den schwarzhaarigen Jungen, nie wiederzusehen.

„Hilf mir!", schrie sie in die Dunkelheit. „Bitte, Jannis. Hilf mir!"

Tränen liefen in Bächen über ihre Wangen. Sie hatte nicht nur keine Kraft mehr, sondern Angst. Riesige Angst. Angst, alles zu verlieren. Angst, zu sterben und in der Hölle zu verbrennen. Angst, als Sünderin bestraft zu werden. Aber Jannis abschwören? Ihn vergessen? Einen anderen heiraten, den sie nicht liebte? Auf keinen Fall!

Immer mehr spürte Anne, dass sie sich niemals würde an die *Gemeinde* anpassen können. Sie würde die Regeln niemals befolgen können, ohne zu zweifeln. Sie würde immer dagegen angehen. Sie würde immer zweifeln und die Befehle, Gebote und Verbote in Frage stellen. Was war an Jannis falsch? Warum verachtete ihr Vater ihn so? Er kannte den Jungen doch noch nicht mal. Was war, verdammt nochmal, so schlecht, dass sie nicht mit ihm schreiben durfte?

Am Morgen des vorletzten Schultages kam Jannis endlich eine Idee, wie er Anne befreien konnte. Wozu einen Schlüssel, wenn die kleine Schwester tausende von Haarspangen besaß? Er glaubte nicht ernsthaft daran, dass es funktionieren würde, aber trotzdem musste er es versuchen. Er schloss seine Zimmertür sorgfältig hinter sich ab und ging zu seiner Schwester. Sie saß auf dem Teppich ihres Märchenzimmers und spielte mit ihren Barbies und Kuscheltieren. Ihre langen schwarzen Haare waren elektrisch aufgeladen und standen ab vom Rumtollen.
„Larissa", sagte er sanft. „Möchtest du mal einen Trick sehen?"
Er wusste ganz genau, was seine Schwester mochte. Ihre Augen leuchteten.
„Au ja!", rief sie sofort.
Jannis lächelte und meinte:
„Dafür brauche ich aber eine deiner Haarspangen."
„Okay."
Augenblicklich sprang das kleine Mädchen auf und holte eine pinke, glitzernde Schachtel von ihrer Kommode. Sie öffnete sie und nahm eine goldene Haarklemme heraus.
„So eine?", fragte sie.
„Perfekt", antwortete Jannis. „Und jetzt komm mit."
Jannis drehte sich um und ging in Richtung Zimmer. Larissa stellte ihre Schachtel unachtsam auf den Fußboden und folgte ihm tapsend.
„So", sagte Jannis. „Denkst du, diese Tür ist abgeschlossen?"
„Nee. Du schließt sie nie ab."
„Probier's!"

Larissa stellte sich vor die Tür und versuchte, sie mit der Klinke zu öffnen.

„Geht nicht", schmollte sie nach ein paar Sekunden.

Daraufhin lachte Jannis und zeigte ihr grinsend die Haarspange während er sagte:

„Na dann, pass auf!"

Vorsichtig steckte er die Spange in das Schlüsselloch und drehte ein paar Mal hin und her. Plötzlich machte es „klick" und die Tür ging auf.

„Cool", meinte Larissa. „Wie hast du das gemacht?"

Jannis wusste es nicht genau, aber der zuckersüßen Stimme und dem Engelsgesicht seiner kleinen Halbschwester konnte er die Wahrheit nicht sagen. Also flüsterte er:

„Geheimnis."

„Och Menno!", schrie Larissa. „Das ist unfair!"

„Irgendwann erkläre ich es dir, aber nicht jetzt. Du bist noch zu jung dafür."

„Na gut."

Larissa wollte gerade wieder davon laufen, als Jannis etwas einfiel:

„Ach, Larissa?"

Sie drehte sich um und sah ihn fragend an.

„Darf ich mir deine Haarspange für einen Tag ausleihen? Ich möchte meinen Freunden den Trick auch zeigen."

„Na klar. Darfst du."

„Gut... Danke schön, Kleine. Komm, lass uns Mau-Mau spielen bis wir losgehen müssen."

Zusammengekauert saß Anne auf dem Klappbett. Ihr ganzer Körper zitterte. Er war wieder da gewesen. Hatte sie erst wieder mit der Peitsche geschlagen und sie dann wieder zum Sex gezwungen, als sie nicht nachgeben wollte. Tränen liefen über ihr Gesicht. In ihr stieg unbändige Wut hoch. Wieso ließ ihr Vater zu, dass man so mit ihr umging? Klar, er war nicht viel besser. Zwang sie fast jeden Abend dazu. Aus Lust oder Frust. Bei ihm war sie es gewohnt. Sie konnte die Gefühle ausschalten, damit sie nicht daran zerbrach, auch wenn sie es

verabscheute. Doch bei diesem Meier war alles anders. Sie konnte sich nicht vorstellen, dass ihr Vater das auch anderen Gemeindemitgliedern erlaubte. Obwohl, so sicher war sie da nicht. Nicht umsonst gab es das Ritual. Ein Brauch, der die Seelen von eventuellen Dämonen befreien sollte. Und befreit werden konnte sie anscheinend nur durch den Geschlechtsakt ...

Anne stand zitternd auf und betrachtete sich im Spiegel, der an einer Wand hing. Sie erkannte sich selbst nicht mehr. Ihr Gesicht war rot und verquollen, ihre Lippen aufgeplatzt. Ihr restlicher Körper war bleich und abgemagert. Sie sah schlaff aus. Als sie ihr Spiegelbild sah, wurde Anne noch zorniger. Sie begann, auf ihr Spiegelbild einzuschlagen. Nach einer Weile gab es ein lautes Splittern und der komplette Spiegel zerbrach. Anne stolperte vor Schreck zurück und betrachtete den Scherbenhaufen. Dann spürte sie, wie etwas Warmes, Nasses ihre Handkante hinunterfloss. Sie hob die linke Hand und starrte auf die Wunde. Sie war nicht tief, aber blutete stark. Es schmerzte nicht sehr, brannte nur ein wenig. Trotzdem lächelte Anne. Das hier, die ganze Situation und dieser Ort kamen der Hölle schon sehr nahe. Doch im Tod spürt man nichts und da Anne leichte Schmerzen verspürte, wusste sie, dass sie noch lebte.

Bei diesem Gedanken kam ihr eine Blitzidee. Was wäre, wenn? Vorsichtig hockte sie sich vor den Scherbenhaufen und betrachtete ihn. Dann nahm sie eine einzelne Scherbe, sah sie sich lange an, legte sie zurück und nahm die Nächste. Sie sah aus wie ein Dreieck und hatte eine scharfe Kante und eine spitze Ecke. Perfekt!

Langsam setzte Anne die Spitze auf die Unterseite ihres linken Unterarmes. Parallel zum Handgelenk begann sie die Scherbe in ihre weiche Haut zu drücken. Sofort bildete sich ein dunkelroter Tropfen. Es brannte. Trotzdem schnitt Anne weiter. Immer mehr Schnitte. Neu angesetzt. Linie gezogen. Immer schneller, wütender und heftiger wurden ihre Bewegungen. Ein Schnitt nach dem anderen prangte auf ihrer Haut. Wie lange war es her gewesen, dass sie sich das letzte Mal geschnitten hatte?

Nach geschätzten zwanzig Minuten saß Anne auf dem Boden und lächelte zufrieden. Das Blut floss schwerfällig aus den Wunden und tropfte auf den schmutzigen Untergrund. Tropf, tropf, tropf. Das junge Mädchen sah der immer heller werdenden roten Flüssigkeit mit einer gewissen Genugtuung zu. Vorsichtig stand sie wieder auf und setzte sich auf das Bett. Neben dem Bett, auf dem wackeligen Nachttisch, stand die Schüssel mit Wasser. Seit Anne sie dort hingestellt hatte, hatte sie nur wenig daraus getrunken. Was zur Folge hatte, dass nun zwei oder drei Fliegen darin schwammen. Wo auch immer die herkamen, dachte Anne. Trotzdem nahm sie nun den Lappen, der daneben lag, tauchte ihn in das Wasser und legte ihn danach auf ihren verwundeten Arm. Er brannte fast unerträglich. Doch es stoppte die Blutung. Völlig erschöpft und müde fiel das Mädchen auf das Bett, drehte sich auf die Seite und schlief ein.

Als Anne das nächste Mal erwachte, hörte sie laute Stimmen vor der Tür und ein Poltern. Es waren die ersten Geräusche, die Leben anzeigten, seit sie in diesem Raum eingesperrt worden war. Die Stimmen wurden lauter, dann verstummten sie mit einem Schlag. Vorsichtig tapste Anne zur Tür und legte ihr rechtes Ohr daran. Sie hörte ein leichtes Klickern, dann Schritte. Sie runzelte die Stirn und lauschte weiter. Nach einer Weile hörte sie jemanden leise fluchen.
„Ach, Mist. Das muss doch gehen. Herrgott, nochmal!"
Anne musste sich nicht sehr anstrengen, um diese Stimme zu erkennen.
„Jannis?", flüsterte sie.
Dann hörte sie ein lautes Klack und sah, wie die Türklinke langsam heruntergedrückt wurde. Hastig stolperte sie zurück und plumpste auf das Bett. Kurz darauf ging die Tür auf und grelles Licht fiel in den Raum. Jannis stand im Türrahmen und schaute besorgt, aber auch erleichtert. Anne zog ihre Beine an ihren Körper und schlang die Arme darum. Sie lächelte zaghaft. Jetzt konnte alles gut werden.
„Hey", sagte Jannis vorsichtig.

Anne wollte antworten, aber ihre Stimme gehorchte nicht. Deshalb lächelte sie nur weiter.

Langsam trat er auf sie zu. Er hockte sich vor ihr hin und sah ihr in die Augen. Sie waren leer und wirkten seltsam zerbrochen. Er spürte, wie ihre ganze Energie verschwunden war. Irgendetwas Unaussprechliches musste in den letzten zwei Wochen geschehen sein.

„Ist dir nicht kalt?", fragte er, als er sah, dass Anne nur Unterwäsche trug.

Sie nickte bloß. Ohne Worte nahm Jannis seine Jacke, die er anhatte, und legte sie Anne um die Schultern. Dann nahm er sie fest in den Arm und hob sie hoch. Wie ein kleines Kind klammerte sie sich an ihn und legte ihren Kopf auf seine Schulter.

„Danke", flüsterte sie heiser.

Mehr brachte sie nicht hervor. Sie schloss die Augen und roch seinen herben, angenehmen Duft. Ihr Atem ging röchelnd und sie fror entsetzlich, auch trotz der Jacke. Jannis trug sie durch den Gang des Kellers, darauf bedacht, niemandem zu begegnen. Zwar hatte er die eine Wache, die vor der Tür gestanden hatte, mit seiner Judokunst genau da getroffen, wo er bewusstlos geworden ist, doch er konnte nicht einschätzen, wie lange noch.

Anne schien, eingeschlafen zu sein. Jegliche Kraft war verschwunden. Jeglicher Kampfgeist verpufft.

6

Nur Sekunden später erwachte Anne. Zumindest fühlte es sich für sie so an. Sie hatte Kopfschmerzen und fühlte sich wie erschlagen und dreckig. Trotzdem klagte sie nicht. Sie war dankbar, dass sie traumlos, tief und fest geschlafen hatte. Sie sah sich um und erwartete fast, ihr kaltes und unpersönliches Zimmer im Haus ihres Vaters zu sehen. Stattdessen lag sie in einem hell eingerichteten Raum in einem weichen Bett. Große Fenster waren an der einen Seite, auf deren Fensterbretter bunte Blumen standen. Auf dem Schrank neben der Tür waren Fotorahmen und Bücher. SO hatte sie sich ihr Zimmer immer vorgestellt. Nicht anders.

Vorsichtig schob sie die Füße aus dem Bett. Sie hatte immer noch nur ihre Unterwäsche an, aber ihr war nicht kalt. Trotzdem schlang sie die Decke um ihren Körper. Als sie sich auf dem Bett aufstützen wollte, um endgültig aufzustehen, durchfuhren sie Schmerzen an verschiedensten Stellen ihres Oberkörpers. Am unerträglichsten waren sie in ihrem linken Arm und am Rücken. Sofort setzte sie sich wieder locker auf das Bett. Nur Sekunden nachdem der Schmerz einigermaßen abgeklungen war, öffnete sich die Tür und Jannis kam herein.

„Hey", sagte er. „Du bist ja schon wach."

Zaghaft lächelte Anne. Sie war froh, ihn zu sehen.

„Ja", antwortete sie. „Sieht so aus, oder?"

Langsam und bedächtig kam er näher. Er schaute sie liebevoll an und fragte:

„Brauchst du irgendetwas? Du hast doch sicherlich Hunger."

Anne nickte. Ihr wurde kalt. Das Gefühl, sie wäre überall schmutzig und unrein, wurde stärker. Sie begann, sich vor sich selbst zu ekeln. Deshalb sagte sie:

„Kann... kann ich mich vielleicht irgendwo waschen?"

„Na klar", meinte Jannis sofort. „Komm mit. Gleich hier drüben."

Er trat aus dem Zimmer und deutete auf eine weiße geschlossene Tür, die direkt rechts neben der Tür zu Annes Zimmer war.

„Danke."

Obwohl sie Jannis gern hatte, achtete sie darauf, einen gewissen Abstand zwischen sich und ihm zu wahren und ging durch die weiße Tür.

„Nimm dir, was du willst. Ein Handtuch findest du in dem Schrank unter dem Waschbecken. Sonst noch etwas?"

Anne starrte ihm ins Gesicht und sagte leise:

„Ja. Zwei Sachen. Erstens, wo sind wir hier?"

Jannis lächelte.

„Bei Maik zu Hause", antwortete er. „Mein Bruder."

Anne nickte.

„Ich weiß, wer Maik ist. Das hast du mir geschrieben ... Zweitens, hast du vielleicht etwas zum Anziehen? Meine Sachen wurden mir weggenommen."

„Öhm. Naja. Nur etwas von mir. Falls es dir nichts ausmacht."

Anne schüttelte den Kopf.

„Nein. Das macht nichts."

„Okay. Dann warte kurz hier."

Jannis ging schnell aus dem Zimmer. Als er fort war, sah sich Anne in Ruhe um. Das Badezimmer war zwar nicht sehr groß, aber hell. Direkt hinter der Tür stand eine Waschmaschine, daneben eine Badewanne. Am anderen Ende des Raumes waren Toilette, Waschbecken, Schränke und ein Spiegel angebracht. Das Ganze war aus hellem Teakholz und die Wände waren hellblau angestrichen. Ganz vorsichtig trat sie an den Spiegel, der über dem Waschbecken hing. Sie wollte nicht hineinsehen, aus Angst vor dem, was sie sehen könnte. Doch irgendeine unsichtbare Kraft zwang sie hineinzusehen. Sie traute ihren Augen nicht. Das Mädchen, das sie dort im Spiegel sah, konnte unmöglich Anne sein, denn Anne war stark. Dieses Mädchen aber, sah schwach und zerbrechlich aus. Es war blass, ihre Wangen waren eingefallen und es hatte tiefe Augenringe und einige Kratzer im Gesicht, eben wie ein Gespenst. Nein, korrigierte Anne ihre Gedanken. Wie ein Skelett!

Panisch suchte Jannis nach etwas zum Anziehen für Anne. Ein T-Shirt hatte er schon gefunden, aber was sollte sie sonst noch anziehen? Eine Hose konnte er ihr unmöglich von ihm geben. Schließlich war er mindestens einen Kopf größer als sie und auch etwas anders gebaut. Dann fiel ihm ein, dass Maik eine Freundin hatte, die ab und zu bei ihm übernachtete. Sie musste ungefähr dieselbe Größe wie Anne haben. Schnell schaute er im Schlafzimmerkleiderschrank, ob er Klamotten von Isabella fand. Tatsächlich fand er etwas, wenn auch nicht viel. Eine Unterhose und eine Leggins.

„Muss reichen", sagte er zu sich selber.

Anschließend nahm er die Sachen samt seinem Shirt und ging zurück zu Anne.

Als er im Bad ankam, stockte er. Gegenüber an der anderen Wand stand, mit dem Rücken zu ihm, Anne. Doch sie sah zerstört aus. Mehr, als er erwartet und auf dem ersten Blick wahrgenommen hatte. Auf ihrem Rücken waren mindestens neun feuerrote Wunden zu sehen. Gradlinig, entzündet. Als wäre sie mit einer Art Leder oder Ähnlichem geschlagen worden. Vielleicht waren es auch mehr als neun. Einige Wunden liefen ineinander über. Auch abgemagert sah sie aus. Jeden einzelnen Knochen sah Jannis. Ihre Rippen, ihr Becken, die Beine, Arme. Sie sah aus wie ein klapperndes Skelett aus dem Biologieraum. Nur etwas farbiger und mit langen, strubbeligen blondroten Haaren. Dadurch zweifelte er ziemlich, dass Isabella wirklich die gleiche Kleidergröße hatte wie Anne.

Vorsichtig räusperte Jannis sich. Seine Freundin drehte sich erschrocken um und sah ihn mit aufgerissenen Augen an. In ihnen standen die Tränen bis an den Rand.

„Ähm ... Ich ...", stotterte Jannis. „Ich hab dir was zum Anziehen gebracht. Ein T-Shirt von mir und Unterwäsche und eine Leggins von der Freundin von Maik. Ähm ... Reicht das?"

„Ja", nickte Anne. „Das ist super."

Langsam kam sie auf ihn zu und nahm die Sachen aus seinen Händen. Dabei berührte sie seine Hände leicht. Auch wenn sie eiskalt waren, durchzuckte es Jannis wie einen Stromschlag. Kaum hatte Anne die

Sachen abgelegt, ging er rückwärts wieder aus dem Zimmer und ließ sie in Ruhe. Dass sie nicht abschloss, zeigte ihm, dass sie ihm relativ vertraute.

Direkt danach hörte er, wie der Schlüssel in der Eingangstür herumgedreht wurde. Das musste Maik sein. Schließlich war das seine Wohnung. Schnell lief Jannis zur Tür und erwartete seinen Bruder. Dieser erschrak als er Jannis sah.

„Hast du mich erschrocken!", rief Maik.

„'Tschuldigung", meinte Jannis nur achselzuckend.

„Was ist denn los?"

Maik schloss die Tür und hing seine Sachen auf einen Kleiderhaken im Flur.

„Nichts", antwortete Jannis. „Hab dich bloß kommen hören."

Maik wollte gerade in die Küche gehen, als Jannis ihn doch noch einmal festhielt und fragte:

„Moment, Maik... Kann ich doch kurz mit dir reden?"

„Klar. Komm mit."

Statt in die Küche gingen die beiden Brüder in das Wohnzimmer. Der Ältere schloss die Tür. Augenblicklich ließ Jannis sich auf das ausgefranzte Sofa fallen. Dann wartete er bis Maik sich ebenfalls gesetzt hatte. Kurz darauf beugte er sich vor, legte das Gesicht in die Hände und flüsterte:

„Ich liebe sie."

Maik runzelte die Stirn und fragte:

„Wie bitte?"

„Scheiße, Maik", sagte Jannis nun lauter. „Ich glaube, ich liebe sie."

„Öhm... Und was hast du nun vor?"

„Ich weiß nicht so recht. Sie..."

In diesem Moment klopfte es an der Wohnzimmertür und Anne trat herein. Jannis stockte der Atem. Sie sah, trotz der großen verängstigten Augen und dem skelettdünnen Körper, einfach bezaubernd aus. Jannis Shirt reichte ihr fast bis zu den Knien und die Leggins saßen perfekt an ihren mageren Schienbeinen.

„Ähm ... Habt ihr vielleicht eine Mullbinde?"

„Warum?", fragte Jannis besorgt.

Er lief sofort zu Anne, aber sie wich zurück. Erst da bemerkte er das Handtuch um ihren linken Unterarm. Vorsichtig nahm er ihre Hand und versuchte, das Handtuch zu entfernen. Als er die roten, parallelen, geraden Linien auf der Unterseite des Armes sah, weiteten sich seine Augen. Doch kaum war das Handtuch fort, quoll wieder Blut aus den Wunden.

„Was ist passiert? Wer hat dir das angetan?", fragte Jannis.

„Ist doch egal. Hast du jetzt eine Binde oder nicht?"

„Maik?"

Jannis und seine Stimme zitterten. Er musste sich hinsetzen.

„Moment", antwortete sein großer Bruder. „Ich komme gleich wieder."

Während Maik nach Binden suchte, schwiegen Anne und Jannis sich an. Da er aus dem Fenster gegenüber der Couch sah, bemerkte er nicht, wie Anne ihn verliebt und völlig verträumt ansah.

Nach ein paar Augenblicken kam Maik mit einer frischen Mullbinde wieder. Er versuchte, Annes Hand zu nehmen. Doch Anne zuckte weg. Mit erschrockenen Augen sah sie ihn an. Er hatte sie angefasst!

„Fass ... mich ... nicht an!", äußerte sie verängstigt.

Ihr Atem ging schnell. Ihr Herz raste. Sie kannte Maik nicht. Er war fremd und konnte ihr sonst etwas antun! Sie versuchte, so leise wie möglich zu sein. Das war ein Reflex. Auch im Keller war sie überwiegend still gewesen und auch schon als kleines Kind war sie jedes Mal mucksmäuschenstill geworden, wenn ihr Vater anfing, zu schreien.

„Ich tue dir nichts", sagte Maik, während er seine Hände samt Mullbinde über den Kopf hob.

Ein leises Wimmern entwich Annes Kehle. Der Schmerz in ihrem Arm wurde unerträglich. Sie drückte ihn fest mit ihrer freien Hand. Doch dadurch tat es nur noch mehr weh. Tränen sammelten sich in ihren Augen. Plötzlich spürte sie, wie warme, weiche Hände die ihren nahmen. Sie erkannte durch ihren Tränenschleier Jannis Gesicht. Vor ihm hatte sie nicht so sehr Angst. Er hatte sie schließlich gerettet.

Trotzdem zitterte sie, als Jannis ihr den Verband um den Arm machte. Danach ging es ihr besser. Sie war erleichtert.

„Danke", sagte sie nur.

„Möchtest du jetzt vielleicht etwas essen?", fragte Jannis freundlich.

„Ja, gerne. Aber...", zögerte Anne.

„Was denn?"

Maik war mittlerweile in die Küche gegangen und setzte Teewasser auf.

„Aber ich muss bald nach Hause. Vater ist bestimmt schon tierisch wütend auf mich."

Ihr Blick war besorgt und gehetzt. Fast so als fühle sie sich beobachtet oder bedroht.

„Ach Quatsch. Warum solltest du nach Hause gehen? Dort hat dich niemand so gern wie wir."

„Ich weiß, aber ich war ungezogen und habe mich schlecht benommen. Ich muss gehen."

Einzelne Tränen liefen über ihre Wangen.

„Nein, Anne. Du kannst nicht gehen", bat Jannis nun drängender.

„Warum?"

„Weil ich..."

In diesem Moment trat Maik wieder in das Wohnzimmer. In der einen Hand hielt er drei Tassen, in der Anderen eine Teekanne. Anne war einen Augenblick abgelenkt, sodass sie nicht bemerkte, wie Jannis nun komplett ihre Hand und sie in den Arm nahm.

„Du kannst nicht gehen, Anne", flüsterte Jannis traurig. „Weil ich dich mehr als nur gern hab. Ich liebe dich."

Durch diesen Satz brach eine Mauer in Annes Kopf. Ihre Gleichgültigkeit und Kälte fiel mit einem Mal von ihr ab. Ihre Dämme brachen, sie gab nach und begann an Jannis Schulter zu weinen. Doch anstatt sie zu beruhigen oder zu sagen „Du brauchst nicht weinen", hielt er sie einfach nur fest und ließ die Tränen laufen. Wie sehr hatte sie sich das gewünscht – Liebe und Geborgenheit. Bei ihrer „Familie" und in der *Gemeinde* hatte sie das nie bekommen. Außer durch Kathleen, aber diese war ja nicht mehr für sie da.

Langsam goss Maik schweigend den Tee ein, sie saßen alle zusammen auf dem Sofa und berieten die nächsten Schritte. Anne lag in Jannis Armen und beruhigte sich allmählich.

„Du willst also wieder zurück", sagte Maik nachdenklich.

Anne nickte nur stumm.

„Tja. Da du erst 16 Jahre alt bist, hätten wir dich sowieso nicht hierbehalten dürfen ohne die schriftliche Erlaubnis deiner Eltern. Also wird das daher das kleinere Übel sein."

Wieder nickte Anne. Jannis saß nur stillschweigend daneben. Warum sagte sie nichts?

„Ich schlage trotzdem vor", fuhr Maik fort. „Dass du noch eine Nacht hierbleibst. Ein paar Stunden mehr oder weniger werden dich schon nicht in Mitleidenschaft ziehen."

„Okay", sagte Anne abwesend.

Der restliche Tag verging relativ ruhig. Jeder schwieg in seinen Gedanken und ging seinen eigenen Weg. Anne hielt es für besser, Jannis nicht zu erzählen woher alle ihre Verletzungen stammen. Egal ob Rücken oder Arm. Diese Sorgen hatte er nicht verdient.

Jannis dagegen suchte fieberhaft nach Worten für seine Liebe. Obwohl er angehender Journalist war, fehlten ihm die Worte. So hatte er nie zuvor gefühlt. Er wollte sie beschützen. Doch konnte er es dann verantworten, sie zu ihrem Vater zurückzubringen?

Maik war der Einzige, der sich gut beschäftigte. Er telefonierte stundenlang mit seiner Isabella, die er im Moment nicht zu sich nach Hause lassen wollte, da sie es sicher nicht duldete, noch eine weitere Frau in der Wohnung zu haben. Sie war sehr eifersüchtig.

Am nächsten Morgen sah Anne verschlafen und erschöpft aus. Als Jannis nachfragte, meinte sie nur kurz angebunden:

„Albträume."

Was auch der Wahrheit entsprach. Fürchterliche Horrorträume verfolgten sie. Wieder von ihrem Vater. Sie hatte Angst, fürchterliche Angst, musste aber dennoch zurück.

Kurz vor zehn Uhr morgens brachen sie auf. Jannis hatte sich für die lange Variante per Bus entschieden, damit Anne etwas von Hamburg sah, wenn sie schon einmal hier war. Es war mittlerweile Sommer. Die Sonne schien hoch am Himmel. Im Bus war es schwül. Vor ihnen saß ein Rentnerpaar. Händchen haltend und mit Halbglatze. Beide. Jannis nahm Annes Hand und flüsterte ihr zu:

„Irgendwann sind wir genauso. Alt, grau, weise und immer noch verliebt."

Schmunzelnd lehnte sich Anne an ihren Freund.

Noch vor ihrem Ausstiegspunkt kamen sie an der Freien Universität Hamburg vorbei. Das hohe Backsteingebäude sah imposant und modern aus. Jannis beugte sich zu seiner Freundin und fragte:

„Siehst du das große Gebäude da vorne?"

Anne nickte erstaunt.

„Das ist meine Uni, auf die ich ab Oktober gehen werde."

„Was ist eine Uni?"

„So etwas ähnliches wie eine Schule, nur größer und nachdem du Abitur gemacht hast …"

„Ach so. Studieren meinst du."

„Genau. Ich wusste gar nicht, dass du davon Ahnung hast", staunte Jannis.

Anne errötete und senkte den Blick.

„Es gibt Einiges, was du noch nicht von mir weißt", flüsterte sie.

Kurze Zeit später standen sie vor dem Haus, in dem Anne ihr ganzes Leben schon lebte. Es lag still und wie verlassen dort. Trotzdem spürten sowohl Anne als auch Jannis die Anwesenheit des alten Herrn. Vorsichtig trat das verängstigte Mädchen an die Haustür und klingelte. Eine Weile geschah nichts, dann drehte sich der Türknauf und Annes Vater stand vor ihr. Sie hatte nie bemerkt wie groß er war. Ängstlich sah sie sich nach Jannis um, der aber hatte sich wie vereinbart schnell versteckt. Er sollte die beiden noch ein Weilchen beobachten, bevor er wieder nach Hause zu seiner Mutter und seiner Halbschwester fuhr.

Anfangs schwieg Annes Vater bloß. Er schaute grimmig drein, ließ sie aber ohne Widerworte in ihrem Zimmer verschwinden. Er spürte, dass sie beobachtet wurden. Erst als dieses Gefühl verschwunden war, rief er Anne zu sich.

„Ja, Vater?"

Unterwürfig trat Anne ins Arbeitszimmer ihres alten Herrn. Sie fürchtete sich vor dem, was nun kam.

„Was fällt dir eigentlich ein, mir einen solchen Schrecken einzujagen?"

Anne schwieg.

„Ob du es glaubst oder nicht, ich habe mir Sorgen um dein Wohl gemacht. Und weißt du auch warum?"

Sie schüttelte den Kopf. Jetzt wurde ihr Vater lauter, sein Gesicht wurde rot und er schrie:

„Weil ich nicht wusste, wie ich dich noch bestrafen soll, wenn nicht einmal der Tod dich erschrecken kann! Wie soll ich dich zur Vernunft bringen, Kind? Du warst doch sonst nicht so! Was ist, verdammt nochmal los mit dir?"

„Was soll denn schon los sein?", fragte Anne trotzig.

Diesen Ton war Johannes von seiner Tochter nicht gewöhnt. Sie war immer die Brave, Liebe, Stille gewesen. Hatte nie widersprochen. Er fragte sich ernsthaft, was in dem Mädchen vor sich ging.

„Ich frage dich ein letztes Mal: Was ist passiert, dass du so widerspenstig bist?"

Anne fühlte sich herausgefordert, geradezu provoziert. Und ehe sie sich versah, rutschte ihr die Wahrheit heraus:

„Ich habe mich verliebt!"

Im nächsten Augenblick hielt sie sich die Hände vor den Mund. Was hatte sie gesagt?

„Wie bitte?"

Jetzt wurde Johannes erst recht wütend. Verliebt? Seine Tochter?

„Es ist doch nicht etwa dieser Junge von damals, oder?"

In Annes Augen sammelten sich wieder Tränen. Sie hätte niemals zurückkehren dürfen. Das war ein großer Fehler gewesen. Zaghaft nickte sie. Sie konnte einfach nicht lügen.

„Mädel. Hör auf mit dem FLENNEN! Das macht mich kirre!"

„Aber Vati..."

„Nichts! Still! Ich will nichts mehr von dir hören!"

„Aber er...", versuchte es Anne erneut.

Einen Augenaufschlag später hatte sie sich eine deftige Ohrfeige eingehandelt. Ihre Wange war rot und brannte wie Feuer. Es zwiebelte.

„Verschwinde", zischte ihr Vater. „Für heute will ich dich nicht mehr sehen."

Verängstigt huschte Anne in ihr Zimmer, warf sich auf das Bett und begann zu weinen. Was war in ihrem Leben nur so schief gelaufen? Warum musste sie jetzt alleine mit ihrem gewalttätigen Vater leben? Wo war die Mutter, wenn man sie brauchte?

7

Anne versuchte in den nächsten Wochen und Monaten, eine gute Tochter abzugeben, konnte ihren Vater jedoch nicht davon überzeugen, „dämonenfrei" zu sein. Immer wieder geriet sie mit ihm in einen Streit. Meistens ging es um ihre verschiedenen Ansichten von der Welt. Anne verstand die *Gemeinde* nicht mehr. Wie konnten alle Menschen darin die Welt, die hinter dem Zaun existierte, verleumden? Wie konnten sie einfach behaupten, es gäbe sie nicht oder sie sei schlecht? Was war an Maik oder Jannis falsch? Was war an ihnen böse? Das war wie ein Schlag in ihr Gesicht, wenn ihr Vater das behauptete. Aber nicht nur das. Eines Abends kam ihr Vater von einem Nachmittag mit seinen Freunden und Arbeitskollegen im Gemeinschaftszentrum für die höchsten Herren der Gemeinde und relativ betrunken zurück. Anne versuchte so gut wie möglich, ihm aus dem Weg zu gehen. Was spätestens abends am Esstisch nicht mehr funktionierte. Auch dort saß er mit einer Flasche Bier an seinem Platz. Die letzten Wochen hatte Anne immer geschwiegen und die brave Tochter gespielt. Sie war zu den Gottesdiensten gefahren und hatte sich um einen Ausbildungsplatz in der Gemeindeküche beworben. Sie war sogar angenommen worden und zu ihrem Glück kam sie dabei an einen Zeitungsstand vorbei. Jannis hatte ihr erzählt, dass er, seit er 16 Jahre alt war, kleinere Kolumnen für eine Hamburger Zeitung schrieb. Am Abend vor ihrer Rückkehr hatten sie besprochen, dass, wenn Anne wirklich in der Küche aufgenommen wurde, sie per Zeitung Kontakt hielten. Jannis wollte ihr kleinere Botschaften hinterlassen. Wie Anne antworten wollte, war ihnen noch schleierhaft, aber sie hofften auf ein Wunder.

Am besagten Abend saßen sie also am gedeckten Tisch, das Abendgebet war längst gesprochen, da passierte es nicht zum ersten Mal, dass Anne der Geduldsfaden riss und sie ihren Vater anschrie:

„Sag mal, musst du eigentlich immer trinken? Das nervt! Du bist widerlich!"

Johannes blieb der Bissen im Hals stecken. Er spülte mit Bier hinterher. Dann stand er langsam auf und hauchte:

„Du biswie deine Mudder. Schtur und rebellüsch. Dat hab ich so anihr jehasst."

Anne stand nun ebenfalls auf und wich einen Schritt zurück. Doch ihr Vater kam näher. Er strich ihr über den Arm und sagte:

„Wenn se nich auf mich jehört hat, da chab ichse... bums!"

Anne war es unangenehm, dass er über ihre Mutter redete. Sie hatte keinerlei Erinnerungen und wollte sie durch die Aussagen eines betrunkenen Vaters nicht verfälschen. Kathleen meinte, sie sei zu jung gewesen, um sich zu erinnern, was geschah, aber auf Nachfragen von Annes Seite, antwortete ihre große Schwester nie. Deshalb ging Anne davon aus, dass ihre Mutter sie im Stich und alleine gelassen hatte. Was sie wiederum wütend machte.

Ihr Vater kam immer näher. Bald stand Anne mit dem Rücken zur Wand der Küche und ihr Vater stand so dicht vor ihr, wie es nur ging. Anne hatte eine Ahnung, was er nun wollte. Sie ahnte, was jetzt geschah. Doch sie wollte es nicht. Sie wollte zu Jannis – oder sterben.

Die nächsten Stunden waren nach dem Ereignis in Annes Kopf eingebrannt, wie eine Brandmarke. Trotzdem vermied sie es daran zu denken. Sie saß mitten in der Nacht auf dem Fensterbrett ihres Zimmers. Sie zitterte am ganzen Körper. Immer wieder kamen Bilder in ihr Gedächtnis. Bilder, wie ihr Vater sie betrunken auszog. Wie er sich unbeholfen auszog. Wie er sie, trotz ihres Schreiens und Schlagens, vergewaltigte. Das Feuer war wieder ausgebrochen. Die letzten Monate hatte Anne nicht an die Zeit im Keller denken müssen, hatte sich erfolgreich immer wieder abgelenkt. Doch jetzt kamen die Erinnerungen, wie eine Granate. Diese Bilder führten Anne immer wieder zu einem Gedanken. Leise flüsterte sie ihn zum x-ten Mal vor sich hin:

„Ich werde ihn eh nie wieder sehen. Ich möchte nicht mehr hier sein. Bitte, lieber Gott. Lass mich nicht auch noch im Stich. Ich kann nicht mehr."

In ihrer linken Hand befand sich schwer und silbrig ein großes Küchenmesser. Sie wollte es irgendwie schaffen, dass bei ein oder zwei

einzelnen Schnitten so viel Blut herauskam, dass sie starb. Sooft hatte sie daran gedacht. Ein einziges Mal hatte sie es schon versucht. Da war sie 13 Jahre alt gewesen. Sie hatte ein paar schlechte Noten bekommen und Kathleen war schon in der Ausbildung. Sie hatte Angst gehabt, dass ihr Vater wütend wurde. Sie hatte schließlich versagt. Also hatte sie jeden Erste-Hilfe-Koffer in der Schule durchwühlt und hatte alle Tabletten gesammelt, die irgendwie nützlich aussahen. Sie war damit auf die Toilette gerannt und hatte sie geschluckt. Mit Wasser hatte sie hinterhergespült und noch mehr geschluckt. Irgendwann war sie bewusstlos geworden. Als sie aufwachte, lag sie im Gemeindekrankenhaus. Ihre Schwester stand bei ihr und hat geweint. Ihrem Vater war es egal gewesen. Sie war nach Hause gegangen und alles war wie vorher. Den Ärger für die schlechten Noten hatte sie jedoch trotzdem bekommen.

Diesmal war es etwas Anderes. Anne hatte keine Kraft, weiterhin so zu verbleiben. Heiße Tränen rannten ihr Gesicht hinunter. Sie landeten auf ihren Beinen. Vorsichtig setzte sie die Klinge des Messers parallel auf die Pulsadern. Würde es so funktionieren? Anne hoffte es. Sie drückte das Messer in die Haut. Sofort kam ein Schwall Blut heraus. Beim zweiten Schnitt genauso. Der Schmerz, den sie bis eben noch in ihrer Magengegend gespürt hatte, und diese schlechten und negativen Gedanken existierten plötzlich nicht mehr. Sie waren in greifbaren Schmerz verwandelt worden. Anne wusste, sie würde irgendwann bewusstlos werden. Also legte sie sich in ihr Bett, machte nicht die leiseste Anstalt, die Blutung zu stoppen und schlief zufrieden ein.

Doch anders als erhofft, wachte sie mit den ersten Sonnenstrahlen wieder auf. Das Blut floss nicht mehr weiter und sie lebte ebenfalls noch. Wütend wechselte sie die Bettwäsche, auf der kleinere Mengen Blut zu finden waren, und wischte den Boden. Dabei weinte sie Wutränen. Das war nicht fair!

Als sie an diesem Morgen auf den Kalender sah, hüpfte dennoch ihr Herz. Der 1. Oktober! Heute begann sowohl Annes Ausbildung als auch Jannis Studium! Jetzt war es wieder ein Lächeln auf Annes

Lippen. Heute gab es für sie die erste Nachricht seit langem von Jannis. Anne beeilte sich mit dem Anziehen. Dann lief sie zum Frühstückstisch, nahm sich einen Apfel und zischte davon. Ihr Vater hatte nicht einmal die Chance, zu fragen, was passiert sei.

Mit ihrem Fahrrad fuhr Anne keine halbe Stunde später durch die Straßen Hamburgs. Es war seltsam, zu wissen, dass sie niemals in diese Welt gehören würde. Sie fuhr an Müttern mit ihren kleinen Kindern vorbei und sehnte sich augenblicklich nach ihrer Eigenen. Studenten pfiffen ihr hinterher, doch sie ignorierte sie. Eine ältere Dame beschimpfte sie, als Anne ihr ausversehen zu dicht auffuhr. Die Sonne bündelte ihre gesamte Kraft und ließ Anne den Schmerz in ihrem Handgelenk vergessen. Vor einem Kiosk bremste sie ab. Dort sah sie einen Studenten, den sie fast ebenso lange wie Jannis nicht mehr gesehen hatte. Maik!
Vorsichtig stieg sie vom Rad und sah sich um. Fast paranoid checkte sie jede Straßenseite dreimal, ob jemand aus der *Gemeinde* in der Nähe war. Als Anne sich sicher war, dass niemand sie beobachtete, ging sie zu Maik und tippte ihm auf die Schulter. Erschrocken drehte er sich um und staunte nicht schlecht, als Anne, die fast zwei Köpfe kleiner war als er, ihn anlächelte.
„Hallo, Maik", begrüße sie ihn freundlich.
„Hi, Anne! Das ist mal eine Überraschung. Jannis hat die letzten Wochen dauernd nur von dir geredet", plauderte er los.
„Echt? Wie geht es ihm?"
Anne suchte mit den Augen nach der wöchentlichen Zeitung, bei der Jannis als Volontär arbeitete. Sie wollte ihn unbedingt wiedersehen. An nichts anderes konnte sie denken.
„Gut, gut", antwortete Maik schnell. „Er vermisst dich ziemlich, weißt du."
„Wirklich?"
„Ja, das ist schon fast nervig. Ständig redete er von dir und sagt, er will dich wiedersehen."

Maik lächelte verschmitzt und suchte in seiner Tasche nach irgendetwas.

„Ja... ich ihn auch", flüsterte Anne traurig.

Er holte sein Portemonnaie heraus, wählte eine Zeitung und bezahlte. Ohne hineinzublicken, rollte er sie zusammen und drückte sie Anne in die Hand.

„Seite 8. Der Artikel ist von ihm. Der letzte Satz ist dir gewidmet."

Anne schaute ihn verwirrt an, las den Text dann jedoch brav durch. Es war eine Kurzbiografie über einen Hochschulprofessor und seine verlorenen Chancen. Lächelnd las sie die vielen schönen Sätze.

„Geboren in den frühen Fünfzigern als zweites Kind ist Professor Daniel Friedrich eines der Kinder, die die Schönheit der vergangenen Jahre aktiv miterlebt haben. Seine Mutter, eine Hausfrau und geliebte Mutter und Ehefrau, unterstütze ihn immer, wo sie nur konnte.

„Ohne sie wäre ich heute nicht hier", erzählt der Germanistikprofessor lächelnd.

Kein Wunder, dass seine erste Freundin, mit der er schlussendlich 10 Jahre zusammen war, ihren Namen trug.

„Kristin", sagt er. „War eine wundervolle Frau – temperamentvoll, freundlich und nicht gerade wortkarg. Nicht auf den Kopf gefallen."

In einer langen Erzählung schildert Professor Friedrich, warum es mit ihr am Ende doch nicht geklappt hat.

„Sie war ein Freigeist", so sagt er. „Mit den Gedanken hoch über den Wolken. Doch irgendwann holte die Realität sie ein. Sie bekam nach acht wundervollen Jahren der Beziehung schwere Depressionen, aufgrund lang unterdrückter Gefühle, die mir verborgen geblieben sind."

Professor Friedrich rollen die Tränen, als er uns das erzählte. Traurig und schuldbeladen wirken seine Augen. Für weitere Unterhaltungen fehlen ihm die Kraft und der Mut und so schließt er das Interview mit den Sätzen:

„Für mich war Kristin ein Segen. Sie zeigte mir die Welt aus einer anderen – idealistischen – Sicht und ließ mir viel Freiheit. Kristin wählte den Freitod und es vergeht nicht eine Sekunde, in der ich nicht an sie denke. Ich wünschte, ich würde sie wiedersehen können."

Daniel Friedrich lächelt bei dieser Vorstellung und vermutlich wird er seine Begegnung mit diesem besonderen Menschen nie vergessen können. Und vielleicht sollten wir das auch – uns mit den Menschen, die uns wichtig sind, immer und immer wieder treffen. Mit ihnen reden. Sie in den Arm nehmen. Denn jeder hat sein Päckchen zu tragen. So wie er und Kristin werden viele Liebesbeziehungen durch unüberwindbare Mauern getrennt. Wichtig ist es, sie einzureißen und sich einzugestehen, welche Gefühle einen beschleichen. Sich zusammenraufen. Bevor es zu spät ist."

Sanft lächelnd sah Anne Maik an.

„Ich weiß, was er mir sagen will", flüsterte sie. „Ich will ihn auch unbedingt wiedersehen."

Maik drückte ihr einen Stift und einen Zettel in die Hand und sagte grinsend:

„Schreib es ihm. Wenn ich es ihm sage, glaubt er mir sowieso nicht."

Anne lachte verklemmt. Als sie das letzte Mal Kontakt mit Jannis aufgebaut hatte, war sie heftig bestraft worden. Noch einmal so eine Prozedur würde sie nicht überleben. Davor hatte sie riesige Angst. Die Liebe zu Jannis überwog jedoch. Nervös griff Anne zum Papier und schrieb:

Ich will dich unbedingt wiedersehen. Du fehlst mir wahnsinnig, Jannis. Die ganze Zeit schon. Anne

Sie gab Maik den Zettel und sagte schnell:

„Ich muss jetzt wirklich gehen. Sonst gibt's Ärger. Bis dann."

„Okay", antwortete Maik und schaute ihr nach, wie sie auf dem Rad davon fuhr.

Die nächsten Stunden vergingen für Anne wie im Flug. Sie spürte, wie sie wieder vor Energie strotzte. Keine schlechte Botschaft konnte sie umhauen. Kein Windstoß sie aus der Bahn drängen. Selbst die abschätzigen Blicke ihrer Kolleginnen konnte sie übersehen. Wissbegierig und aufopferungsvoll erfüllte sie selbst die niedersten Aufgaben. Dass sie vor nicht einmal 24 Stunden ihr Leben hatte beenden wollen, vergaß und verdrängte sie schnell.

Am nächsten Morgen hatte sie es sehr eilig, zum Kiosk zu kommen. Viel früher als sonst war sie da. Sie wurde nicht enttäuscht. Maik wartete bereits auf sie.

„Hey!", rief sie überglücklich und ohne jede Vorsicht.

Maik lachte und begrüßte sie.

„Na, heute kein vorsichtiges Umsehen?"

Anne errötete und schwieg.

„Ist ja auch egal", fuhr Maik fort. „Hier, eine Nachricht von ihm."

Mit vor Aufregung zitternden Händen faltete Anne den Zettel auseinander und las:

Ich vermisse dich auch. Ich kann nur noch an dich denken. Nicht mehr lange und wir sehen uns wieder. Versprochen!

„Heißt das, ich werde ihn wiedersehen?"

Anne hüpfte vor Freude. Auch, wenn sie sämtliche Regeln brach, sich nicht an die Gebote hielt und sie somit ihr Leben im Paradies in Frage stellte, wurde sie hibbelig allein bei dem Gedanken daran, dass sie Jannis wiedersehen durfte. Jannis mit seinen sanften Augen und den zärtlichen Worten. Der ihr das Gefühl gab, jemand Besonderes zu sein. Jemand, der es wert war, zu existieren.

Maik nickte.

„Toll!", rief Anne. „Ich warte darauf."

Sie stieg wieder auf ihr Rad und fuhr davon. Jetzt wäre ihr sogar egal gewesen, hätte ihr Vater das alles mitbekommen.

8

Tage und Wochen wartete Anne geduldig. Sie fuhr jeden Tag zu ihrer Ausbildungs- und Arbeitsstelle und wieder tapfer zurück. Dabei war die Versuchung, mal eben spontan zu Jannis zu fahren, viel zu groß. Doch sie hielt durch. Sie musste. Noch einmal in einen der Kellerräume wollte sie nicht. So sehr sie Jannis auch liebte, ihr Leben wollte sie nicht auf diese Weise verlieren.

Als sie das nächste Mal Maik sah, war es bereits Anfang November. Es regnete in Strömen, aber Anne fuhr trotzdem mit dem Fahrrad. Sie war spät dran, weshalb sie relativ gehetzt am Kiosk ankam. Sie grüßte Maik nur kurz angebunden und ließ sich die Zeitung kaufen. Das war mittlerweile fast so etwas wie ein Ritual geworden, das, Gott, sei Dank, noch niemand bemerkt hatte.

„Seite 8, der Artikel über den Park", sagte Maik leise zu ihr.

„Okay. Danke."

Mit diesen Worten verschwand Anne wieder im Novemberregen. Maik lächelte. Er verstand es gut, warum Jannis dieses Mädchen mochte. Trotzdem ging ihm das Bild von vor vier Monaten nicht aus dem Kopf. Wie sie mit dem Handtuch um den Arm vor ihnen stand. Diese erschrockenen Augen. Diese Angst in jeder Bewegung. Das mit ihrem Arm war sicherlich sie selbst gewesen, vermutete Maik. Doch was war sonst geschehen? Selbst Jannis wusste es nicht. Auf dem Weg zu seinem Bruder dachte der Student viel über dieses Mädchen nach, aber als er in der Wohnung seiner Mutter und seinen Geschwistern ankam, war er keinen Schritt weiter.

Kaum trat er in den Raum, fragte Jannis ihn aus:

„Was hat sie gesagt? Wie geht es ihr? Hat sie sich sehr verändert? Ist sie glücklich?"

„Ganz ruhig, Kleiner. Eins nach dem anderen!"

Ungeduldig wartete Jannis bis Maik am Schreibtisch in dem Zimmer seines Bruders saß.

„Ist Mutti eigentlich da?"

„Nein, sie ist mit Timo unterwegs. Und Larissa ist in der Schule."

„Stimmt. Hmm. Und wann hast du deine nächste Vorlesung?"

„Heute um 14 Uhr. Aber das ist doch egal. Was ist jetzt mit Anne?"

„Jaja, schon gut", lachte Maik. „Also... Ich denke, es geht ihr augenblicklich ganz gut, doch sie ist eine gute Schauspielerin. Das heißt, es könnte ihr auch schlecht gehen. Auf jeden Fall war sie heute spät dran und deshalb ein wenig gestresst."

Jannis begann auf seinen Nägeln zu kauen und schaute auf den Boden.

„Hat sie sich äußerlich sehr verändert?", fragte er leise. „Nicht, dass ich sie nachher nicht wiedererkenne."

„Naja. Dünn ist sie geworden, fast mager und blass. Ihre Haare sind dünner geworden. Aber sie ist dennoch hübsch."

Maik versuchte ein Lächeln und sah seinen kleinen Bruder an. Er ahnte, dass Jannis noch lange an der Liebe zu Anne knabbern würde und auch, dass es ihm jegliche Kraft kosten würde. Dass er sich verbeißen würde und sich selbst immer zurückstellen würde. Doch all das sagte der Psychologiestudent nicht. Liebe brachte Menschen dazu, die verrücktesten Dinge zu tun, und wenn Jannis dieses kleine, magere, zerbrechliche, ängstliche Mädchen liebte – ja, dann war das halt so.

„Und sonst? Was ist dir aufgefallen?", drängte Jannis ihn weiter.

„Weißt du, dass du dich anhörst, wie ein Polizist?!", lachte Maik erneut.

„Ist doch egal." Auch Jannis musste nun lachen.

Maik dachte einen Moment nach.

„Hmm. Was mir aufgefallen ist ... Sie geht immer noch auf Abstand und sieht etwas ängstlich aus. Sie knabbert noch an den Nägeln. Und ansonsten... Eigentlich nichts."

„Und was sagt sie?"

„Nichts weiter. Sie ist sehr still."

„Stimmt. Das war sie schon immer, seit ich sie kenne."

Einen Moment herrschte absolutes Schweigen. Dann fragte Jannis traurig:

„Vermisst sie mich?"

„Ich denke ja. Sie freut sich sehr, dich wiederzusehen."

„Schön. Dann werde ich mich sofort an den nächsten Artikel machen."

Die Arbeit an diesem Morgen ging Anne leicht von der Hand. Obwohl sie die langweiligste Arbeit in der großen Kantine verrichtete, nämlich das Essen an die Arbeiter verteilen, lächelte sie. Die Kantine war groß, weiß und unpersönlich. So wie jeder Raum und Ort der Gemeinde. Die ganze Halle war von tiefen Bass- und Tenorstimmen erfüllt. Zwischen 300 und 400 Arbeiter. Was für Arbeiten sie verrichteten, wusste Anne nicht. Die Köchinnen wussten es. Doch Köchinnen, Essensausgeber und Putzfrauen durften nicht miteinander reden, nur privat, doch Pausen gab es fast nie.

Junge Frauen und auch die, die schon etwas älter waren, wechselten sich mit den Arbeiten ab.

An diesem Tag waren die Jüngeren mit der Essensausgabe dran. Also auch Anne. Doch statt froh darüber zu sein, etwas zu tun zu haben, fand sie die Arbeit langweilig und eintönig.

Gegen 13 Uhr war Anne fast mit ihrer Schicht zu Ende. Sie war erschöpft. Ihr Kopf dröhnte. Da fiel ihr ein, dass sie noch eine Pause übrig hatte. Sie legte die Schürze ab und ging nach draußen. Niemand bemerkte sie. Die Zeitung nahm sie mit. Wie Maik gesagt hatte, schlug sie Seite 8 auf. Der Titel lautete „Neueröffnung des Nebellandparkes". Schnell las Anne den Artikel:

„Am 11. November wird der renovierte Nebellandpark am Rand der Hansestadt eröffnet. Die Einweihungsfeier beginnt um 19 Uhr. Um 1500 Leute werden erwarten. Der Park war vor einem halben Jahr durch Randale niedergebrannt (Wir berichteten). Ab diesem Datum wird der Nebellandpark unter Denkmalschutz stehen. Also: Lass es dir nicht entgehen und komm!"

Anne war stutzig. In einer Menschenmasse sich treffen? Andererseits war es ziemlich raffiniert. Niemand aus der Gemeinde würde gerade Anne in so einer Festlichkeit erwarten. Jeden Anderen, aber nicht die stille Einzelgängerin Anne Röckitz. Blieb nur noch das Problem mit ihrem Vater. Aber auch das würde sie hinbekommen.

Wie versprochen stand Anne am 11. November am Tor des eben eröffneten Nebellandpark. Sie sah sich suchend nach Jannis um. Wo war er hin? Sie verstand es nicht. Nachdem sie eine halbe Stunde gewartet hatte, hielt ihr jemand die Augen zu. Sie erschrak heftig und stieß den Scherzkeks weg. Dann drehte sie sich um. Wer sie so erschrocken hatte, war Jannis gewesen! Jetzt lachte sie und fiel ihm um den Hals.

„Ich wusste nicht, dass du wirklich kommst. Wegen deinem Vater und so...", sagte Jannis leise.

Anne erwiderte:

„Verlass dich auf mich. So was bekomme ich immer hin!"

Ohne recht zu wissen, was er tat, nahm er Annes Gesicht in seine Hände und zog sie näher an sich heran. Als er jedoch sah, dass in ihren Augen Panik sich ausbreitete, ließ er sie sofort los.

„Was ist los? Hab ich was falsch gemacht?"

Anne schüttelte den Kopf und antwortete:

„Nein. Nichts. Es ist nur... Mir wurde auf diese Art in letzter Zeit oft wehgetan."

Jannis schluckte. Er wollte etwas erwidern, dass ihre Angst mindern würde. Doch er wusste nicht, was. Anne schaute auf den Boden und trat nervös von einem Fuß auf den anderen. Es war mehr als sie eigentlich hatte sagen dürfen.

„Sag was", meinte sie nach einer Weile.

„Was denn?"

Sie zuckte mit den Schultern. Ein unangenehmes Schweigen entstand. Langsam trat Anne wieder an Jannis heran. Warum eigentlich nicht?, dachte sie. ‚Er ist nicht mein Vater und er hat mir noch nie wehgetan.' Unbeholfen drückten sich ihre Lippen aufeinander. Es war seltsam für Anne. Da war kein Gefühl der Bedrängnis, der Angst oder des Zwangs. Ihr wurde warm im Bauch und es kribbelte förmlich. Der Kuss dauerte nicht lange. Zufrieden lächelnd lehnte Anne sich an Jannis Schulter.

Er räusperte sich einmal bevor er wieder sprach:

„Das war ... Schön."

„Ja", antwortete sie leise.

Mitten im Getümmel legte Jannis seinen Arm um Annes Hüfte und flüsterte ihr ins Ohr:

„Ich glaub, ich mag dich. Und das ziemlich dolle."

Anne drehte sich zu ihm um und antwortete:

„Ja. Ich dich auch. Ich liebe dich auch."

Sie küssten sich erneut. Für einen Moment war alles gut. Doch der Moment währte nicht lange. Da Anne nur Augen für *ihren* Jannis hatte, bemerkte sie nicht, wie ein glatzköpfiger Mann sie beobachtete. Erst als Jannis sie losließ und sich ihr Verstand wieder einschaltete, sah sie ihn. Er blickte sie finster an.

„Oh nein", flüsterte das junge Mädchen.

Jannis sah sie verwirrt an und fragte:

„Was ist los?"

„Ich muss gehen", presste Anne hervor.

Ohne weitere Erklärungen stürmte sie davon. Sie rannte wie um ihr Leben. So schnell sie ihre Füße trugen lief sie Richtung Heimat. Obwohl das in ihren Augen eher bei Jannis als bei ihrem Vater war.

Außer Atem traf sie an ihrem Haus ein. Es lag still in der Dunkelheit. Vorsichtig schloss Anne die Tür auf. Es war alles ruhig. Keine Menschenseele war zu hören. Anne runzelte die Stirn. Sie schloss die Tür hinter sich und ging langsam zur Küche. Auf dem Esstisch lagen ein schmieriger Zettel und ein zerkauter Stift. Anne nahm den Zettel in die Hand und las:

"Hallo Anne. Ich bin bei Vladimir. Ich hoffe du kommst nicht allzu spät nach Hause. Dein Vater."

Ganz plötzlich wurde Anne wütend. War sie ganz umsonst nach Hause gerannt? Hatte sie Jannis ganz umsonst stehen gelassen?

Hastig stapfte sie ins Bad. Sie schwitzte vor Zorn. Deswegen zog sie ihre Sachen aus und stieg in die Dusche. Dass das Wasser am Anfang eiskalt war, störte sie heute nicht. Sie duschte ausgiebig. Kathleens Shampoo stand seit Mai hier. Sie hatte es nie angerührt und ihren Vater kümmerte es nicht. Heute aber nahm sie es in die Hand und drückte einen walnussgroßen Tropfen heraus. Sie roch daran.

Genauso hatten Kathleens Haare auch immer gerochen. Nach einer Mischung aus Rose und Honig. Anne schäumte sich die Haare mit dem Kathleen-Shampoo ein. Doch als sie sie ausspülte, konnte sie nicht sagen, ob es normale Wassertropfen oder Tränen waren, die ihre Wange hinunterliefen. Sie kam wieder aus der Dusche heraus und stieg in den grauen Bademantel, der ihr gehörte. Abreagiert war sie immer noch nicht.

Da entdeckte sie die Rasierklingen ihres Vaters. Erlösung, schoss ihr durch den Kopf. Mutig trat sie auf die Klinge zu und nahm sie in die Hand.

Die Narben von ihrem Kelleraufenthalt waren schon fast verheilt. Sie hatte sich seit dem Abend mit ihrem Vater nicht mehr geschnitten. Warum es heute dann wieder tun? Anne wusste die Antwort. Darum. Sie wusste schon seit Monaten oder sogar Jahren, dass es falsch war. Sooft hatte Kathleen sie traurig angesehen oder den Kopf enttäuscht geschüttelt als Anne eine oder zwei rote Narben mehr hatte, obwohl sie selbst nicht besser war. Nie hatte es die Wirkung verfehlt. Doch es war auch noch nie so ausgeartet wie im Keller. Heute würde es auch helfen. Doch was würde Jannis dazu sagen? Würde er es verstehen? Wahrscheinlich nicht. Trotzdem legte sie die Klinge nicht aus der Hand. Ein Schnitt würde nie so wehtun wie das, was sie ertragen musste. In dem Moment wo sie die Klinge auf ihre Haut legte, fragte sie sich, warum außer Kathleen nie jemand versucht hatte, sie aufzuhalten. Warum es jedem egal zu sein schien. Allen voran ihrem Vater. Sie fragte sich allgemein immer viele Sachen. Früher hatte sie auch viel nachgefragt. Doch warum sie damit aufgehört hatte, wusste sie nur verschwommen. Sie wusste, dass sie irgendwann im Krankenhaus lag. Danach hatte sie nie wieder irgendetwas in Frage gestellt. Insbesondere das Verschwinden ihrer Mutter. Bei diesem Gedanken lief eine Träne an Annes Wange hinunter. Auch dafür hasste sie sie. Ihre Mutter machte sie schwach, warf Gefühle hoch und machte das junge Mädchen verletzbar.

Als sie heute Abend die erste Wunde schnitt, sah sie sich selbst vor ihrem inneren Auge, wie sie es das allererste Mal tat. Sie hasste diese

Bilder. Schnell schüttelte sie den Kopf und schnitt erneut. Die Wirkung, diese Beruhigung und Erleichterung, kam langsam hervor. Noch ein dritter und ein vierter Schnitt, dann lächelte Anne wieder. Nie war sie so zufrieden gewesen.

Eine halbe Stunde später lag sie auf dem Bett und öffnete ihr Tagebuch. Sie schlug den Einband auf. Darin enthalten war eine Nachricht von ihrer Mutter. Das Einzige, was Anne von ihr geblieben war. Die Botschaft kannte sie schon auswendig. So oft hatte sie sie gelesen.

„Liebste Anne. Alles Liebe zu deinem 7. Geburtstag. Wenn Kathleen dir dieses Büchlein gibt, werde ich schon lange nicht mehr da sein. Sie wird es dir sicherlich erklären, wenn du alt genug bist. In Liebe, deine Mutter."

Liebevoll strich das Mädchen über die Schrift. Auch wenn sie ihre Mutter hasste, spürte sie die tiefe Liebe in diesen geschriebenen Worten. Dann schlug sie ein paar Seiten weiter. Sie hatte unregelmäßig geschrieben. Sie wusste erst nicht, was sie schreiben sollte und erzählte über die Schule und so etwas. Später schrieb sie nur noch maximal einmal im Monat, wenn überhaupt. Seit drei Jahren schrieb sie gar nicht mehr. In der Mitte des Buches befand sich der letzte Eintrag. Das Datum war der 13.05.1993. Dies war der Tag, an dem sie sich das erste Mal geschnitten hatte. Als sie das erste Mal erfahren hatte, was Erleichterung bedeutete. Völlig in Gedanken las sie die eigene Handschrift.

„Liebes Tagebuch,

heute war ein toller Tag. Naja. Wie man es nimmt. Ich weiß nicht so recht, wo ich anfangen soll. Soll ich damit

anfangen, dass mein Vater mich weiterhin nicht ernstnimmt? Oder damit, dass Kathleen bald in die Ausbildung geht und ich alleine mit ihm sein werde? Oder damit, wie mich in der Schule alle auslachen? Oder aber damit, dass ich endlich eine Lösung für all das gefunden habe? Ich denke, das Letzte ist am wichtigsten. Eigentlich war es ein dummer Zufall. Ich sollte für das Abendessen das Gemüse kleinschneiden und rutschte ausversehen ab und schnitt mir in den Daumen. Erst passierte nichts, doch dann spürte ich diese Wärme in meinem Körper, dieses Kribbeln in den Händen. Ich spürte, dass ich lebte! Also nahm ich das Messer mit auf Toilette und versuchte es erneut. Ich schnitt in meine Hand. Es blutete. Es tat gut. Noch einmal. Ich fühlte mich so befreit! Nun schmerzt mir meine Hand, da ich keinen Verband rumgemacht habe (wegen Vater und Kathleen!), aber es ist auszuhalten.

Bis irgendwann einmal,

Anne"

Sie blätterte eine Seite weiter. Unbeschrieben, weiß. Dann nahm sie den Füller in die Hand und schrieb vorsichtig das heutige Datum.

11.November 1996. Wollte sie wirklich die Ereignisse aufschreiben? Auch mit der Gefahr, dass ihr Vater es lesen könnte? Ja. Also schrieb sie:

„Liebes Tagebuch.

Die letzten drei Jahre, in denen ich nicht schrieb, waren aufwühlend. Ganz besonders die vergangenen Monate. Es fing damit an, dass Kathleen vor ca. 4 oder 5 Monaten abhaute. Einfach so. Schrieb nen Brief und verschwand. Ich hasse sie dafür. Andererseits hätte ich so Jannis nicht kennengelernt. Er ist jetzt 20 Jahre alt und der süßeste Mensch, den ich je kennen gelernt habe. Ich habe ein wenig Angst davor, meine Gefühle für ihn zu akzeptieren und sie jemandem zu erzählen, doch ich kann an nichts anderes mehr denken. Ich liebe ihn einfach. Vielleicht werden wir eines Tages glücklich sein. Wer weiß. Vielleicht haue ich eines Tages einfach ab. So wie Kathleen.

Alles Liebe,

Anne.“

Obwohl es erst 21 Uhr war, legte Anne das Büchlein weg, schaltete das Licht aus und legte sich ins Bett. Sie war erschöpft und schlief kurze Zeit drauf ein.

TEIL 1 ~ENDE~

TEIL 2
1998/1999

10

Anne öffnete langsam ihre Augen. Ihr schien die Sonne ins Gesicht. Wo war sie? Im Himmel? Nein, bestimmt nicht. Vorsichtig richtete sie sich auf und sah sich um. Sie war nicht im Himmel, nicht einmal in einem Traum war sie. Sie befand sich immer noch in ihrem kleinen Zimmer. Enttäuscht stand Anne auf. Beim Anziehen und Waschen dachte sie nach. Welcher Tag war heute? Sie hatte das Zeitgefühl komplett verloren. Vor ein paar Wochen hatte sie einen Kalender von Jannis geschenkt bekommen. Doch wo war er hin? Sie suchte in ihrem gesamten Zimmer, bevor ihr einfiel, dass sie ihn unter die Matratze gelegt hatte. Zusammen mit dem kleinen Küchenmesser. Sie nahm nur den Kalender hervor und blätterte in ihm. Sie wusste, dass Februar war und dass gestern Donnerstag gewesen war. Also war heute Freitag. Und vorletzte Woche Montag war noch Januar gewesen. Dann musste heute Freitag, der 13.Februar 1998 sein. Anne stockte der Atem. Nicht, weil es ein Pechtag war. Sondern, weil Anne heute Geburtstag hatte. Sie vergaß ihren eigenen Geburtstag! Und es war nicht irgendein Geburtstag. Es war ihr 18.!

Erschrocken plumpste sie auf den Boden. Wie hatte sie das vergessen können? Nun ja. Ihr Vater würde es so oder so vergessen und Jannis sah sie nicht vor Montag. Er hatte heute frei oder so. Also warum daran denken? Kopfschüttelnd legte sie den Kalender wieder unter die Matratze.

Völlig entgeistert trat sie dann in den Hausflur ein. Es war still. Konversationen zwischen Anne und ihrem Vater fanden schon lange nicht mehr statt.

Vorsichtig tapste sie in die Küche. Eine benutzte Tasse stand dort und eine aufgeschlagene Gemeindezeitung. Ihr Vater hatte also heute Frühdienst. Um ganz sicher zu sein, ging sie ins Schlafzimmer. Der Raum war schmutzig-orange gestrichen und versprühte negative Energien. In der Mitte stand das Doppelbett von ihrem Vater. Es war aus dunklem Holz. Vor langer Zeit hatte darin noch eine Frau, Annes Mutter, gelegen. Anne war immer noch sauer, dass sie sie allein gelassen hatte und so schnell würde sich nichts daran ändern.

Neben dem Bett stand eine große Truhe. Ebenfalls aus dunklem Holz. Nie zuvor hatte Anne gesehen, was darin war. Fast schleichend ging sie auf die Truhe zu. Warum sollte sie es nicht wissen? Alt genug war sie doch!

Ganz leise hob sie den Deckel an. Er quietschte ein wenig. Doch im nächsten Moment ließ sie ihn wieder fallen. WAS war das? Mit aufgerissenen Augen öffnete sie die Truhe abermals und starrte hinein. Obwohl sie groß war, war sie ziemlich leer. Das Erste, was Anne entdeckte, war ein Paar Kinderschuhe. Es waren kleine weiße Ballerinas mit einem Riemen, auf dem eine hellrosa Blume befestigt war. Ganz vorsichtig nahm Anne die Schuhe. Vielleicht gehörten sie zu einer Siebenjährigen. Dann legte sie die Schuhe beiseite und griff noch einmal in die Kiste. Diesmal zog sie einen Schal hervor. Er war gelblich. Wahrscheinlich lag er schon ziemlich lange in der Truhe. Er war samtig und fein verarbeitet. Man erkannte, dass die eigentliche Farbe hellblau gewesen sein musste. In ihrem Unterbewusstsein kannte Anne den Schal, aber sie wusste nicht woher.

Sie legte den Schal zu den Schuhen und schaute, ob noch mehr Dinge in der Kiste waren. Auf den ersten Blick sah sie nur ein graues Kleid und einen Plüschtierhasen. Beides nahm sie heraus. Das Kleid muss entweder einem sehr dünnen oder jungen Mädchen gehört haben. Es war eng geschnitten, grau und hatte kurze Ärmel und einen weißen Spitzenkragen. Durch das lange Lagern war es staubig und schmutzig. Anne erkannte sofort, dass es das Sonntagskleid eines kleinen Mädchens war. Sie selber hatte so etwas auch besessen, ebenso wie Kathleen. Doch nachdem ihre Mutter verschwunden war, waren die Schwestern nur selten am Sonntag ausgegangen.

Der Stoffhase war interessanter. Er hatte beigefarbenes Fell und eine hellblaukarierte Schleife um den Hals. Einen weißen Bauch, der etwas gräulich wirkte, besaß er auch. Mit großen dunkeln Murmelaugen sah er Anne an. Sie bemerkte, dass er mehrmals genäht wurde. Irgendetwas an diesem Stofftier kam ihr vertraut vor. Wärme stieg in ihr auf. Die 18-jährige behielt ihn in der Hand, während sie erneut in die Truhe griff.

Es war ein weiteres Kleid. Doch anders als bei dem Anderen, meinte Anne, es zu kennen. Es gehörte einer Erwachsenen und war nicht grau sondern dunkelblau. Das Kleid hatte lange Ärmel und ging bei einer mittelgroßen Frau bis zu den Knöcheln. An den Ärmelenden und am Saum am Beinende waren weiße Ränder angenäht worden. Eine weiße Schleife zierte die Mitte. Sie war aus dem gleichen Stoff wie der Schal.

Gerade wollte Anne die Dinger wieder in die Kiste legen, da sah sie noch drei Gegenstände am Boden der Truhe liegen. Eine Kette, ein Bild und ein Tagebuch.

Als erstes griff sie nach der Kette. Sie sah aus wie die, die Anne immer trug. Jedes weibliche Mitglied der Gemeinde musste so Eine tragen. Ein silbernes Band mit einem schwarzen Kreuz als Anhänger. Auf der Rückseite standen der Name und das Geburtsdatum. Anne drehte den Anhänger um und las:

Lydia Jane Markwardt, 04.06.1947

Das war ihre Mutter! Warum war die Kette ihrer Mutter in einer Truhe im Schlafzimmer ihres Vaters? In diesem Moment fiel ihr wieder ein, wem das dunkelblaue Kleid gehörte. Lydia, ihrer Mutter. Völlig schockiert griff sie nun nach dem Bild. In der anderen Hand hielt sie immer noch das Stofftier. Es war ein Familienfoto. Darauf erkannte sie ihren Vater, wie er vor ca. 15 Jahren ausgesehen haben musste. Und ihre Schwester Kathleen als sie ca. sechs oder sieben war. Die Frau mit den roten Locken könnte ihre Mutter gewesen sein. Sie hatte das blau-weiße Kleid an und das Tuch um den Hals, das Anne vorhin gefunden hatte. Sicher war sich Anne jedoch nicht. Sich selbst erkannte sie auch. Sie war das jüngste Kind auf dem Bild. Da war sie vielleicht drei Jahre alt. Etwas an diesem Foto verwirrte sie aber. Neben Kathleen stand noch ein anderes Mädchen, das ungefähr acht Jahre alt sein musste. Es sah aus wie Anne in dem Alter. Wer war dieses Mädchen? Eine Freundin von Kathleen vielleicht? Doch weshalb sollte eine Freundin auf einem Familienfoto sein? Verwirrt legte sie das Bild beiseite und nahm das Tagebuch. Hoffentlich standen dort alle Antworten drin, nach denen Anne suchte. Doch erst

einmal musste Anne herausfinden, wem das Tagebuch gehörte. Schon auf den ersten Seiten wurde das Mädchen fündig.

03.01.1986

Ich beginne dieses Tagebuch heute. Seit zirka 35 Jahren liegt es in meinem Schrank und nie habe ich es angerührt. Heute soll der erste Eintrag sein. Da ich aber dieses „Liebes Tagebuch" nicht mag, schreib ich keine Begrüßung.

So viel dazu.

Also. Ich heiße Lydia Jane Röckitz. Eigentlich Markwardt, aber ich habe vor 23 Jahren geheiratet. Einen nicht so tollen Mann, aber es musste sein.

Bis bald, L.

Das Tagebuch ihrer Mutter! Wieso hatte sie es nicht mitgenommen? Erstaunt blätterte sie ein paar Seiten weiter. Am 14.02.1986 stand:

Der Geburtstag war ein voller Erfolg. Anne hat sich sehr über den Hasen gefreut. Sie war ganz hin und weg. Das fand ich sehr schön. Kathleen wird immer größer. Wir haben beide heute gemessen. Kathleen war 137 cm groß! Das war sehr gut, denn vor ein paar Wochen war sie noch ca. 135 cm groß. Anne ist noch lange nicht so weit. Sie misst erst 104 cm. Aber selbst dabei war sie schon sehr stolz. Meine Kinder sind solche Engel. Ich hoffe, sie werden bei dem, was sie später tun werden, erfolgreich sein. Ich wünsche es den beiden so sehr!

Vielleicht sehe ich nächste Woche Andrej wieder... Aber vielleicht auch nicht, denn ich habe das Gefühl, als wenn Johannes langsam dahinter kommt!

Liebste Grüße, L.

Andrej? War ihre Mutter verliebt in jemanden gewesen, der nicht ihr Vater war? War sie deshalb abgehauen? Und dieser Hase. War es der, den Anne noch immer in der Hand hielt? Schnell blätterte sie weiter. Sie hielt bei einem Datum Ende März.

27.03.1986

Anne liegt im Krankenhaus! Sie ist gestürzt, sagt Johannes. Ich glaub ihm kein Wort. Sie zuckt vor jeder Berührung weg. Ich glaube, er hat ihr etwas angetan!

Bis dann, L.

In Annes Augen sammelten sich Tränen. Hatte ihre Mutter tatsächlich sich Sorgen gemacht? Um ihre Tochter? Für einen Moment blitzte ein Bild in Annes Augen auf. Ihr Vater, wie er wütend auf die kleine Anne war. Wie sie dasaß und malte. Eine Katze hatte sie gemalt und aus tiefster Seele gelacht. Er war wütend geworden, daran erinnerte sich Anne. Er hatte sie in ein anderes Zimmer gezogen. Fort von Kathleen, die stocksteif am Küchentisch saß. Er hatte Anne ins Schlafzimmer gezogen. Sie dort geschlagen. Erst ins Gesicht. Da hatte sie ihn böse angesehen. Kathleen hatte er nie geschlagen! Als sie weiterhin geschwiegen hatte, schlug er mit der Faust zu. Das kleine Mädchen stürzte. Er trat noch einmal zu. Bis sie vor Schmerzen weinte. Er schloss die Tür wieder auf und ging zu seinen Kollegen, um mit ihnen zu trinken. Wie sie aber ins Krankenhaus kam, wusste Anne heute nicht mehr. Nur, dass sie nie jemanden darüber erzählt hatte. Nicht einmal ihrer Mutter. Bis jetzt hatte sie die Erinnerungen verdrängen können. Nun aber weinte Anne, da sie schmerzten, die Erinnerungen. Sie wollte nicht weiterlesen, konnte aber nicht anders. In Gedanken versunken las sie den nächsten Eintrag.

04.04.1986

Ich hatte Recht! Kathleen hat es mir gestern unter Tränen erzählt. Die Ärmste war so aufgewühlt, dass sie kaum sprechen konnte. Und Anne sitzt, seit sie aus dem Krankenhaus raus ist, nur in der Ecke und rührt sich nicht. Sie tut mir so leid. Wie kann Johannes seinen eigenen Kindern so etwas antun? Ich versteh das nicht.

L.

Anne erinnerte sich. Sie hatte sich nichts mehr getraut, um ja keine Schläge zu kassieren, um keine Fehler zu machen. Es war an diesem Tag nicht das erste Mal gewesen, dass er seine jüngste Tochter geschlagen hatte, aber nie war es so heftig gewesen. Sie blätterte weiter. Irgendwo musste doch stehen, wer dieses Mädchen auf dem Foto war! Ein paar Einträge später entdeckte sie etwas Interessantes:

03.08.1986

Ich habe eine Kerze aufgestellt und für Luna geweint und gebetet. Anne kam und hat gefragt, was ich mache. Ich konnte nicht antworten. Sie sah traurig aus. Völlig leer. Sie konnte sich nicht an Luna erinnern. Ich hasse ihn für das, was er sowohl Luna als auch Anne angetan hat. Aber Kathleen kümmert sich rührend um Anne.

Bis dann, L.

Luna. Hieß so das Mädchen auf dem Bild. Wenn ja, warum konnte sie sich nicht daran erinnern? Und wer war diese Luna? Um eine Antwort zu finden, las sie sich die nächsten Einträge durch. Das Puzzle um das Geheimnis ihrer Mutter fügte sich langsam zusammen.

10.08.1986

Ich war letzte Nacht bei Andrej. Es war wundervoll. Andrej ist so aufmerksam und liebevoll. Ganz anders als Johannes. Da konnte ich einfach nicht widerstehen und es ist passiert...

Liebste Grüße, L.

28.08.1986

Noch anderthalb Monate, dann reist Andrej von hier fort. Das ist schade. Am 15. Oktober...

Eine gute Nachricht gibt es allerdings. Das Schuljahr beginnt in drei Tagen und Anne und Kathleen freuen sich doch riesig. Anne besonders, denn jetzt im Sommer hat sie sich ein wenig mit Thilia und Annemie angefreundet. Ein Zwillingspaar aus ihrer Kindergruppe. Sie werden auch in ihrer Vorschulklasse sein. Zur Einschulung schenke ich ihr ein Notizbuch. Sie zeichnet und malt nämlich gerne.

Ich denke, Johannes wird auch dies vergessen, aber egal.

L.

12.09.1986

Die Einschulung war toll gewesen. Anne hat gestrahlt. Das erste Mal seit langem. Ich wünschte nur, ich könnte/ dürfte sie zum Psychologen schicken. Sie benimmt sich seltsam. Vor zwei Tagen hat sie sich doch tatsächlich nach 4 Jahren das erste Mal wieder in

die Hose gemacht. Ich hab sie dann leise saubergemacht und getröstet. Die Kleine sah völlig fertig aus. Wenn Johannes das mitbekommen hätte, dann hätte es Schläge gehagelt. Und seit Kurzem knabbert sie wieder an den Nägeln. Das hat sie das letzte Mal vor 1 oder 2 Jahren getan! Ich mach mir wirklich Sorgen, aber nun gut.

Bis bald, L.

18.09.1986

Ich glaube, Anne geht es nicht gut. Sie ist so blass...

20.09.1986

Mist. Ich glaube, ich bin schwanger... aber nicht von Johannes. Oh Gott, wenn er das rausbekommt!

L.

10.10.1986

Es ist sicher. Ich bin wirklich schwanger. Ich habe es Andrej erzählt. Er freut sich. Er sagt, wir müssten abhauen. Ich will ja, aber was wird aus Anne und Kathleen?

Das Leben ist kompliziert.

L.

Ihre Mutter machte sich wirklich Sorgen um ihre Kinder. Sie wäre nie abgehauen ohne ihre Engel, da war Anne nun sicher. Aber warum war sie dann fort? Warum war sie nicht mehr an der Seite ihrer Kinder? Warum war Anne nun allein?

14.10.1986

Morgen fliegt er. Ich werde ihn schrecklich vermissen.

30.10.1986

Ich vermisse ihn. Sehr sogar. Anne geht es wieder einigermaßen. Vielleicht wird sie in der Schule ausgelacht?

L.

Ja, wurde sie. Anne wusste es genau. Jeden Tag aufs Neue. Sie war nicht so wie die Anderen gewesen. Sie hatte viel mehr über ihre Welt nachgedacht. Hatte Taten und Befehle hinterfragt. Sie war immer sehr zierlich gewesen und sprach selten und wenn, dann leise. Sie war einfach *seltsam* gewesen. Hatte ihre Mutter das etwa bemerkt? Wenn ja, warum war sie dann verschwunden und hatte sie und Kathleen nicht mitgenommen? Erstaunt las Anne weiter. Sie musste einfach wissen, was passiert war!

09.11.1986

Meine Sehnsucht zerreißt mir das Herz. Und diese Zwickmühle ist unerträglich! Es kam eine Nachricht von Andrej. Er würde auf mich und die Kinder warten. Ob ich das schaffe? Mich und die beiden hier wegbringen? Nach Russland? Es wäre gut, besser irgendwie. Aber wäre es das Richtige?

L.

„Ja, verdammt. Es wäre das Richtige gewesen!", schrie Anne in ihrer Verzweiflung.

Im nächsten Moment hielt sie sich die Hände vor den Mund. Was, wenn jemand sie gehört hat? So leise wie möglich blätterte sie weiter.

23.11.1986

Langsam kann ich es nicht mehr verstecken. Und Kathleen wird auch immer misstrauischer. Ich habe mich entschieden. Ich werde gehen. Ohne die beiden Kleinen.

Tschüss, L.

P.S: Oder nehm ich sie doch mit???

Anne konnte die Zweifel und Wünsche ihrer Mutter immer besser verstehen. Trotzdem musste sie wissen, ob sie nun abgehauen war oder ob etwas anderes passiert war. Sie wusste ebenfalls immer noch nicht, wer diese Luna war. Eine Freundin? Eine Schwester? Sie wusste es nicht.

Der letzte Eintrag war der längste. Anne las:

10.12.1986

Immer stand ich hinten an. In der Schule. Bei Freunden. Zu Hause. Es nervte mich. Niemandem konnte ich es recht machen. Nicht einmal mir selbst.

Und immer war ich der Außenseiter, der Sündenbock. Ich hab immer das gemacht, was andere von mir erwartet hatten. Ich war trotzdem anders. Ich sah komisch aus mit meinen roten Haaren, den Sommersprossen und dem zierlichen Körper. Meine Sprache war ebenfalls anders. Ausdrucksstärker. Emotionaler. Lispelnd.

Ich kam nicht von hier, jeder wusste es. Ich wurde in die Gemeinde „Gottes Kinder" gegeben, da war ich vier Jahre alt gewesen. Heute bin ich 38, fast 39, und habe 2 Töchter. Sie sind einfach zauberhaft und mein größtes Glück. Doch manchmal wünsche ich mir, ich könnte ihre Gedanken lesen. Anne scheint oft so abwesend. Ich habe Angst, sie könnte ebenfalls zum Außenseiter werden, aber wahrscheinlich werde ich das nie erfahren. Ich habe den größten Fehler meines Lebens begangen und werde dafür büßen müssen. Ich plane meinen Ausbruch, werde die Kinder dennoch hierlassen. Sie sind behütet hier.

Ich schnapp mir jedoch meine Sachen und geh zu meiner Schwester Molly. Sie lebt in Stralsund, möchte aber irgendwann nach Rostock ziehen.

Es tut mir so weh, nach Luna auch noch die anderen beiden zu verlieren. Vor allem bei Anne. Sie erinnert mich so an Luna. So klein, so schwach. Sie wird es nicht verstehen, dafür ist sie zu klein. Aber das ist wahrscheinlich besser so.

Manchmal frage ich mich, warum meine Eltern mich weggegeben haben. Molly weiß es auch nicht. Ich hasse meine Eltern dafür. Doch dann denke ich daran, dass ich nicht besser bin als sie. Ich lasse meine Kinder auch im Stich. Aber was sollte ich sonst tun?

Andrej ist in Russland. Und ich bin hier. In mir drin ein Kind, dass nicht in diese Ehe gehört. Es würde auffallen. Jeder würde es wissen. Ich wäre tot. Eine Tragödie. Und Johannes würde das mit dem Kind tun, wie mit Luna. Oh, mein kleiner Engel. Kathleen fragt die ganze Zeit immer noch nach ihr. Doch Anne... Obwohl die

drei unzertrennlich waren, scheint sie sich nicht an Luna erinnern zu können.

Ich muss aufhören.

Bis dann, Lydia....

Sie war abgehauen. Etwas in Anne sackte zusammen. Luna war ihre Schwester gewesen. Warum war sie fort? Was hatte ihr Vater damit zu tun? Anne starrte fassungslos auf die Tagebuchseiten. Las immer und immer wieder den letzten Eintrag. Behütet waren die beiden nie gewesen. Und ein Außenseiter war Anne trotz allem geworden. Und ja, sie hatte ihre Kinder im Stich gelassen. Aber warum? Nur wegen eines Mannes und eines Kindes? In Anne erwachte reiner Zorn. Gerade wollte sie alle Sachen wieder in die Truhe pfeffern, da fielen drei Zettel aus dem Tagebuch. Eigentlich wollte Anne sie nicht lesen, doch ihre Neugier war stärker. Der erste Zettel war ein Zeitungsausschnitt vom August 1983. Darauf ein Bild von einem Mädchen, das Anne verblüffend ähnlich sah.

„Mittwoch, 03.08.1983

Gestern Abend ist die älteste Tochter des Herrn, Luna Röckitz, leider von uns gegangen. Durch eine schwere Krankheit nahm der Herrgott sie zu sich und nahm sich ihrer Seele an. Möge sie dort, wo sie nun ist, in Ruhe schlummern."

Anne erinnerte sich plötzlich wieder. Doch die Worte der Gemeindezeitung waren falsch. Ihr Vater war wieder wütend geworden, da Luna immer und immer wieder Befehle hinterfragt hatte. Er hatte sie bei den Haaren gepackt und in den Keller geschliffen. Dorthin war Anne ihnen gefolgt. Luna hatte geschrien und geweint. Anne hatte mitten in der Tür gestanden und ihnen zugesehen. Ihr Vater hatte immer wieder auf Luna eingeschlagen, sie gegen die Wand gedrängt und sie so bestraft, wie er auch Anne später häufig bestrafte – sie zum Geschlechtsverkehr gezwungen und immer

wieder geschlagen. Luna hatte Anne angesehen und ihre Augen waren starr vor Schreck als sie sie erblickte. Sie formte etwas mit den Lippen, etwas wie „Hau ab", bevor sie das Bewusstsein verlor.

Irgendwann war es still gewesen. Sehr still. Dann war ihr Vater an Anne vorbeigerannt und hatte etwas wie „selber Schuld" gebrummelt. Sie war weiter in den Raum hineingegangen und hatte Luna gefunden. Ihre orangenen Haare lagen zottelig in ihrem Gesicht und auf ihren Wangen glänzten Tränen. Sie lag auf dem Boden und ihr Arm war ganz verdreht gewesen. Anne war ganz zittrig vor Angst gewesen und hatte still angefangen zu weinen. Sie war zu Luna hingegangen und hatte sie gestreichelt, sich an sie gelehnt bis ihre Hände und ihr Kleid voller Blut gewesen waren.

„Luna", hatte sie geflüstert. „Steh auf."

Doch ihre Schwester war nie wieder aufgestanden. Und ihr Vater war ungeschoren davon gekommen. Anne selber hatte die Erinnerung eigentlich verbannt. Danach tappte sie im Dunkeln. Vielleicht war sie umgekippt? Oder war es nur eine plötzliche Gedächtnisstörung? Darüber nachzudenken, bereitete der Achtzehnjährigen Kopfschmerzen. Also ließ sie es bleiben und nahm den nächsten Zettel. Es war wieder ein Zeitungsartikel. Doch anders als beim ersten sah er neuer aus und zeigte eine junge rothaarige Frau, von der Anne nun sicher war, dass es ihre Mutter war. In dem Artikel stand:

„Samstag, 13.12.1986

Am vergangenen Morgen des 12. Dezembers starb aus unerklärlichen Gründen die Herrengattin Lydia Jane Röckitz. Die Gemeinde muss jedoch nicht trauern, es …"

Der Rest war durchgestrichen und nicht mehr leserlich. Nur eine kleine Notiz fand sich am Rand des Zettels. In der Handschrift ihrer Schwester. SIE IST TOT, stand dort. ABER GLAUBE IHNEN KEIN WORT, SIE LÜGEN!

Anne sackte in sich zusammen. War sie wirklich wütend auf eine tote Mutter gewesen? Warum hatte ihr Kathleen nicht gesagt, dass sie tot war? Jahrelang war Anne unerträglich sauer auf ihre Mutter gewesen. Alles umsonst? Ungewollt musste Anne weinen. Sie pfefferte alle

Sachen zurück in die Kiste. Alles, bis auf den Hasen und den dritten Zettel.

„Verschwinde hier. Du hast in diesem Zimmer nichts zu suchen", zischte eine Stimme hinter dem jungen Mädchen.

Sie fror in ihrer Bewegung ein und stand langsam auf.

„Dreh dich um und verschwinde. Aber sofort. Bevor ich mich endgültig vergesse!"

Anne senkte den Kopf und lief hinaus. Auch ohne hinzusehen, wusste sie, wer diese Stimme gewesen war. Ihr Vater.

In ihrem Zimmer angekommen, versteckte sie den Stoffhasen unter der grauen Bettdecke. Den Zettel legte sie in die Schreibtischschublade. Zu einem anderen Zeitpunkt würde sie ihn lesen. Dann atmete sie einmal tief durch und lächelte. Jetzt wusste sie endlich, was geschehen war. Zumindest ansatzweise, was vielleicht nicht sehr hilfreich, aber besser als unbegründete Wut war.

Trotzdem konnte sie sich an den besagten Abend nicht erinnern. Egal, wie sehr sie sich anstrengte – die Erinnerung kam nicht wieder. Es war alles dunkel. Hätte sie das Foto nicht gesehen, könnte sie nicht einmal sagen, wie ihre Mutter aussah.

Viel Zeit zum Überlegen blieb ihr allerdings nicht. Schon zehn Minuten später rief ihr Vater nach ihr.

11

Verängstigt kam Anne auf ihn zu. Er sah sie mit einer Mischung aus Freude, Wut und noch etwas anderem an. Sie war verwirrt. Was machte ihren Vater so glücklich?

„Was ist, Vater?", fragte sie dennoch selbstbewusst.

„Ich habe eine wunderbare Neuigkeit."

Anne schwieg. Als ihr Vater merkte, dass sie nicht antworten würde, fuhr er fort:

„Du weißt ja, dass wir in dieser Gemeinde gewisse Traditionen haben."

Anne nickte.

„Und nun ja. Eine dieser Traditionen ist es, dass junge Mädchen wie du spätestens mit 18 Jahren heiraten."

Annes Augen weiteten sich. Heiraten?

„Da du bald 18 wirst, ist es an der Zeit dich zu binden."

Anne lachte ironisch auf. Was hatte sie gesagt?

„Was lachst du so?"

„Vater. Ich BIN 18. Seit heute um genau zu sein."

Einen Moment war er sprachlos. Doch schon kurze Zeit später fing er sich wieder und sprach dominant:

„Ein junger Mann hat sich angeboten. Er erscheint mir der Richtige. Du kennst ihn bereits. Ein Pluspunkt für das Ganze. Im Mai startet die Hochzeit."

Anne atmete tief durch und presste hervor:

„Wer ist es?"

„Markus Meier. Er ist ein wirklich stattlicher Herr und …"

„NEIN!"

„Doch. Und keine Widerrede. Da du diesen Herrn Jannis von damals offensichtlich vergessen hast, wird es ja sicher kein Problem sein."

In ihren Augen sammelten sich Tränen. Wehren konnte sie sich nicht. Also nickte sie gehorsam.

„Gut. Heul nicht rum und verschwinde. Sofort."

Geknickt lief Anne in ihr Zimmer und knallte die Tür hinter sich zu.

Es war erst neun Uhr morgens. Trotzdem zog Anne sich wieder den Schlafanzug an und legte sich ins Bett. Sie war nicht müde, aber

erschöpft und ausgelaugt. Sie fühlte sich leer. Als wäre sie eine Hülle gefüllt mit Luft. Ganze fünf Stunden blieb Anne so liegen. Nichts bewegte sie. Sie dachte nicht nach. Sie fühlte nicht. Sie bemerkte nichts. Sie sah nicht aus dem Fenster. Sie hatte die Augen geöffnet und starrte an die weiße Wand. Dann kam ihr eine Idee. So leise wie möglich holte sie einen Rucksack aus dem Schrank, zog sich möglichst viele und warme Sachen an und packte ein paar Sachen ein – viel besaß sie ja nicht. Ganz still weinte sie und stopfte den Stoffhasen, das letzte Stück Papier und ihr Notizbuch in den Rucksack. Auch ihr Küchenmesser nahm sie mit. Ihr Vater lag derweilen in der Wohnstube und schlief. Ganz ruhig trat Anne aus der Tür, schloss sie und atmete durch. Sie war frei!

12

Jannis saß am Computer und war gerade dabei ein Rathaus im Spiel „Siedler 2" zu errichten, als sein Lieblingslied im Radio gespielt wurde. *Angels* von *Robbie Williams*. Schon seit Tagen lief es rauf und runter in den Charts. Er liebte es. Noch während das Lied ausklang, sang er mit. Er lehnte sich zurück und tippte mit seinen Fingern auf den Tisch. Er genoss seinen freien Tag in ganzen Zügen. Trotzdem blieb ihm der ein oder andere negative Gedanke nicht erspart. Er machte sich Sorgen um Anne, die jetzt seit zwei Jahren inoffiziell seine Freundin war. In den letzten Monaten war ihm aufgefallen, dass sie immer blasser und dünner, falls das überhaupt noch möglich war, und ihr Haar immer schlaffer wurde. Sie musste aus ihrem Umfeld raus. Möglichst bevor ihr etwas angetan wurde.

„Wenn sie sich nicht selber etwas antut", dachte Jannis halblaut.

Schon im nächsten Moment wurde ihm bewusst, wie Recht er mit dieser Vermutung hatte. Vor ein paar Tagen hatte er eine heftige Diskussion mit seinem Bruder gehabt, der letzten November seine Diplomarbeit in Psychologie abgeschlossen hatte. Es ging um Anne. Sie hatten sie am Morgen zusammen gesehen. Sie war wieder spät dran gewesen. Hatte Augenringe. Nicht so leichte, wie wenn man ein einziges Mal schlecht schlafen konnte. Nein. Ihre Augenringe waren tief und lila gewesen.

„Sie sieht nicht gut aus", hatte Jannis gesagt.

„Ja, da hast du recht. Pass gut auf sie auf. Ich glaube, sie hat ein großes Problem."

„Wie meinst du das?"

Jannis war verwirrt gewesen.

„Naja…" Maik hatte rumgedruckst. Anscheinend wollte er nicht darüber reden. Trotzdem sagte er irgendwann:

„Erinnerst du dich an den Morgen vor zwei Jahren. Als sie bei mir war?"

Jannis hatte genickt. Wie hätte er das vergessen können?

„Sie hatte Schnittwunden an ihren Armen."

„Ja, und?!", hatte Jannis geschrien. „Sie war gequält worden! Am Rücken hatte sie auch welche!"

„Hör mir doch mal zu, Jannis!", hatte sein Bruder zurückgebrüllt. „Ich streite ja nicht ab, dass man sie geschlagen oder sonst was hat. Aber DIESE Wunden hat sie sich garantiert selbst hinzugefügt!"

„Du spinnst doch! So etwas würde Anne nicht tun. Nicht sie!", hatte Jannis gerufen, während er davongerannt war.

Jetzt aber, als er an seinem Schreibtisch saß, musste er wieder an die Worte seines großen Bruders denken. Hätte Anne so etwas tatsächlich getan? Er wusste es nicht. Tatsächlich wusste er ziemlich wenig über seine Freundin. Er wusste wie sie aussah und, dass sie viel Angst hatte. Und sie hatte eine Schwester gehabt, von der der 21jährige Journalismus-Student immer noch nicht wusste, was mit ihr geschehen war.

Gerade wollte er weiterspielen, als ihm einfiel, dass Anne ja heute 18 wurde! Das hatte er total vergessen. Am Montag sahen sie sich wieder. Ein Geschenk? Wenigstens nur eine Kleinigkeit? Er überlegte nicht lange, als es an der Tür klingelte. Draußen schneeregnete es. Jannis schaute auf seinen Wecker. 17:37 Uhr. Wer wollte denn um diese Zeit etwas von ihnen? Eine Freundin von Larissa vielleicht? Aber die war ja gar nicht anwesend, da sie bei einer Freundin übernachtete.

Wenige Sekunden später redete jemand an der Tür mit Jannis Mutter, Tanja. Er verstand nicht, was sie sagte und ihr Gegenüber redete anscheinend so leise, dass er es erst recht nicht verstehen konnte. Die Tür wurde geschlossen. Seine Mutter rief nach ihm. Vielleicht ein Schulfreund von ihm von damals? Langsam stand er auf und bemerkte, dass er keine Hose anhatte! Schnell zog er sich eine Jogginghose an. In diesem Moment rief Jannis Mutter noch einmal nach ihrem Sohn:

„Jannis! Jetzt komm endlich! Es scheint wichtig zu sein!"

„Ich komm ja schon!", rief er zurück und öffnete seine Tür.

Er trat in den Flur und wollte gerade zur Tür gehen, als er sah, wer geklingelt hatte. Er stockte. Am anderen Ende des Flures stand ein

tropfnasses blondes junges Mädchen mit einem Rucksack auf dem Rücken.

„Anne?", fragte er vorsichtshalber.

Das Mädchen nickte. Ihre Haare klebten ihr in dünnen Strähnen an den Wangen. Ihre Augen glänzten traurig. Ihr Blick war gehetzt und voller Angst. Ihre Sachen waren durchnässt.

„Was tust du hier?", fragte er weiter.

Ihre Unterlippe zitterte. Sie senkte den Kopf und schwieg. Langsam kam Jannis auf sie zu. Er nahm ihr den schweren Rucksack ab. Es hatte ausgesehen als würde Anne im nächsten Moment unter der Last zusammenbrechen. Dann nahm er sie in den Arm. Sie weinte. Liebevoll hielt Jannis sie fest und sah ihr ins Gesicht. Er strich ihr die nassen Haare von der Haut und fragte erneut:

„Was ist passiert?"

„Ich wusste nicht, wohin ich sonst sollte. Es ging alles so schnell."

„Ist ja gut", sagte jetzt Jannis Mutter.

Sie strich Anne mit der Hand über den Kopf.

„Zieh dir erst einmal etwas Trockenes an. Du hast doch etwas mit, oder?"

Anne nickte schwach.

„Gut. Dann zieh dich um. Ich mach Tee, wenn du möchtest, und dann kannst du alles erzählen."

Jannis liebte seine Mutter dafür. Sie war nicht nur eine wunderbare Ärztin sondern auch eine liebevolle Frau, die immer sah, was ein Mensch brauchte. Sei es eine deftige Standpauke, einen guten Witz oder einfach nur eine Tasse Tee und ein offenes Ohr.

Anne nickte wieder. Sie war gerade im Begriff den Rucksack wieder aufzuheben, als Jannis ihr zu Hilfe kam und sagte:

„Lass das. Ich mach das. Geh einfach nach hinten. Linkes Zimmer. Das ist meins."

Wieder nickte Anne bloß. Vorsichtig ging sie durch den Flur. Jannis folgte ihr. In seinem Zimmer angekommen, schloss er die Tür.

„Dir macht es doch nichts aus, wenn ich bleibe, oder?"

Anne schüttelte den Kopf. Dabei spritzten ein paar Regentropfen auf das Laminat in seinem Zimmer. Vorsichtig öffnete sie den Reißverschluss ihrer Jacke und zog sie aus. Jannis bemerkte, dass ihm die Jacke gefiel. Sie war hüft lang und weißgrau kariert. Unter dem Rand der Jacke schaute ein brauner Pullover heraus und Jannis erwartete, dass sie nur noch diesen darunter hatte, doch stattdessen hatte Anne noch eine dunkelblaue Strickjacke an. Sie zog nun auch diese aus und legte sie auf ihren Rucksack. Danach lächelte sie flüchtig auf ihren Pullover.

„Den habe ich mir von Kathleen genommen", erklärte sie flüsternd. „Schon vor Jahren."

Als sie nun auch diesen Pullover ausgezogen hatte, erkannte Jannis erst, wie dünn sie wirklich geworden war. Die Arme, die kraftlos unter dem T-Shirt hervorkamen, waren dünn und knochig. Das Shirt hing sang- und klanglos an ihrem Körper herunter. Doch Jannis lächelte tapfer. Obwohl ihn nicht nur der ausgemergelte Körper erschreckte, sondern auch die vielen hauchdünnen und feuerroten Narben. Einige waren richtig tief und klafften auf. Er sah ebenfalls, dass eine Narbe an ihrem rechten Unterarm genäht worden war. Anne schlüpfte schnell aus ihrem Shirt und der nassen Hose heraus.

Fast wahllos zog sie dann eine Jogginghose und einen weiteren zu großen grauen Pullover aus ihrem Rucksack und zog die Sachen an. Schüchtern lächelte sie ihren Freund an.

„Ist das okay?", fragte sie.

Jannis nickte bloß. Zusammen gingen sie in die Wohnstube, wo Tanja bereits mit einer Tasse Pfefferminztee und einer warmen Decke wartete.

„Na, ihr beiden? Und jetzt setz dich, mein Kind und sprich dich aus. Was hast du auf dem Herzen?"

Doch anstatt der Bitte nachzukommen, blieb Anne wie angewurzelt stehen.

„Sie ist okay, Anne", sagte Jannis ruhig.

Erst daraufhin setzte sie sich auf die rote Couch. Sie atmete tief durch und sagte:

„Ich bin abgehauen."

„Ja. Das wissen wir ja nun. Aber warum?", fragte Jannis.

„Weil ... weil ..."

Doch statt eine Antwort zu geben, fing Anne ganz laut an zu weinen. Jannis nahm sie in den Arm. Sie tat ihm Leid. Wie viel Schreckliches musste ein Mensch erlebt haben, dass er oder sie so verzweifelt sein musste? Sich so schänden musste?

In diesem Moment wurde ihm deutlich bewusst, was er wirklich für dieses kaputte Ding empfand. Erst jetzt sah er, wie viel sie ihm bedeutete. Er würde für sie kämpfen. Egal, was für Opfer er dafür bringen musste.

13

Als Anne am Abend im Gästebett in Jannis Zimmer lag und schlief, saß er daneben und beobachtete sie. Sie sah wie ein Engel aus. So zierlich, so zerbrechlich. Zärtlich strich er ihr die Haare aus dem Gesicht. Dann war der schöne Moment vorbei und Tanja rief nach ihrem Sohn.

„Was ist denn, Mutti?", fragte der Student als er in die Wohnstube trat.

„Du musst mir jetzt mal was erklären."

Er setzte sich neben seiner Mutter auf die Couch.

„Ja, was denn?"

„Wie lange will sie denn bleiben?"

Jannis zuckte mit den Schultern.

„Und wo soll sie schlafen?"

„Ich habe überlegt, in 'ne eigene Wohnung zu ziehen. Das weißt du doch."

Er wich ihrem Blick aus. Nach einer Weile antwortete Tanja schwerfällig:

„Okay. An sich keine schlechte Idee, aber woher das Geld nehmen? Und wie willst du ihre Gesundheit gewährleisten?"

„Ich kann doch nebenbei arbeiten gehen. Ich schreib doch kleine Artikel für diese Zeitung."

„Und was wird dann aus deinem Studium, wenn du noch mehr arbeitest? Das wird dir doch irgendwann zu viel!"

„Mama. Nebenbei! Ich werde das Studium schon nicht vernachlässigen. Versprochen!", widersprach Jannis siegessicher.

„Hmm. Na gut. Aber kann denn Anne nicht auch arbeiten? Sie ist doch 18, oder?", fragte Tanja.

Wieder wich Jannis dem Blick seiner Mutter aus und antwortete:

„Ja, schon... aber sie hat keinen richtigen Schulabschluss."

„Wie meinst du das? Behindertenschule?"

„NEIN!", schrie Jannis, hielt sich im nächsten Moment jedoch die Hände vor den Mund.

„Nein", sagte er dann etwas ruhiger. „Sie war auf einer Schule ihrer Gemeinde. Einer Sektenschule."

„Oh, mein Gott."

Als ihnen das Wortspiel bewusst wurde, fingen die beiden an hysterisch zu lachen. Nach einigen Sekunden wurden sie allerdings wieder ernst. Tanja sah ihren Jungen traurig an und sagte:

„Ach, Jannis. Wo bist du da nur reingeraten?"

„Ich weiß, es ist riskant", antwortete dieser. „Aber ich kann nicht anders. Ich will sie nicht im Stich lassen. Ich kann das einfach nicht. Dafür ist sie mir viel zu wichtig. Sie braucht mich. Und ich brauche sie. Ich liebe sie einfach."

Seine Mutter nickte.

„Natürlich. Wenn das so ist, werde ich dich, so gut ich kann, unterstützen."

„Danke, Mutti."

Anne schlief in dieser Nacht sehr unruhig. Sie wälzte sich hin und her und träumte schreckliche Dinge. Mitten in der Nacht, es musste gegen zwei Uhr sein, wachte sie mit einem Mal auf. Sie zitterte am ganzen Körper. Auf ihren Wangen glänzten Tränen und Angstschweiß.

Für einen kurzen Augenblick war sie blind und orientierungslos. Sie musste sich erst an die Dunkelheit gewöhnen. Dann erkannte sie das Zimmer. Dieses Zimmer, das gerade mal einen Schreibtisch, ein Bett und einen Kleiderschrank hatte und trotzdem super gemütlich war. Durch die vielen Tüten, Flaschen und Zettel merkte man, dass hier jemand lebte. An den Wänden hingen Poster und Karten. Auch Fotos sah man vereinzelt.

Langsam drehte sie sich zu Jannis um, der neben ihr in seinem Bett schlief. Er lag mit dem Rücken dicht an die Wand gepresst auf dem Bett und hatte den Mund leicht geöffnet. Anne musste unwillkürlich lächeln, als sie das sah. Vorsichtig stand sie auf und setzte sich an den Rand von Jannis Bett. Sie beobachtete ihn fast 15 Minuten lang. Nicht einmal bewegte er sich. Ganz langsam und behutsam legte Anne sich mit dem Gesicht zu ihrem Freund auf das Bett. In diesem Moment

ging ein Ruck durch ihn durch und er bewegte sich schwerfällig. Im Halbschlaf registrierte er, dass Anne neben ihm lag. Er nahm sie in den Arm und ließ sie nicht mehr los. Lächelnd schlief Anne wieder ein.

14

Am nächsten Morgen erwachte Jannis nicht ganz ausgeschlafen. Seine Augen waren verklebt. Er wollte gerade sein Kissen neu formatieren, als er bemerkte, dass er Anne in seinen Armen hielt. Wann war sie in sein Bett gekommen?

Verwundert stellte er fest, dass sich auf ihrer Stirn Schweißperlen befanden. Hatte sie einen Albtraum? Er musste sie wecken, aber wie? Zärtlich strich er mit seinem Zeigefinger über ihr blondrotes Haar. Er liebte diese Farbe. Sie machte sie einzigartig. Ihre Augenlider begannen, zu flattern. Sie murrte ein wenig, wurde kurze Zeit darauf jedoch komplett wach.

„Guten Morgen", wisperte Jannis.

Anne lächelte zur Antwort. Beide standen auf und sahen sich an.

„Willst du duschen?", fragte er vorsichtig.

Seine Freundin nickte zaghaft. Mit ihren verwuschelten Haaren fand er sie richtig süß. Ihr Pony verdeckte ihr halbes Gesicht.

„Komm dann einfach in die Küche, wenn du fertig bist, okay?"

Wieder nickte Anne. Jannis zeigte ihr schnell das Badezimmer und verschwand selbst in seinem Zimmer. Dort räumte er das Gästebett unter seines und warf die leeren Chipstüten weg. Dann zog er sich schnell an und ging in die Küche. Seine Mutter stand schon am Küchentresen und kochte Kaffee.

„Guten Morgen, Mutti", sagte Jannis freundlich und gab ihr einen Kuss auf die Wange.

„Morgen, mein Hase."

Gemeinsam deckten sie den Tisch. Als sie fertig waren, kam Anne ins Zimmer. Sie hatte einen dunklen knielangen Rock und ein langärmliges, blaues Shirt an. Sie zögerte ein wenig als sie sich an den Tisch setzten. Ganz gerade und steif saß sie auf ihrem Stuhl neben Jannis. Dieser lehnte sich zu ihr herüber und flüsterte:

„Entspann dich. Hier tut dir niemand was, okay?"

Anne nickte abermals. Sofort entspannte sich ihr Körper. Sie lächelte sogar ein wenig. Tanja strich bereits Schokoladenaufstrich auf ihr Toast. Sie hob den Kopf, sah Anne an und sagte freundlich:

„Nimm dir was."

„Danke", antwortete Anne leise.

Jannis gab ihr ein Toast. Vorsichtig nahm Anne das Messer in die Hand und strich dünn die Butter auf ihr Toast. Jannis bemerkte, dass noch nicht all ihre Zweifel beseitigt waren. Er wollte die Stimmung heben und fragte deshalb:

„Mama, wo ist Timo? Hatte er Nachtschicht?"

Tanja nickte mit vollem Mund. Als sie den Bissen heruntergeschluckt hatte, sagte sie:

„Ja. Kurzfristig. Sonst wäre er gestern so gegen 19 Uhr wieder da gewesen. Aber eigentlich müsste er jeden Moment kommen."

„Cool."

Anne starrte auf den Tisch. Was wollte sie bloß nehmen? Es gab Schokolade und Marmelade. Honig und Sirup. Verschiedene Wurst- und Käsearten. Auch Frischkäse. Sie entschied sich für die Himbeermarmelade. Die kannte sie noch nicht. Zögernd strich sie etwas davon auf ihr Brot. Sie war hellrot und roch süß. Anne mochte das. Bei ihr zu Hause hatte es so was nicht gegeben. Gerade als sie das erste Mal in das Brot biss, rasselte ein Schlüssel in der Tür. Sie hörte es nicht. Keine drei Minuten später stand ein Mann in der Tür. Breitschultrig, dunkelblond, erschöpft, aber glücklich. Anne bemerkte ihn vorerst nicht.

Der Mann trat hinter Jannis und klopfte ihm auf die Schulter. Er sagte lautstark:

„Na, Junge. Wen hast du denn da mitgebracht? Deine Freundin? Na, die ist ja süß."

Der Mann lächelte und trat hinter Anne. Diese schoss in die Höhe und ließ ihr Brot auf den Teller fallen. Sie versteifte komplett und starrte gerade aus. Jannis und seine Mutter bemerkten, dass Anne leichenblass wurde. Vorsichtig beugte sich Jannis zu ihr herüber und strich ihr über den Arm.

„Alles in Ordnung, Anne?", fragte er vorsichtig.

Anne löste sich aus ihrer Starre und drehte ihren Kopf zu ihm. Dann nickte sie. Es war einfach nur der erste Schreck gewesen. Da ertönte erneut die Stimme von Timo:

„Na siehst du. Alles in Ordnung, Mädchen."

Mit diesen Worten drückte er Anne mit der einen Hand an ihrer Schulter an sich ran. Ihre Augen weiteten sich. Sie schoss aus der Berührung und schmiss dabei den Stuhl um. Jannis war gerade aufgestanden, um ein Glas für sich zu holen. Stattdessen rannte Anne in ihn hinein und wimmerte:

„Lass mich nicht los. Bitte, beschütz mich!"

„Hey, Anne. Es ist alles okay. Du brauchst keine Angst haben. Das ist nur Timo. Er ist zwar etwas laut, aber er tut dir nichts."

Seine Beruhigungsversuche waren jedoch vergeblich. Anne beruhigte sich nur ein wenig. Timo sah ein, dass er im Moment fehl am Platz war und meinte deswegen:

„Ich bin müde. Ich geh dann mal ins Bett."

„Mach das, Liebling", antwortete Tanja.

Mittlerweile hatte Anne aufgehört zu wimmern. Jannis hielt sie dennoch weiterhin fest an sich gedrückt.

Nach einer Weile hatte sich Anne wieder so beruhigt, dass sie mit dem Frühstück fortfahren konnten. Gerade als sie aufstehen wollten, hielt Anne Jannis am Handgelenk fest und sah ihn traurig an.

„Was ist denn, Anne?", fragte dieser.

Leise antwortete das junge Mädchen:

„Ich hab etwas vergessen. Er wird es zerstören. Ganz sicher."

„Was ist es denn?"

„Jannis... Ich hab das Tagebuch meiner Mutter gefunden! Ich muss es wieder haben. Mehr hab ich von ihr nicht."

Jannis atmete hörbar aus. Er dachte nach.

„Arbeitet dein Vater heute?", fragte er dann.

Anne nickte.

„Ja. Von 12 Uhr bis 18 Uhr."

„Und da bist du ganz sicher?"

Wieder nickte Anne.

„Okay. Dann gehen wir heute Nachmittag dahin und holen das Tagebuch."

„Danke", flüsterte Anne und gab Jannis einen Kuss auf die Wange.

„Kein Problem. Dafür musst du mir aber etwas versprechen. Du musst mit Mutti nachher in ihre Praxis fahren und dich durchchecken lassen, ja?"

„Wa... Okay."

„Wolltest du ‚warum' fragen?"

Anne sah fort. Zaghaft nickte sie und zuckte unwillkürlich zusammen. Doch Jannis schlug sie nicht, wurde nicht einmal lauter als er antwortete:

„Ich möchte nur wissen, ob du stark genug für einen Umzug wärst. Dann können wir uns erst einmal zurückziehen und Pläne machen, wie es weiter geht. Weil wir hier in Hamburg nicht bleiben können."

Anne nickte.

„Natürlich. Das hätte ich wissen müssen."

„Nein. Woher denn?"

Jannis lachte. Sein Lachen war ansteckend. Anne und seine Mutter mussten ebenfalls lachen.

In diesem Augenblick rasselte erneut der Schlüssel in der Tür und Larissa kam herein.

„Mein Mäuschen!", rief Tanja und lief ihrer Tochter entgegen.

Diese lief ebenso auf Tanja zu. Die beiden umarmten sich. Anne schaute lächelnd auf die Mutter-Tochter-Szene und fragte sich, ob ihre Mutter so wie Tanja gewesen war. So lieb, so freundlich, so... unbeschreiblich. Anne wünschte es sich sehr.

Jannis legte seine Hand auf Annes Schulter. Diese drehte sich um und sah ihn an.

„Ich mag deine Familie", sagte sie ruhig.

Jannis liebte ihre Stimme. Sie war ruhig und entspannt. Leise, verschlossen, sanft. Timo hatte eine harte und laute Stimme. Larissa ihre war schrill. Auch die von seiner Mutter klang etwas abgedroschen. Der Klang von Annes Worten war dagegen wie eine leichte Windböe an einem lauen Sommertag. Nur ein Hauch, kaum

wahrzunehmen. Er liebte das. Es passte zu ihrem zierlichen und kleinen Äußerem. Insgesamt sah sie so zerbrechlich wie eine Porzellanvase aus. Man wollte sie am liebsten in eine Vitrine stellen und sie vor der großen, schnellen und chaotischen Welt beschützen.

15

Zwei Stunden später saß Anne in Tanjas Praxis und wartete auf sie. Tanja kam in ihrem weißen Kittel in den Raum und setzte sich gegenüber von Anne an ihren Schreibtisch. Der Schreibtisch war groß und vollgestopft mit Papier, Büchern und einem Fernseher. Zumindest sah es aus wie einer. Vor dem Bildschirm waren allerdings Knöpfe angebracht, auf denen Buchstaben, Zahlen und Zeichen aufgedruckt waren. Auch war der Bildschirm viel dünner als der von Annes Fernseher zuhause. Sie runzelte die Stirn und überlegte, was dieses Ding wohl sein konnte. Tanja bemerkte ihren Blick und fragte:

„Kennst du keinen Computer?"

Anne schüttelte den Kopf. Erst da fiel ihr ein, dass Jannis ebenso einen *Computer* in seinem Zimmer hatte. Tanja sah sie mittleidig an, bevor sie sagte:

„Okay. Dann mach deinen Oberkörper einmal frei, damit ich dich untersuchen kann."

Zögernd und verängstigt gehorchte Anne. Ganz langsam zog sie ihren Pullover aus. Tanja stockte ziemlich, als sie Annes zerkratzten und wunden Arme sah. Einige Schnitte hatten sich bereits entzündet. Doch sie sagte nichts. Sie wollte sich nicht aufdringen. Als Anne endlich fertig war, meinte Tanja:

„Okay. Als erstes möchte ich dich wiegen und messen. Komm hier rüber."

Die beiden Frauen gingen zu der Wand, an der eine Messlatte und eine Waage standen. Tanja stellte Anne an die Latte. Dabei bemerkte sie, dass sie ebenfalls Narben am Rücken hatte. Dazu würde sie später etwas fragen.

„164,3cm. Das ist eigentlich ganz okay. Warst du schon immer etwas kleiner?"

Anne nickte. Ihr Rücken brannte. Ganz verheilt waren die Wunden wohl doch nicht. Sehr vorsichtig trat sie dann auf die Waage. Es war Ewigkeiten her, seit sie sich das letzte Mal gewogen hatte. Damals war sie etwas kleiner gewesen. Vielleicht 160cm oder so ähnliches. Sie war noch in die Schule gegangen. Es schien Lichtjahre her zu sein.

„43,2 kg. Das ist gar nicht gut. Hast du absichtlich abgenommen?"
Anne sah sie mit aufgerissenen Augen an. Langsam schüttelte sie den Kopf. Bei ihrem letzten Gang auf die Waage hatte sie noch knapp 55kg gewogen! Tanja atmete hörbar aus.

„Du hattest bestimmt viel Druck und Stress zuhause, oder?", fragte sie sichtlich besorgt.

Anne nickte.

„In Ordnung. Komm wieder mit nach drüben."

Gemeinsam gingen sie zurück zum Schreibtisch. Anne setzte sich auf eine Liege. Tanja kam hinzu. Vorsichtig setzte sie sich zu Anne.

„Gibst du mir einmal deinen Arm? Ich muss den Blutdruck messen."

Ganz langsam streckte Anne den linken Arm aus. Tanja legte ihr Blutdruckmessgerät um ihren Oberarm. Anne zog einmal scharf die Luft ein, hatte sich jedoch schnell gefangen. Zuhause war sie es gewohnt gewesen, ihre Schmerzen zu verbergen.

Während Tanja das Gerät einschaltete, fragte sie:

„Warum tust du das?"

„Was?", fragte Anne verwirrt.

Es war das erste Wort, das sie direkt mit Tanja wechselte.

„Warum schneidest du dich selbst? Ich bin nur neugierig."

Anne zuckte mit den Schultern.

„Weiß nicht genau."

Tanja nickte.

„Wie ich's mir gedacht hatte."

Sie schaute auf die Anzeigetafel des Messgerätes und dann zu Anne.

„100/65 mmHg. Das ist ein viel zu niedriger Blutdruck. Und ich gehe davon aus, dass du keine Hochleistungssportlerin bist, oder?"

Anne lachte.

„Nein, die bin ich ganz sicher nicht."

„Weiß Jannis von deinen Verletzungen?"

„Ich weiß es nicht. Ich denke, ja."

„Okay."

„Ich versuche ja schon, aufzuhören. Aber es ist schwer."

„Das glaube ich dir", sagte Tanja fürsorglich und strich über ihre Haare. „Aber eine Frage habe ich noch. Die Wunden auf deinem Rücken – Das warst nicht du, oder?"

Anne schüttelte traurig den Kopf.

„Nein", flüsterte sie. „Doch ich möchte nicht darüber reden."

„Schon okay. Das brauchst du auch nicht. Du kannst dich wieder anziehen."

Zwei Minuten später saßen Anne und Tanja wieder am Schreibtisch.

„An sich bist du ganz gesund", erklärte sie. „Aber du bist zu dünn und hast dadurch einen zu niedrigen Blutdruck. Und einige deiner Wunden werden nicht verheilen."

Anne nickte.

„Ich kann dir allerdings eine Salbe besorgen, die die restlichen so gut wie verschwinden lässt."

„Gerne", hauchte Anne.

„In Ordnung. Alles andere kriegen wir schon hin."

Zaghaft lächelte Anne. Sie standen beide auf und sahen sich an. Ganz plötzlich fiel Anne Tanja in die Arme.

„Vielen Dank für alles", flüsterte sie.

„Kein Problem", antwortete Tanja und schloss ihre Arme um die 18 jährige.

Als es Nachmittag wurde, begannen Annes Nerven zu flattern. Ein wenig Angst hatte sie schon davor, nach Hause zurückzukehren. Sie standen vor ihrer ehemaligen Schule. Die letzte Erinnerung an dieses Gebäude hatte Anne von dem Tag, an dem sie in den Keller gebracht wurde. Sie war schwer enttäuscht von Thilia und Annemie gewesen. Aber auch von den anderen Mitschülerinnen. Natürlich war sie nicht das perfekte Mädchen gewesen und natürlich hatte sie sich abgegrenzt. Doch war nicht der Leitspruch der Schule „Gemeinsam stark!" gewesen? Wie hatten sie sie dann hängen lassen können? Kopfschüttelnd wandte Anne dem Gebäude ihren Rücken zu.

Keinen Kilometer waren sie gegangen, da sahen die beiden Annes Haus. Langsam, fast schleichend trat Anne näher. Niemand war auf

den Straßen. Bis auf einen Postboten. Er hatte braunes Haar und freche grüne Augen. Er lächelte. Doch etwas an ihm war seltsam. Er schien kein normaler Briefträger zu sein. Suchend sah er sich um und entdeckte Anne und Jannis. Vorsichtig kam er auf die beiden zu.

Jannis nahm die Hand seiner Freundin und flüsterte ihr zu:

„Komm, Anne. Wir gehen besser. Wir können ein anderes Mal wiederkommen."

Doch Anne schüttelte den Kopf. Mit gerunzelter Stirn antwortete sie:

„Nein. Er sucht anscheinend etwas. Und ich kenne mich hier aus. Ich kann ihn also wegschicken."

An den fremden Mann gewandt rief sie:

„Was suchen Sie?"

Der Mann antwortete sichtlich verzweifelt:

„Ich suche ein Mädchen, aber da, wo sie sein sollte, ist sie nicht. Vielleicht kennt ihr sie."

„Kommt drauf an, wie alt sie sein soll."

„18. Jahrgang 1980."

Anne nickte.

„Wen suchst du?", fragte sie neutral. „Sprich schnell."

Jannis bekam Angst. Annes Stimme war auf einmal kalt, unberechenbar und professionell. So als wenn sie ihr ganzes Leben nicht anders gesprochen hätte. Als er daran dachte, wie sie ihn angesprochen hatte, damals in der Schule, schauderte er. Sie HATTE ihr ganzes Leben so neutral und kalt gesprochen.

Der braunhaarige Mann kam näher. Nun stand er direkt vor Anne und Jannis. Er war jung, nicht viel älter als Jannis, vielleicht sogar genauso alt. Und von Nahem sah er sogar noch verzweifelter aus als von weitem.

„Sie heißt Anne", antwortete er sichtlich nervös. „Eigentlich wohnt sie hier in diesem Haus."

Er deutete auf das Haus der Röckitz-Familie. Anne sah ihn zweifelnd an und zischte:

„Wer sind Sie und wer schickt Sie?"

Ebenso flüsternd gab der Mann zurück:

„Mein Name ist Matthias Hartwig. Ich komme von Annes Schwester."
Anne stutzte. In ihren Augen schwammen Tränen. Das hatte sie nicht erwartet. Alles, aber nicht DAS!
„Kathleen?", hauchte sie.
Der Mann nickte.
„Du bist die Anne, oder?", fragte Matthias zurück.
Diesmal war es Anne, die nickte.
„Hier", fuhr er fort und gab Anne die Postkarte.
Dann verschwand er rennend. Was zurückblieb war eine verwirrte Anne und ein noch mehr verwirrter Jannis. Anne besah sich die Postkarte. Auf der Vorderseite war ein Kleeblatt mit vier Blättern, das von einem lächelnden Marienkäfer gehalten wurde. Sie drehte die Karte um und las sich den Text durch:
„Liebste Anne!
Ich wünsche dir alles Gute zum Geburtstag und hoffe, dass Matthias dich nicht allzu sehr erschreckt hat."
Mehr stand nicht darauf. Kein Absender und kein Abschied. Die 18jährige schüttelte einmal den Kopf und ging dann in Richtung Haus. Dabei ließ sie Jannis' Hand nicht los. In der anderen hielt sie die Postkarte, von der sie ziemlich sicher war, dass sie wirklich von Kathleen kam. Der Name Matthias kam ihr in dieser Richtung sehr bekannt vor. Sie gingen Hand in Hand durch den Vorgarten. Alles war akkurat geschnitten. Nirgendwo war ein Blatt zu viel oder eine kahle Stelle. Alles war nahezu *perfekt*. Zu perfekt.
Annes Herz klopfte ihr bis zum Hals, als sie den Schlüssel in die Tür steckte. Nur, damit es sofort in ihre Hose rutschen konnte, als diese abgeschlossen war.
„Er ist nicht da", flüsterte Anne.
Jannis steckte zur Antwort den Daumen in die Luft. Gemeinsam traten sie in den Flur. Auch hier war alles sauber und ordentlich.
„Wow", sagte Jannis.
„Hmm."
Schnurstracks ging Anne durch das Wohnzimmer ins Schlafgemach ihres Vaters. Sie öffnete die Truhe und zog ein braunes Büchlein

heraus. Dann schloss sie die Truhe wieder und ging zurück zu Jannis. Dieser hatte gerade eine Tür geöffnet und steckte seinen Kopf hinein. Anne stellte sich hinter ihn.

„Ist das dein Zimmer?", fragte er.

„Nein", antwortete seine Freundin. „Komm da bitte weg. Es gehört Kathleen. Ähm. Ich meine, ‚gehörte'."

Schnell trat Jannis wieder in den Flur.

„Und wo ist dann deins?"

Anne zeigte mit dem Daumen hinter sich. Dort war eine weitere Tür. Jannis ging darauf zu und öffnete sie. Er blieb unbeweglich stehen. Dieser Raum war ebenfalls klein und kalt. Doch anders als bei dem von Kathleen, war hier das Bett noch bezogen und es gab Stifte und Papier auf dem Tisch. Alles andere war ordentlich.

„Warum ist hier alles so steril?", fragte Jannis erstaunt.

„Weil mein Vater Unordnung und alles, was aus der Reihe tanzt, verabscheut. Also mich mit eingeschlossen."

Jannis sah sie an. Annes Blick verriet nichts Gutes.

„Er ist also so etwas wie ein Perfektionist?"

Anne nickte.

„Ja, nur schlimmer", sagte sie. „Und jetzt lass uns hier verschwinden."

„Okay."

Gemeinsam gingen sie wieder aus dem Haus. Anne schloss sorgfältig ab. Wieder waren die Straßen leer. Doch kurz bevor sie Annes ehemalige Lehranstalt hinter sich lassen konnten, und somit frei sein würden, ertönte eine helle Stimmer hinter ihnen.

„Anne!! Warte!"

Jannis zog Anne weiter. Doch sie blieb stehen. Sie kannte diese Stimme. Ganz langsam drehte sie sich um. Als sie dann mit dem Rücken zu Jannis stand, sah sie, wie Thilia angerannt kam.

„Thilia!?", meinte Anne erstaunt. „Was tust du hier?"

„Das Selbe wollte ich dich gerade fragen. Egal. Ich hab dich vorhin von meinem Fenster aus gesehen. Und da hab ich mich gefragt, wer der junge Mann neben dir ist."

„Ach so. Okay. Wir wollten gerade weiter", wich Anne aus.

Thilia sah sie verwirrt an und sagte:
„Ich an deiner Stelle würde total aufpassen, was ich tue. Dein Vater hat gestern Zeter und Mordio geschrien. Das war ziemlich heftig. Mein Vater musste ihn erst einmal beruhigen, bevor er nicht irgendetwas kaputt macht. Naja. Ist ihm ja auch nicht zu verübeln. Ich meine, erst stirbt seine Älteste, dann verschwindet die Mittlere, die er immer so geliebt und verhätschelt hat, und nun auch noch die Kleinste, also du. Ich wäre da auch ziemlich wütend. Vor allem so kurz vor der Hochzeit mit meinem Bruder. Bist du deswegen fort?"
Anne drehte mit den Augen.
„Warum denn sonst? Aber ich muss jetzt wirklich los. Ich muss hier weg."
„Sie werden dich töten, Anne. Das weißt du von uns beiden am besten."
„Thilia", sagte Anne kopfschüttelnd. „Jemanden, der keine Angst vor dem Tod hat, werden sie nicht umbringen. Wenn du mich jetzt entschuldigst, ich muss mit Jannis weiter."
„Ach!", rief Thilia entzückt ohne auf Annes ersten Worten einzugehen. „Das ist Jannis?!"
„Schrei's noch lauter", zischte Anne.
„'Tschuldige."
An Jannis gewandt sagte Thilia:
„Pass mir bloß auf die Anne auf. Die hat einen Hang dafür, sich in Schwierigkeiten zu bringen."
Jannis lächelte. Dann nahm er Annes Hand und flüsterte ihr ins Ohr:
„Ich denke, wir müssen jetzt wirklich weiter gehen."
Anne nickte.
„Ciao, Thilia. Wir sehen uns sicher nicht noch einmal. Hab ein schönes Leben."
Kurz bevor sich die beiden umdrehten, bemerkte Anne, dass ihre Sandkastenfreundin bereits ein Kind erwartete. Doch sie sagte nichts. Es war sicherlich kein Wunschkind, geschweige denn eine Liebeshochzeit. So etwas gab es in ihrer Gemeinde einfach nicht.

16

Zuhause bei Jannis angekommen, atmete Anne erst einmal tief ein und aus. Sie zogen Jacke, Schuhe und Mütze aus. Dann legte Anne das Tagebuch ihrer Mutter in ihren Rucksack und setzte sich auf Jannis Bett. Etwa einen halben Meter neben ihr saß Jannis.

„Wie meinte dieses Mädchen das? Von wegen Hochzeit und so?", fragte Jannis nach einer Weile.

Anne wich seinem Blick aus und antwortete:

„Unter anderem deswegen bin ich abgehauen. Mein Vater wollte mich verheiraten."

„Aber das ist doch verboten", regte sich Jannis auf. „Das darf er nicht machen!"

„Anscheinend doch. Jedenfalls ist er wohl stinksauer. Und wenn er rausbekommt, wo ich bin, dann bin ich mausetot!"

Anne liefen vereinzelte Tränen herunter. Jannis schob sich ein Stück weiter zu ihr und nahm sie in den Arm.

„Das werde ich nicht zulassen", wisperte er. „Du bist meine süße Maus. Wir werden alles dafür tun, dich zu beschützen. Doch erst einmal muss ich die letzten zwei Semester rumkriegen und dann verschwinden wir hier sofort, okay?"

Anne nickte dankbar. Jannis legte seine Hände auf ihre Taille und hob sie hoch. Sie war federleicht. Er setzte sie auf seinen Schoß und sah ihr in die kristallklaren Augen. Sie glänzten. Annes Mundwinkel zeigten nach oben. Ihre Wangen glühten rot. Sie schien glücklich zu sein. Ganz zärtlich strich er ihr über die roten Wangen. Sie kam ein Stück näher und berührte sanft mit ihren Lippen die seinen.

Dabei atmete sie tief seinen Geruch ein. Sie liebte diesen Jungen und alles, was dazu gehörte. Jannis lächelte sie an. Er wusste, dass es ein Privileg war, dass er sie im Arm halten durfte, sie küssen durfte. Er hatte ihre Worte damals im Nebellandpark nicht vergessen. Er wusste, was es bedeutete. Sexueller Missbrauch. Spätestens da hatte er begriffen, dass er Anne aus der *Gemeinde* holen musste. Nun war sie da. Auf seinem Schoß. Sie bettelte förmlich nach Zärtlichkeit und Liebe. Wie lange war sie missverstanden, ignoriert und abserviert

worden? Jannis wollte ihr alles geben, was sie seiner Meinung nach verdiente. Was jeder Mensch zum Leben brauchte. Liebe, Geborgenheit, Sicherheit und eine Hand, die einen immer stützte und hielt.

Vorsichtig berührte er sie mit seinem Zeigefinger am Hals und strich auf und ab. Ihre Haut war weich und rein. Ohne Makel. Blass. Sie begann zu zittern.

„Hey", flüsterte Jannis. „Alles in Ordnung?"

Anne nickte.

„Es ist nur so…", versuchte sie sich zu erklären. „Jannis. Ich liebe dich so sehr, nur…"

Sie sah ihn verzweifelt an.

„Kein Problem", meinte er sofort. „Du musst nichts tun, was du nicht möchtest. Ich werde dich zu nichts zwingen."

„Ich möchte schon, nur gibt es da einen gewissen Gedanken, den ich nicht wegschieben kann."

„Welchen?"

„Ich habe von klein auf an gelernt, dass man für solche Dinge verheiratet sein muss. Das kann ich nich wegräumen."

Dass Anne dies nur als Vorwand benutzte, um ihre Angst und den jahrelangen Missbrauch nicht zugeben zu müssen, bemerkte Jannis nicht.

„Okay", sagte er.

Er war gerade im Begriff, sich von Anne zu lösen, als diese schmollend zu ihm sagte:

„Was nicht heißt, dass du nicht mit mir kuscheln darfst."

Jannis lachte. Anne stimmte vorsichtig mit ein. Zögernd küsste Jannis seine Freundin erneut. Sie zuckte nicht zurück.

„Wir bleiben für immer zusammen?", fragte Anne leise.

„Für immer und ewig. Versprochen!"

Mit einem zufriedenen Lächeln legte sie ihre Arme um ihren Freund und legte ihren Kopf an seine Schulter. Sie fühlte sich wohl. Die Zeit schien stehen zu bleiben.

Doch der Moment währte nicht lange. Keine paar Minuten später rief Tanja nach ihrem Sohn. Schwerfällig stand Anne auf und ließ Jannis zu seiner Mutter.

Als er bei ihr angekommen war, stand sie in der Küche. In der Hand einen dampfenden Becher Tee. Sie schaute besorgt.

„Ich muss mit dir reden", begann sie.

Jannis wurde mulmig zumute. Das letzte Mal, dass seine Mutter diesen Satz gesagt hatte, war als sein Vater gestorben war.

„Was ist passiert, Mutti?"

„Es geht um Anne. Du weißt doch, dass ich sie kontrolliert habe und alles."

„Ja... Was ist mit ihr? Ist sie krank?"

„Mehr oder weniger. Sie ist zwar etwas zu klein und viel zu dünn, aber das ist nichts, was wir nicht hinkriegen könnten. Nein. Es ist eher ihre Psyche, die mir Sorgen macht. Ich frage mich, wie sich ein Mensch so zerstören kann."

„Wieso?", fragte Jannis erstaunt.

„Hast du es denn nicht bemerkt?", entgegnete Tanja. „Ihre zahlreichen Wunden? Schnitte, blaue Flecken, Brandwunden? Glaub mir, wenn ich dir sage, dass mindestens zwei Drittel davon aus ihrer Hand stammen."

„Woher willst du das wissen?!", schrie Jannis.

Doch bevor sie antworten konnte, kam es aus dem Türrahmen:

„Weil es die Wahrheit ist."

Jannis drehte sich um und sah in Annes trauriges Gesicht. Sie sah durch ihn hindurch und völlig fertig aus. Doch Annes Worte waren klar und rein, als sie sprach:

„Du wirst es nicht verstehen. Keiner kann das verstehen."

Er ging auf seine Freundin zu und wollte ihr über den Arm streichen, aber Anne ging für jeden Schritt, den Jannis auf sie zukam, einen rückwärts. Bis er stehenblieb und meinte:

„Dann versuch es, mir zu erklären. Ich möchte so gerne verstehen. Es sind doch ganz einfache Fragen. Ich möchte nur wissen, warum und was dich dazu bewogen hat. Mehr nicht."

„Mehr nicht? Mehr nicht?! Es ist viel mehr als ein paar dödelige Antworten, Jannis", sagte Anne etwas wütend. „Es ist meine Welt. Mein Leben. Ich sage doch, du wirst es nicht verstehen. Ich habe nie etwas anderes getan, um meinen Gefühlen Ausdruck zu verleihen."

„Aber Anne... Was ist mit Freude? Liebe? Glück? Landen diese auch auf deinem Körper?"

„Freude gab es nur zu einer Zeit, als ich Schmerz noch nicht kannte. Und Liebe kam erst in mein Leben, als ich dich kennenlernte. Ebenso wie Glück..."

Tanja fasste Jannis an der Schulter und flüsterte ihm zu:

„Lass sie ausreden. Bleib einfach stehen. Manchmal wirkt das Wunder."

Fast unmerklich nickte er. Anne sprach weiter.

„Mein Leben ist eine Kette aus Wut, Angst und Trauer. Noch dazu die ganzen Enttäuschungen. Schläge – jeden Tag. Todesdrohungen. Bestrafungen. Wenn ich lachte, wenn ich weinte. Wenn etwas nicht Vaters Anforderungen entsprach. Jede freie Minute war er um mich herum. Es war eine Qual. Der einzige Ort, an dem er mich nicht kontrollieren konnte, war die Schule. Ich hab es gehasst. Niemandem konnte ich mich anvertrauen. Nur meinem Tagebuch, doch da hatte ich Angst, er würde es lesen. Dann wäre ich tot. Es gab eine Zeit, da war der Wunsch zu sterben so mächtig, dass ich es versuchte. Es war wunderbar. So frei, so leicht. Doch eine Sekunde später lag ich doch wieder in meinem kalten und unpersönlichen Zimmer und war lebendig."

Anne machte eine Pause. Sie atmete tief ein.

„Du weißt nicht im Geringsten, was in mir vorgeht. Du kennst diese Angst nicht, mit der ich jeden Tag aufstehe. Du kennst das flaue Gefühl in meinem Magen nicht, wenn ich nach Hause fahre. Du kennst meine Albträume nicht. Du kennst nicht meine Gedanken, diese immer wieder kehrenden Gedanken, die den Tod meiner zwei liebsten Menschen beinhalten!"

Anne senkte den Kopf. Heiße Tränen tropften auf das Parkett im Flur. Sie hatte zu Ende gesprochen. Jannis kam sanft auf sie zu und hob mit seiner Hand ihren Kopf hoch.

„Du hast Recht", sagte er. „Ich kenne das alles nicht. Das möchte ich auch gar nicht, denn ich habe gesehen, was es mit dir gemacht hat. Ich möchte doch nur wissen, ob du bereit bist, meine Hilfe anzunehmen. Okay? Ich werde versuchen, zu verstehen. In Ordnung?"

Anne nickte. Sie fühlte sich leer und erschöpft. Das Wüten und Schreien hatte sie ermattet. Sie lehnte sich an Jannis an und schloss die Augen. Er strahlte Wärme und Nähe aus. Nie hatte sie jemanden, mit Ausnahme ihrer Schwester, so sehr an sich heran gelassen. Sie hatte ein bisschen Angst, aber fühlte sich unendlich wohl in seiner Umgebung. Wenn er in einen Raum kam, in dem Anne auch gerade war, dann strahlte dieser Raum für sie Wärme aus.

Jannis merkte, dass Anne zwar lächelte, aber auch, dass sie immer noch weinte. Er schloss sie in seine Arme. In diesem Moment knickten Anne urplötzlich die Beine weg. Sie rutschte an Jannis' Körper hinunter. Doch er reagierte schnell und fing sie ganz sachte auf. Langsam rutschte sie in eine kniende Haltung und vergrub ihr Gesicht in Jannis Sweatjacke. Ihr ganzer Körper bebte. Erst jetzt realisierte sie ihre gesamte Situation. Auf sich allein gestellt, ohne Geld und ohne Aussicht auf einen vernünftigen Job. Sie war nie wirklich allein gewesen. Dennoch hatte sie sich oft sehr einsam gefühlt. Immer war jemand um sie herum gewesen, der auf sie aufgepasst hat. Wenn auch nicht ihre Mutter, so war es später Kathleen. Sie hatte immer auf ihren Schützling Acht gegeben und darauf geachtet, dass ihr nicht so viel geschah. Doch diese Stütze war fort. Aus ihrem Leben gerissen. Weg. Einfach so. Mittlerweile vermisste Anne ihre große Schwester so sehr, dass es schmerzte. Alle Wut war verflogen. Sie war ein Teil von ihr gewesen. Ein Stück ihres Lebens. Kathleen war ihr Fels in der Brandung gewesen – und Anne die Algen, die an ihm klebten.

In diesem Moment wurde ihr klar, woher sie den Postboten Matthias kannte. Ihr Kopf schoss in die Höhe. Mit aufgerissenen Augen starrte sie Jannis an und wisperte:

„Matthias... das... das war Kathleens Freund. Ich hätte ... Hätte ihn fragen müssen...“

Jannis legte seinen Zeigefinger auf Annes Mund.

„Sch“, sagte er. „Ganz ruhig. Es wird alles gut. Vertrau mir.“

„Wirklich?“, fragte Anne mit großen Augen.

Der Tränenfluss hatte schlagartig aufgehört.

„Ja“, antwortete Jannis und wischte ihre Tränen fort.

17

Drei Monate später. Es war Ende Mai. Die Sonne schien vom Himmel. Anne und Jannis saßen auf einer Wiese an der Alster in Hamburg. Vor ca. sechs Wochen hatten sie endlich eine eigene Zweiraumwohnung gefunden und vor drei Wochen waren sie eingezogen. Anne strahlte mit der Hamburger Sonne um die Wette. Sie hatten ein Handtuch ausgebreitet und lagen auf diesem. Jannis hatte einen Arm um Annes Schulter gelegt. Seit Annes Ausbruch waren ihre Narben fast vollständig verheilt. Nur die tiefsten würden bleiben. Doch das war für das junge Paar eher nebensächlich. An diesem Nachmittag trübte nichts ihren Himmel.

Anne sah in den strahlend blauen Himmel und lächelte entspannt. Jannis stand langsam auf und setzte sich hinter Anne.

„Darf ich?", fragte er leise und öffnete den Verschluss ihrer Kette.

„Was tust du da?", entgegnete Anne nervös.

„Ich finde, du hast diese Kette schon viel zu lange getragen."

Mit diesen Worten nahm er ihr die Kette ab und steckte sie in den Rucksack.

„Es wird Zeit für eine Neue", fuhr er unbeirrt fort, obwohl Anne ihn bereits fragend ansah.

Mit seinen Händen bedeutete er ihr, dass sie sich wieder umdrehen sollte. Sie gehorchte und starrte auf die Alster. Plötzlich spürte sie etwas Kaltes an ihrem Hals. Jannis hatte ihr eine andere Kette um den Hals gelegt.

„So. Das sieht viel besser aus", lächelte er, als er den Verschluss geschlossen hatte.

Anne nahm die Kette in die Hand und entdeckte einen runden flachen Anhänger, auf dem etwas eingraviert war. Sie kniff die Augen zusammen und las, was auf der Vorderseite stand:

Forever and ever

Sie drehte sich zu ihrem Freund um und fragte:
„Was bedeutet das?"

„Das ist Englisch und heißt so viel wie ‚Für immer und ewig‘. Aber dreh doch mal das Plättchen um."

Jannis lächelte immer noch. Also tat Anne, was er gesagt hatte und drehte den Anhänger um. Auf dieser Seite stand ebenfalls etwas:

Anne & Jannis

Ihre Augen begannen zu leuchten.

„Tatsächlich?", fragte sie leise.

„Natürlich. Und es gibt da noch etwas, was ich dich fragen möchte. Denn zu einem ewigen Leben gehören immer zwei, deswegen…"

Jannis räusperte sich einmal und ging um Anne herum, sodass er vor ihr stand. Er nahm ihre Hände und zog sie hoch. Dann ging er auf die Knie und fragte mit rotgefärbten Wangen:

„Anne. Ich liebe dich wirklich unendlich und deshalb möchte ich dich hier und jetzt fragen: Willst du dein Leben für immer und ewig mit mir teilen und die Frau an meiner Seite werden? Möchtest du mich heiraten?"

Anne starrte ihn mit großen Augen an. Vorsichtig sah sie sich um, ob irgendjemand der anwesenden Menschen auf sie achtete. Doch keiner sah zu ihnen hinüber. Sie war sprachlos. Jannis hielt immer noch ihre Hände. Sie musste intensiv nachdenken, aber eigentlich wusste sie tief in ihrem Inneren schon die Antwort. Zaghaft nickte sie und hauchte:

„Ja."

Jannis stand wieder auf und drückte sie fest an sich. Sie lehnte sich leicht an seine Schulter und sagte:

„Das ist wirklich ein wunderbarer Tag. Ich hab dich gern, Jannis."

Er lächelte und streichelte über ihre Haare. Dann küsste er sie auf den Haaransatz und schob sie ein Stück von sich.

„Ich liebe dich mehr als alles andere, Süße. Aber weißt du, wer von alledem rein gar nichts weiß?"

„Na?"

„Es wissen weder meine Mutter, noch Maik oder Larissa oder Timo davon, dass ich dich gefragt habe. Ich wollte es ihnen erst sagen, wenn

du wirklich möchtest. Doch wenn du es dir wünschst, können wir auch noch etwas warten."

„Spinnst du?!", lachte Anne. „So etwas kann man nicht verheimlichen!"

„Na gut. Wenn du es so willst", sagte Jannis immer noch lächelnd. „Dann können wir ja sofort zu ihnen gehen."

Annes Augen strahlten. Sie nickte. Jannis beugte sich vorsichtig zu ihr rüber und küsste sie sanft. Dann packten sie ihre Sachen zusammen und gingen Hand in Hand in Richtung Bushaltestelle.

Bei seiner Mutter angekommen, öffnete diese die Tür und schaute das junge Pärchen erstaunt an.

„Mit euch habe ich wirklich nicht gerechnet. Kommt doch rein", sagte sie kurz darauf.

Jannis und Anne traten grinsend in die Wohnung.

„Soll ich Tee machen?", fragte Tanja sofort.

„Nein, Mutti. Schon gut. Wir haben etwas zu verkünden. Sind Timo und Larissa da?"

Tanja sah ihren Sohn misstrauisch an. Es schien ihm wirklich wichtig zu sein.

„Ja. Sie sind da. Wo sollten sie denn sonst sein?"

„Okay. Dann kommt doch bitte in die Wohnstube. Ach ja. Und ruf bitte Maik an, er soll es ruhig auch wissen."

Anne hatte viel Mühe, nicht laut los zu kreischen. Fast hüpfend folgte sie ihrem Freund in die Wohnstube. Tanja rief nach ihrer Tochter und ihrem Mann, die keine zwei Minuten später ebenfalls im Raum standen. Dann telefonierte sie mit ihrem ältesten Sohn, Maik.

Etwa zehn Minuten später saßen alle, das hieß Maik, seine Freundin Isabella, Jannis, Timo, Tanja, Larissa und Anne, auf der Couch und unterhielten sich locker. Irgendwann stand Jannis auf und räusperte sich. Als niemand außer Anne reagierte, wiederholte er seine Tätigkeit. Dieses Mal wurde alles still und die Anwesenden schauten zu ihm. Schlagartig wurde er rötlich im Gesicht und stammelte:

„Ich... ich hab euch... was zu ... ähm ... sagen."

Maik grinste seinen kleinen Bruder an und fragte:

„Na, was denn, Kleiner?"

Jannis atmete einmal tief durch und lächelte in die Runde. Er machte es ziemlich spannend.

„Ich wollte euch mitteilen, dass ich und Anne, ähm, ich meinte Anne und ich... nun ja..."

Tanja sah ihren Sohn fragend an. Sie ahnte, was er sagen wollte und sie wusste ebenfalls, dass er nie ein Mann großer Worte war, außer wenn er schrieb, deswegen ließ sie ihn reden. Sie war gespannt auf seine Wortwahl.

„Nun ja", fuhr Jannis nervös fort. „Anne und ich, wir wollen heiraten." Schlagartig begannen alle Mundwinkel, sich nach oben zu kräuseln. Alle fünf sahen grinsend zu ihm auf. Nur Anne hatte, leicht lächelnd und doch etwas besorgt, den Kopf gesenkt. Jannis beugte sich zu ihr hinunter und hob ihr Gesicht an. Langsam und vorsichtig drückte er ihr seine Lippen auf ihre. Dabei zog er sie von der Couch und hielt sie in seinem Arm.

„Und ihr", sprach er weiter. „werdet die einzigen Anwesenden sein." Alle, außer Isabella und Larissa, die die ganze Situation wohl nicht ganz verstand, nickten zustimmend. Maiks Freundin sah sie nur verwirrt an und fragte ziemlich erbost:

„Und was ist mit ihrer Familie? Hat die kein Mitspracherecht?"

Anne starrte sie mit aufgerissenen Augen an. Sie versuchte zu antworten, aber aus ihrem geöffneten Mund kam kein Laut. Verwirrt schloss sie ihn wieder. Jannis übernahm das Sprechen, wobei er bedacht war, nicht ganz die Wahrheit zu erzählen:

„Isa, hör zu. Normalerweise hättest du Recht und es wäre wirklich unfair ihrer Familie gegenüber. Doch in diesem Fall muss ich dir widersprechen. Anne hat keinen besonders guten Kontakt zu ihren Verwandten. Sie wurde ... nun ja, man könnte schon fast sagen, sie wurde verstoßen. Deshalb wäre es unklug, sie darüber zu informieren."

Isabella schaute skeptisch zu Anne, die daraufhin nickte.

„Wenn ihr meint", sagte Isabella schließlich.

Sie verschränkte die Arme und schaute demonstrativ aus dem Fenster. Man spürte, dass sie entweder Anne oder Jannis nicht leiden konnte. Jannis tippte auf seine Verlobte. Was daher rührte, dass Isabella das komplette Gegenteil von Anne war. Sie war selbstbewusst, hatte dunkle Augen und dunkle Haare und war gut bestückt, das konnte Jannis nicht bestreiten. Trotzdem wusste Jannis nicht genau, was ihr an Anne störte. Vielleicht war es ihre Ausstrahlung, mit der sie jeden Menschen in ihrer Umgebung beruhigte und sicher fühlen ließ. Vielleicht war es aber auch ihr engelhaftes und elfenähnliches Aussehen. Schließlich hatte sie blondes Haar, eine zierliche Gestalt und eisblaue Augen. Vielleicht irrte sich Jannis aber auch und es war etwas ganz anderes oder ihre Ablehnung galt ihm. Wer wusste das schon. Vielleicht sollte er anfangen, zu lernen, aus dem Verhalten der Menschen ihren Charakter zu lesen.

18

Der restliche Nachmittag verging sehr ruhig. Als es gegen Abend wurde, brachen sowohl Maik und Isabella als auch Anne und Jannis auf. Anne und ihr Partner gingen zu Fuß durch die Straßen Hamburgs, während sich die Sonne langsam rötlich färbte und am Himmel versank. Sie schien sich vorsichtig an den nahenden Sommer hinan zu tasten. Anne sog alle Eindrücke in sich auf. Obwohl es recht kühl war, fror sie nicht. Die Häuserschatten wurden länger und hüllten sowohl die Autos und Gehwege als auch das Paar in nächtliche Dunkelheit. Anne begann, sich zu fürchten und rückte ein wenig näher an Jannis ran. Dieser bemerkte ihre Unruhe und legte einen Arm um ihre Schulter.

„Wir sind bald zu Hause", sagte er halblaut.

Doch schon kurz darauf spürte Anne, wie sie beobachtet wurden. Ihre Nacken- und Armhärchen stellten sich auf und sie bekam eine Gänsehaut. Vorsichtig sah sie nach hinten, aber da war keine Menschenseele. Auch auf der anderen Straßenseite war niemand zu sehen, was in Hamburg recht ungewöhnlich war, wie Anne gelernt hatte.

„Warum ist hier niemand?", fragte Anne leise.

„Hier ist es abends leicht gefährlich. Aber nur, wenn man alleine unterwegs ist. In der Innenstadt ist jetzt viel los, aber hier..." Jannis schüttelte den Kopf. „Hier kommt niemand freiwillig her."

„Warum denn? Es ist doch schön hier!"

Jannis schielte auf seine Freundin, die knapp einen Kopf kleiner war als er. Er antwortete:

„Am Tag ist es wirklich schön und ruhig, aber am Abend sieht man hier viele Penner und Straftäter."

„Warum ist deine Mutter hier her gezogen?"

„Es war früher anders. Aber das ist eben die Großstadt, Anne. Damit muss man leben können. Außerdem sind hier die Wohnungen relativ preiswert. Komm jetzt. Lass uns etwas schneller gehen."

Die restliche Strecke über schwiegen sie sich an. Anne war das Schweigen unangenehm.

Etwa fünf Minuten später standen sie vor der Eingangstür und Jannis kramte nach seinem Schlüssel. Nervös tippelte Anne von einem Fuß auf den anderen. Sie fühlte sich immer noch beobachtet. Doch die einzigen Menschen auf den Straßen waren sie und ein älterer Herr auf der anderen Seite, der an der Hauswand gelehnt saß und schlief.

Endlich hatte Jannis den Schlüssel gefunden und schloss auf. Zügig gingen die beiden, weiterhin schweigend, drei Stockwerke hinauf. Auch hier schloss Jannis auf und sie traten in ihre Wohnung. Der Flur, den sie betraten, hatte einen weichen, beigefarbenen Teppich und eine kleine hellbraune Kommode. Über der Kommode hing ein kleiner, runder Spiegel. Anne stellte ihre Schuhe neben der Kommode ab und ging ans andere Ende des Flures. Dort stand ein Schrank, in denen sie alle möglichen Dinge aufbewahrten. Auf der einen Seite des Schrankes befanden sich ein alter Staubsauger, Besen und ein paar Putzutensilien. Auf der anderen Seite waren wenige Konservendosen und Getränke untergebracht. Anne nahm sich eine Flasche Wasser und ging zurück zu Jannis, der immer noch neben der Kommode stand und wartete. Gemeinsam gingen sie durch die Wohnstube in die kleine Küche. Die Küche hatte weiß-graue Fliesen und eine gelbliche Raufasertapete. Jannis und sein Bruder Maik hatten diese Farbe ausgesucht. Anne mochte sie nicht sehr, aber sie fügte sich. Ihre eigenen Bedürfnisse und Wünsche zu unterdrücken, war sie gewohnt. Daher fiel ihr das nicht sehr schwer.

Der Tisch bestand lediglich aus vier Metallbeinen und einer Plastikplatte, die mit Holzmusterung beklebt war. Die beiden Stühle, die daran standen, waren ebenfalls aus Metall und nur mit einem gelben Polster zum Sitzen versehen.

Anne ging an einen der beiden Hängeschränke, die, ähnlich wie die Kommode im Flur, aus hellbraunem Holz bestanden, und holte sich ein Glas heraus. Sie öffnete die Flasche und trank einen großen Schluck. Das kalte Wasser beruhigte sie ein kleines bisschen und beendete das Zittern.

Jannis stand derweilen im Türrahmen und beobachtete sie schweigend. Er fühlte, dass etwas sie beunruhigte, aber er wusste

nicht, wie er sie darauf ansprechen sollte. Er erinnerte sich nur zu gut an ihren kleinen Ausraster im Februar. So etwas wollte er unter keinen Umständen erleben, wenn er alleine mit ihr war.

Anne stellte das Glas in die Spüle und drehte sich zu Jannis um. Schüchtern lächelte sie ihn an und sagte:

„Tut mir leid. Ich war etwas nervös."

Jannis dankte dem Schicksal innerlich für diese gute Vorlage für ein Gespräch.

„Hab ich bemerkt", meinte er. „Was war denn los?"

„Nicht der Rede wert", antwortete Anne schnell.

„Ich möchte es aber wissen", hakte Jannis nach. „Bitte."

Anne sah ihn misstrauisch an. Dann kam sie auf ihn zu und lächelte zaghaft.

„Ich habe mich bloß ein bisschen beobachtet gefühlt. Wirklich nicht schlimm."

„Echt nicht?"

Jannis wollte sich nicht mit ihrer Antwort zufrieden geben. Sie hatte Angst, das spürte er. Da konnte sie so gut schauspielern können, wie sie wollte, aber der Student hatte ein Gespür für Angst.

Zu seiner Verwunderung nickte seine Verlobte dennoch beharrlich. Er nahm sie bei der Hand und drückte ihr zärtlich einen Kuss auf die Stirn. Sie gähnte einmal demonstrativ und sagte:

„Ich bin müde. Ich werde ins Bett gehen. Du auch?"

Jannis sah ihr direkt in die blauen Augen und nickte. Erst jetzt spürte er die Erschöpfung in seinen Gliedmaßen und das Brennen in den Augen. Sie gingen durch das kleine Wohnzimmer, das durch die dunkle Couch und den dunklen Schreibtisch sehr düster und trostlos wirkte, wieder zurück in den Flur, damit sie zum Schlafzimmer kamen.

Das Schlafzimmer an sich war, ähnlich dem Rest der Wohnung, sehr hell eingerichtet. Es gab ein großes Fenster mit einem Fensterbrett, das aussah wie aus Marmor, aber keins war. Anne hatte es liebevoll mit einem Strauß Blumen und einem selbstgemalten Bild dekoriert.

Was ihre Zeichnungen angeht, so hatte sie niemals damit aufgehört. Und Jannis liebte ihre künstlerischen Darstellungen. Trotzdem weigerte Anne sich, ein paar ihrer Bilder aufzuhängen. Sie hatte Angst vor ihnen. Manche waren in Momenten tiefster Bestürzung oder schlimmster Gedanken entstanden. Demnach sahen sie aus. Düster. Unheimlich. Anne fürchtete sich in diesen Augenblicken vor ihrem Talent. Manchmal kam es ihr so vor, als wäre sie in Trance, wenn sie zeichnete. Einige Bilder erkannte sie später nicht wieder und fragte sich, ob es wirklich sie war, die es gemalt hatte. Doch da Jannis überhaupt nicht zeichnen konnte, musste sie es ja sein. Auch das erschrak sie jedes Mal.

Sie schüttelte den Kopf, um die Gedanken an ihre Zeichnungen abzuschütteln und begann, sich aus ihren Sachen zu pellen. Als sie in Unterwäsche vor dem Fenster stand, zog sie die Vorhänge zu. Jannis hatte sich mittlerweile komplett entkleidet und nur noch eine Boxershorts an. Nur so konnte er wirklich schlafen. Ab April hasste er Pyjamas. Sie waren ihm zu warm. Langsam kam er auf Anne zu und nahm sie von hinten in den Arm. Er legte seinen Kopf auf ihrer Schulter und fragte zärtlich:

„Was hältst du eigentlich davon, wenn wir mal zusammen wegfahren? Nur du und ich. Einfach weg von hier."

Anne schloss die Augen und versuchte, es sich vorzustellen.

„Rede weiter", sagte sie leise.

„Nur du und ich. Am Meer oder in der Stadt. Wir könnten bei Sonnenuntergang noch am Strand liegen und im Wasser planschen. Wir würden in einer kleinen Pension übernachten und alle Sorgen fallen lassen. Leben, bevor die Realität beginnt. Träumen, bevor Wolken aufziehen. Entspannen, bevor der Kampf beginnt. Sozusagen die Ruhe vor dem Sturm. Nur du und ich und die Möwen über unseren Köpfen. Du würdest durch den Sand laufen und lachen und ich würde hinter dir herjagen und versuchen, dich zu fangen. Und wenn ich dich dann bekommen habe, siehst du mich an und alles ist gut. Wie klingt das für dich?"

„Traumhaft", antwortete Anne.

Jannis entging der zweifelnde Unterton nicht. Er fragte:

„Aber?"

„Ich kann es mir nicht so gut vorstellen."

Anne wandte sich aus seiner Umarmung und sah ihn an. Jannis zog die linke Augenbraue hoch und schaute ihr in die Augen.

„Ich kenne das alles nicht. Strand, Meer, Möwen, Pension."

„Dann wirst du es kennenlernen", lächelte Jannis sie an.

Anne zuckte mit den Schultern und beendete ihren Klamottenwechsel schweigend.

Jannis, der ebenfalls den Mund hielt, legte sich ins Bett und schlief ein. Anne dagegen lag noch lange wach. Es war vielleicht drei Uhr, als sie endlich und völlig erschöpft einschlief.

19

Als sie das nächste Mal die Augen öffnete, war es dunkel. In ihrem Inneren stieg Beklemmung hoch. Der Untergrund, auf dem sie lag, war staubig und kalt. Der Staub kitzelte in ihrer Nase. Vorsichtig setzte sie sich auf und strich sich mit der flachen Hand die langen Haare aus dem Gesicht. Wie war sie hier hergekommen? Wo war ihre Mama?

Sie kniff die Augen zusammen und versuchte, ihre Umgebung zu erkennen. Doch alles blieb schwarz. Ganz langsam drehte sie sich auf die Knie, um aufstehen zu können. Als sie stand, wollte sie erst einmal ihre Hände betrachten, aber die Dunkelheit verschlang ebendiese. Also beschloss sie, das Licht zu suchen. Irgendjemand musste es ihr geklaut haben, damit sie Angst bekam und sich die Lichtlosigkeit in ihr kleines Kinderherz schlich. Doch das würde sie nicht zulassen. Sie hatte doch extra eine Technik gegen jene Angst entwickelt. Sie stellte sich einfach vor, sie sei eine Auserwählte, die Abenteuer bestehen musste, um im Leben voranzukommen. Dies war ihre Suche nach dem Licht.

Ganz langsam tapste sie sich vor, bis sich ihre Schritte wie von selbst beschleunigten. Dabei sah sie sich genau um, aber alles was sie sah, war Dunkelheit. Nach ein paar Metern stieß sie mit dem Kopf gegen eine Wand. Es schmerzte nicht sehr, dröhnte nur ein wenig. Trotzdem glitt sie in die Hocke und hielt sich mit beiden Händen den Kopf.

Als sie wieder einigermaßen klar denken konnte, ertönte hinter ihr eine zornige Stimme.

„Du hast einen großen Fehler begangen. Willst du das abstreiten?!"

Jemand packte sie an den Haaren und schliff sie über den Boden. Ganz plötzlich wurde es hell. Sie waren in einem anderen Raum. In diesem Zimmer hingen Fackeln mit echtem Feuer an den Wänden. Sie fühlte sich wirklich wie in einem Abenteuer. Doch sie wusste, dass dies todernst war und es wirklich um ihr Leben ging. Sie wurde endlich grob losgelassen und auf den Boden geschleudert. Vorsichtig hob sie den Kopf und sah sich um. In diesem Raum befanden sich ein

Podest und darüber ein großes Holzkreuz. Unter dem Kreuz stand ein Mann. Er hatte blondes Haar und eisblaue Augen. Sie mochte diese Augen nicht. Sie waren kalt, herz- und lieblos. Er liebte nicht. Er verurteilte nur.

Schnell senkte sie den Blick. Sie hatte Angst, durch seinen Blick ebenfalls zu einem Eisklotz zu gefrieren. Eine heiße Träne suchte sich ihren Weg über ihre Wange. Nein, sie war noch nicht aus Eis.

Behutsam riskierte sie einen Blick nach hinten. Dort standen wenige Stühle in einer Reihe. Auf diesen Stühlen saßen Menschen. Ihre Mama. Ihre große Schwester. Ihre Mama weinte. Ihre Schwester sah auf den Boden. Sie würden ihr nicht helfen. Das war ihr Abenteuer. Sie sah wieder zurück auf den Boden, wo sie sich mit den Händen abstützte. Ihre Hände waren noch so klein. Wenn sie wollte, konnte sie sie in den Ärmeln ihres Kleides verstecken. Manchmal tat sie es, damit niemand ihre Nägel sah. Sie waren abgekaut. Sie kaute immer daran, wenn sie Angst hatte. Und sie hatte viel Angst.

„Ich frage dich nicht noch einmal!", donnerte die Stimme von oben.

„Es tut mir leid, Vati", sagte sie heiser.

Sie wusste nicht, was ihr Fehler gewesen war, aber wenn ihr Vater es sagte, dann musste es so sein.

Weitere Tränen rannen über ihre Wangen. Sie sah nicht auf. Tränen wurden bestraft. Nach einer Weile vollkommener Ruhe rief ihr Vater:

„Bestraft sie!"

Man packte sie am Nacken und stellte sie an eine Wand auf ihre kleinen Beine. Aus den Augenwinkeln sah sie, wie ein Knabe in den Raum huschte, während ihre Mutter und ihre Schwester hinausgebracht wurden. Dann drehte sie sich wieder um und bemerkte, dass sie an die Kette an der Wand gefesselt wurde. Sie kannte das schon, was nun kam. Sie würde geschlagen werden. Getreten und bespuckt. Manchmal riss man auch an ihren Haaren oder sengte ihre Kleider an. Heute war es anders.

Ihr Vater kam auf sie zu und rief:

„Moment! Die heutige Strafe muss härter ausfallen. Ich werde mich darum kümmern."

„Aber Herr...", wagte ein Mann zu sagen.

Ihr war aufgefallen, dass es niemand wagte, ihn bei seinem Vornamen zu nennen. Alle sagten entweder ‚Herr' oder ‚Meister' oder ähnliches zu ihm. Ihr Vater war sehr mächtig.

„Kein Aber!", brüllte ihr Vater zurück.

Der Mann und seine Kollegen verschwanden. Nur sie und ihr Vater blieben übrig. Sie schrie nicht, weinte nicht einmal, als er sein Spiel mit ihr spielte. Dieses Abenteuer hatte sie verloren. Vielleicht sollte sie aufhören, sich vorzustellen, eine Auserwählte zu sein. Vielleicht war sie einfach nur ein Kind - schwach, klein und gehorsam. Vielleicht war sie einfach nur Anne.

20

Zitternd wachte Anne auf. Sie schwitzte. Der Traum saß ihr noch in den Knochen. Ihr Kopf dröhnte. Sie riskierte erst einen Blick auf Jannis, der neben ihr auf den Bauch lag und immer noch schlief, und dann einen auf die Uhr. Es war 5:56 Uhr. Sie hatte knapp 3 Stunden geschlafen. Wenn überhaupt. Langsam deckte sie sich auf und stieg aus dem Bett. Sie brauchte unbedingt ein Glas Wasser oder Milch. Sie zog sich einen Pullover über und ging in die Küche. Vorsichtig knipste sie das Licht an, obwohl es bereits dämmerte und die Sonne in ein paar Minuten hoch am Himmel stehen würde. Sie ging an den Kühlschrank und nahm sich die Packung Milch hinaus. Sie goss sie sich in ein Glas und trank sie mit einem großen Schlucken aus. Die kalte Milch rann ihre Kehle hinunter und fühlte sich gut an. Anne wurde langsam klar im Kopf. Und je klarer und wacher sie wurde, desto weniger drangen die Bilder ihres Traumes in ihr Gedächtnis. Nach einigen Momenten beschloss Anne, den Frühstückstisch zu decken und Jannis zu überraschen.

Sie stellte alles, was sie brauchten, auf den Tisch und setzte sich auf einen der Stühle. Während sie darauf wartete, dass Jannis erwachte, starrte sie aus dem Fenster. Draußen war der Himmel rötlich. Selbst die Wolken nahmen entweder einen Lila oder einen Rosa Ton an. Anne fand das schön und es beruhigte sie ein wenig. Doch wurden sie von Sekunde zu Sekunde heller und grauer. Sie flogen über die Häuser, unter ihnen die Vögel. Anne stand auf, um ganz aus dem Fenster sehen zu können.

Sie sah auf die Straße und beobachtete die Leute. Obwohl es erst 6 Uhr morgens war, liefen viele Menschen umher. Die meisten waren wahrscheinlich Studenten, sowie Jannis. Er und Anne waren extra nah an die Uni gezogen, damit er Anne nicht solange alleine lassen musste. Zumindest nicht länger als nötig. Sie fand das sehr nett, denn in manchen Augenblicken hatte Anne Angst in der Wohnung. So ganz alleine. Mit so vielen Menschen in einem Wohnkomplex zu leben, war sie nicht gewöhnt und sie hatte Angst, dass die Schlüssel von ihren

Nachbarn ebenso in ihre Tür passten. Jannis schwor zwar, dass dem nicht so war, aber überzeugt hatte er seine Freundin nicht.

Anne bemerkte fröstelnd, dass der Penner von letzter Nacht immer noch an die Hauswand gelehnt saß und sich nicht rührte. Anne runzelte die Stirn und trat vom Fenster weg. Ihr war das Ganze nicht geheuer. Vielleicht war er tot? Oder verletzt? So oder so, gesund sah er jedenfalls nicht aus und Anne würde sich Mühe geben, ihm keinen Anlass zu bieten, sie anzusprechen oder anzufassen.

In diesem Augenblick trat Jannis in die Küche und sah erstaunt auf den Küchentisch.

„Guten Morgen", sagte er leicht fragend.

„Guten Morgen, Jannis." Anne lächelte. „Hast du gut geschlafen?"

„Ja, sehr gut, und du?"

„Ja", log Anne.

Es nützte trotzdem nichts. Jannis trat auf sie zu und sah ihr direkt in die blauen Augen, vor denen Anne sich gruselte, da sie wie die gefühlslosen Augen ihres Vaters aussahen. Jannis jedoch liebte sie, merkte aber auch, wie müde sie blickte und die Augenringe entgingen ebenso wenig seiner Aufmerksamkeit.

„Wirklich?", fragte er deshalb.

Anne senkte den Kopf und schüttelte ihn. Er atmete einmal tief aus und wuschelte sich durch die Haare.

„Willst du reden?", fragte er schließlich.

Doch sie lehnte kopfschüttelnd ab. Etwas unbeholfen setzten sie sich an den gedeckten Tisch und begannen zu essen.

Nachdem sie mit dem Frühstück fertig waren, stieg Jannis unter die Dusche und Anne setzte sich in die Wohnstube auf das Sofa. Sie starrte an die hellgrüne Wand und versuchte, ihre Angst zu ignorieren. Wie immer zog sie die Beine an ihren Oberkörper und umschlang sie mit ihren Armen. Für einen Moment schloss sie die Augen. Sie war müde und fühlte sich hundeelend. Doch sobald sie in den Halbschlaf glitt, kehrte ihr Traum zurück. Erschrocken riss sie die Augen wieder auf und entschloss, sich anzuziehen.

Wenige Minuten später stand sie im Schlafzimmer und zog das letzte Kleidungsstück, ihre dunkelblaue Shirtjacke, an. Sie hatte sich für einen schwarzen Rock, einem grauen T-Shirt und ihre Lieblingsstoffjacke entschieden. Gerade als sie fertig war, trat Jannis in den Raum und sah sie an. Anne sah schnell fort und vermied den Blickkontakt.

„Was ist los?", fragte er besorgt.

Nichts, wollte Anne sagen, aber nur ein kläglicher Hickser entwich ihrer Kehle. Dem Hickser folgte ein Schluchzer und diesem Schluchzer die erste Träne. Sie wusste selbst nicht, was mit ihr los war. Sie musste einfach weinen.

Jannis reagierte schnell und schritt zu Anne. Die Tränen flossen schneller. Die Schluchzer wurden lauter. Er schob Anne sanft zum Bett. Sie ließ sich fallen und vergrub ihr Gesicht in den Händen. Er saß daneben und strich ihr zärtlich über den Arm.

Irgendwann sah Anne wieder auf und fragte leise, was ihr schon die ganze Zeit durch den Kopf spukte:

„Was ist, wenn sie mich finden?"

Jannis schüttelte heftig den Kopf und antwortete:

„Das werden sie schon nicht. Bei mir bist du sicher!"

Anne schwieg vor lauter Zweifel. Jannis atmete hörbar aus und fragte:

„Was ist denn das größte Problem dabei?"

„Überleg doch mal: Sie kennen mich seit 18 Jahren. Sie wissen, wie ich aussehe, wie ich mich benehme und welche Macken und Gewohnheiten ich habe."

„Okay, das ist wirklich schwierig. Aber ich werde mir etwas einfallen lassen. Versprochen!"

Anne nickte.

Ihr Freund sah sie besorgt an. Er hatte um neun Uhr eine Vorlesung in der Uni, aber er wollte Anne nicht eine Sekunde alleine zu Hause lassen. Nicht in ihrem Zustand. Sie war ihm zu sensibel im Moment. Er musste lange überlegen, bevor er schließlich sagte:

„Komm erst einmal mit zur Uni. Ich stell dich meinen Freunden vor. Den ganzen Tag hier bleiben – das muss doch langweilig sein."

Annes Gesicht hellte sich auf. Eilig nickte sie und gab ihm einen Kuss auf die Wange.

Die Universität war größer, als Anne sie sich vorgestellt hatte und schöner, als Jannis sie beschrieben hatte. Das Gebäude war groß und aus Backstein. Dadurch wirkte es sehr alt und geheimnisvoll. Der Park davor, den Jannis vor wenigen Augenblicken als Campus bezeichnete hatte, war voller Grün und Erholungsmöglichkeiten. Viele Studenten waren schon dort. Relativ nah an einem großen Tor, wahrscheinlich der Haupteingang, standen bei einer Holzbank vier junge Erwachsene. Anne beobachtete sie genau, da Jannis direkt auf sie zusteuerte. Es waren zwei Frauen und zwei Männer. Die eine Frau war groß und schlank und hatte rot lila Locken. Die zweite Frau, die gegenüber der Anderen stand, war eher klein, zierlich und hatte kurzes hellbraunes Haar. Neben der kleinen Frau stand ein rothaariger Mann, der seinen Arm um ihre Schulter gelegt hatte. Er sah sehr frech aus, wie Anne fand. Gegenüber dem Rothaarigen stand ein schwarzhaariger Mann mit einer seltsam dunklen Hautfarbe. Gerade als die Kleine wieder anfing zu sprechen, küsste er die Frau mit den Locken auf die Haare.
Jannis pfiff einmal mit seinen kleinen Fingern und zog so die Aufmerksamkeit der vier Studenten auf sich.
„Hey Jannis!", rief der Rothaarige und winkte.
Jannis nahm Annes Hand und stellte sich zu den Studenten.
„Guten Morgen", sagte er fröhlich.
Die Frau mit den Locken sah ihn skeptisch, fast abschätzend, an und fragte dann:
„Wer ist diese Kleine?"
Anne fühlte sich zunehmender unwohl. Sie gehörte einfach nicht hierher. Jannis lächelte dennoch zärtlich und antwortete:
„Das ist Anne."
„Eine neue Studentin, oder was?", entgegnete die kleinere Frau der beiden. „Ich dachte, das neue Semester beginnt erst im Oktober."
„Ich weiß. Nein, das ist keine Studentin", lachte Jannis. „Sie ist meine Freundin."

Anne bemerkte, wie alle vier die Augen aufrissen und Jannis ungläubig ansahen.

„Aber ich dachte...“, sagte der Mann mit der seltsamen Hautfarbe.

„Wir dachten, du wärst verliebt in diese Kleine von damals. Die von dieser komischen Schule“, beendete der Rothaarige den Satz.

Jannis begann lauthals zu lachen. Als er sich wieder gefangen hatte, sagte er:

„Das ist sie. Wir haben Kontakt gehalten.“

„Aber wie...“

Anne registrierte lächelnd, dass die beiden Männer verwirrt waren.

„Ist doch jetzt egal. Ach, ich hab euch ja noch gar nicht vorgestellt!“, fiel Jannis ein. „Also, Anne. Das sind Scarlett, Leon, Alena und Robin.“

Er deutete nacheinander erst auf die Frau mit den Locken, dann auf den Mann mit der dunklen Haut, dann auf die Kleine und zu guter Letzt auf den Rothaarigen. Anne nickte bei jedem Namen.

„Anne möchte heute gerne mit in die Vorlesung kommen. Sie war die ganze Zeit allein zuhause. Das muss ziemlich langweilig sein.“

Die Kleine, also Alena, nickte verständnisvoll.

„Kann ich mir vorstellen“, sagte sie. „Ich würde durchdrehen, wenn ich auch nur zwei Tage ohne Robin in der Wohnung bleiben müsste.“

Die Studenten und Anne setzten sich in Bewegung. Sie gingen in Richtung Haupteingang und dann etliche Meter die Flure entlang. Sie hielten vor weiteren Türen. Jannis drehte sich zu Anne um und verlangte:

„Bleib bitte hier, ich komme gleich wieder.“

Anne nickte schweigend. Etwas anderes hätte sie ja auch nicht tun können.

Jannis und seine Freunde gingen durch die Tür in einen Saal. Anne blieb davor stehen und begann, auf ihrem Daumennagel zu kauen. Nach wenigen Minuten trat Jannis mit finsterer Miene wieder heraus und sagte zu Anne:

„Ich darf dich leider nicht mit in die Vorlesung nehmen. Du musst warten. Tut mir leid.“

Er sah Anne flehend an. Sie lächelte und antwortete:

„Kein Problem. Ich sehe mich einfach ein wenig um. Wie lange brauchst du denn?"

„Weiß ich nicht genau. Ca. anderthalb Stunden."

„Okay. Ich warte draußen auf dich."

Mit diesen Worten drehte Anne sich um und verschwand durch das große Portal wieder nach draußen. Die Sonne blendete sie, als sie hinaustrat. Sie hob die Hand vor das Gesicht und setzte sich auf die Bank, an der sie vorhin standen.

Sie sah alles nur verschwommen. In ihr drin war alles taub. Was war los mit ihr? Sie wankte durch den Park und setzte sich ins Gras. Die Leute um sie herum sahen sie nicht. Sie musste nach Hause. Ihr Vater würde wütend werden. In der hintersten Ecke ihres Gehirns registrierte sie, wie eine Träne sich aus ihrem Auge stahl, aber sie unternahm nichts dagegen. Ihr Kopf drehte sich. Die Menschen sahen sie nicht an. Nicht eines Blickes würdigten sie sie. Kein Wunder. Sie war schlecht. Sie war böse. Was suchte sie hier eigentlich noch?
Ihr ganzer Körper begann zu beben. Sie zitterte. Still schluchzte sie. Tränenüberströmt sank sie auf die Seite ins Gras und schloss die Augen. Sie träumte sich fort. In eine andere Welt. Nur so war die Nichtbeachtung und Ignoranz der Gemeinde ertragbar.

Lisa war spät dran, weswegen sie das Mädchen fast übersehen hätte. Sie kramte gerade in ihrer Tasche als sie ein klägliches Wimmern vernahm. Sie sah sich um und entdeckte die Kleine unter einer großen Eiche. Sie kauerte im Gras und rührte sich kaum. Vorsichtig trat Lisa an sie heran und versuchte ein Gespräch aufzubauen.

„Hey du", begann sie, aber das Mädchen antwortete nicht.

„Wer bist du?", fragte Lisa nun.

Wieder wimmerte das Mädchen nur als hätte sie unendliche Schmerzen.

In diesem Augenblick ging eine Doktorin an ihnen vorbei. Sofort sprang Lisa auf und rief:

„Frau Doktor Richard!"

Die alte Dame drehte sich um und sah Lisa verwirrt an.

„Lisa!? Was ist denn los?"

Lisa knetete ihre Hände, die trotz der warmen Vormittagssonne eiskalt waren, und stammelte:

„Ich wollte grad zur Vorlesung, aber hier ist ein Mädchen. Ich glaube, sie weint, doch sie reagiert nicht."

Mit schnellen Schritten kam Frau Dr. Richard auf das Mädchen zu. Sie beugte sich zu ihr hinunter und streichelte über den Arm.

„Hey du. Wie heißt du?"

Das Mädchen nuschelte etwas vollkommen Unverständliches, als es antwortete.

„Anna?", war der erste Name, der der Professorin einfiel.

Doch das Mädchen war schon nicht mehr ansprechbar. Ihr Blick war leer, ihr Atem ging flach. Ihre Augen waren rot und ihre Nase lief. Sie machte sich nicht die Mühe, sie zu putzen.

„Hat sie überhaupt einen Namen gesagt?", fragte Frau Dr. Richard deshalb Lisa.

Diese zuckte mit den Schultern.

Vorsichtig zog die Doktorin das Mädchen hoch, sodass sie saß. Ihr Blick schien, durch die Welt hindurch zu gehen. Lisa hockte sich vor ihr hin und beobachtete sie.

„Sie sieht mich zwar an, aber scheint mich nicht zu realisieren", bemerkte sie, als sie mit der rechten Hand hin und her winkte.

Frau Dr. Richard nickte.

„Was schätzen Sie, wie alt sie ist, Lisa?", fragte sie.

Lisa zuckte erneut mit den Schultern.

„Vom Aussehen her vielleicht 13 oder 14. Aber nicht älter als 15", antwortete sie.

„Dann muss sie ein Zuhause haben. Eltern, die wir kontaktieren müssen."

„Sie sieht ziemlich daneben aus. Psychisch gesehen", traute Lisa sich zu sagen. „Ob sie aus der Klinik drüben abgehauen ist?"

Frau Dr. Richard atmete einmal tief ein und aus und sagte dann:

„Vielleicht ... Ich kenne diesen Zustand. Eine Abwehrhaltung von kleinen Kindern. Sie träumen sich von der Realität fort, wenn etwas für sie zu viel wird. Sie träumen mit offenen Augen. Nicht mehr ansprechbar. Bei älteren Kindern wird das oft mit Autismus verwechselt. Meine jüngere Schwester hatte das des Öfteren."

„Aber wenn es keine zurückgebliebene Entwicklung ist, was dann?", fragte die Studentin sichtbar verwirrt.

„Ein beginnender Realitätsverlust, Dissoziation", antwortete Frau Dr. Richard. „Ein Anzeichen von ..."

In diesem Moment rief ein junger Mann hinter ihnen:

„Anne! Da bist du ja!"

Lisa drehte sich um und sah einen Studenten auf sie zu rennen. Sie erkannte ihn nicht sofort. Erst als er vor ihnen stand und sie mit seinen schokobraunen Augen ansah.

„Jannis?"

„Hey, Lisa", sagte der Student lächelnd. „Danke, dass du Anne gefunden hast. Ich hab sie überall gesucht. Hat sie sich verlaufen?"

Er sah auf das Mädchen und dann zu Frau Dr. Richard. Etwas verängstigt fragte er:

„Was ist mit ihr?"

„Öhm ... Sie ist weggedriftet. Von der Realität sozusagen", antwortete Lisa stattdessen.

Jannis beugte sich zu Anne hinunter und strich über ihre Wange. Sie sah zu ihm auf und sagte:

„Tut mir leid."

Jannis nahm ihre Hände und zog sie in eine stehende Position. Sie legte ihre Arme um seine Taille und den Kopf auf seine Schulter.

„Sorry, Lisa, für diese Unannehmlichkeiten. Ich kümmere mich jetzt um sie", sagte Jannis dann zu Lisa.

Diese nickte und verschwand mit schnellen Schritten in der Uni.

Gerade wollte der Student sich umdrehen, als die Doktorin ihn an der Schulter festhielt und meinte:

„Jannis, ich weiß es geht mich nichts an, aber Sie müssen mit ihr zu einem Psychologen gehen. Die Kleine ist völlig daneben!"

„Kleine?", wunderte er sich. „Wie alt schätzen Sie sie denn?"

„Wir haben sie auf maximal 15 Jahre geschätzt."

Jannis lachte einmal laut und klärte dann:

„Anne ist 18 Jahre alt. Sie benimmt sich nur nicht so. Sie ist volljährig, meine Verlobte, völlig in Ordnung, vielleicht etwas seltsam, aber sonst total okay und wohnt mit mir zusammen. Ich muss es also wissen."

„Wenn Sie meinen."

Kopfschüttelnd ging Frau Dr. Richard wieder zurück in ihr Büro. Jannis lächelte immer noch und führte Anne vom Campus weg. Er hatte endlich eine Idee bekommen, wie er Anne vorerst verstecken konnte.

21

Kaum war Jannis zu ihr gekommen, hatte der Tränenfluss aufgehört. So unendliche Angst wie eben hatte Anne noch nie gehabt. Und jetzt, wo sie die Uni immer weiter hinter sich ließen, wusste sie nicht einmal mehr, wovor sie eigentlich Angst gehabt hatte.

„Ich hab eine Idee, wie sie dich nicht finden werden", sagte Jannis dann.

„Aha? Was denn?"

Annes gesamte Aufmerksamkeit galt nun ihrem Freund.

„Erst einmal müssen wir das ändern, das offensichtlich ist – dein Aussehen. Auch, wenn ich deine Haare liebe, Süße, aber sie müssen ab."

„Abschneiden bringt doch nichts. Nur, weil sie kürzer sind, sehe ich nicht automatisch wie jemand anderes aus."

„Hast du dir schon mal überlegt, wie es wäre, wenn du schwarze Haare hättest?", fragte Jannis grinsend.

„Das geht?"

Annes Augen wurden groß. Für sie war es etwas komplett Neues, was Jannis erzählte.

„Na klar", antwortete Jannis. „Und dann erkennt dich keiner mehr wieder. Mama hat sich angeboten, deine Sachen beim An- und Verkauf zu verkaufen und dann neue zu besorgen."

„Okay ..."

„Du klingst nicht begeistert", bemerkte Jannis vorsichtig.

„Nur ... es ist nur so... Dann wäre endgültig alles vorbei, was mit meinem Vater und der Gemeinde zu tun hat. Ich weiß nicht, ob ich schon dazu bereit bin."

„Hmm ... Aber willst du lieber das Risiko eingehen, dass sie dich finden und dich mir wegreißen?"

Heftig schüttelte Anne den Kopf. Ihr Gesicht wurde heiß wie die Sonne, die über ihnen schien. Mittlerweile waren sie an ihrer Wohnung angekommen, blieben jedoch vor der Tür stehen.

„Und falls sie dich ansprechen", fuhr Jannis fort. „Werden Mama, Maik und ich dir alles beibringen, was es über das menschliche Verhalten zu wissen gibt. Wir zeigen dir, wie man selbstbewusst wird."

„So etwas kann man lernen?", fragte Anne erstaunt.

„Ja", grinste Jannis. „Und wenn du möchtest, bring ich dir Englisch und Französisch bei."

„JA!", kreischte Anne, wurde aber sofort rot im Gesicht.

Jannis lachte laut auf. Er nahm Annes Hand in seine und zog sie in die Wohnung. Dann griff er nach seinem Portemonnaie, das er am Morgen auf dem kleinen Tisch im Flur hatte liegen lassen, und steckte es in seine Hosentasche. Gleich darauf suchte er im Flurschrank, ohne auf Annes verwunderten Blick zu achten, nach einem etwas größeren Rucksack. Schon sehr bald hatte er einen gefunden. Er hielt ihn triumphierend in die Höhe und grinste Anne an.

„Es geht los, Süße", sagte er, küsste sie auf ihren Haaransatz und ließ ihre Hand los, um ins Schlafzimmer zu gehen.

Mit großen und schwungvollen Schritten und Bewegungen riss Jannis den Schrank auf und schmiss alles hinein, was Anne gehörte. Auch Anne griff nach den Sachen. Ihre Röcke, ihre Lieblingssweatjacke, ihre Socken, die dunklen und hellen Blusen. Nur den braunen Pullover von Kathleen und das zu große Shirt von Jannis hielt sie beschützend in ihren Armen. Jannis lächelte sanft und fragte:

„Das möchtest du behalten?"

Zaghaft nickte Anne. Ihre eigenen Sachen wegzugeben, war eine Sache. Ihre Schwester und Jannis wegzuwerfen etwas ganz Anderes.

„Okay", sagte Jannis dann. Er entdeckte Annes Rucksack, den sie noch immer nicht richtig ausgepackt hatte und sah sie fragend an.

„Der bleibt. Wäre schade, ihn wegzuwerfen."

„Stimmt nun auch wieder", antwortete er lächelnd und stellte die Tasche zurück in den Schrank.

Gerade als Jannis den Rucksack von sich schloss, klingelte es an der Tür.

„Das muss deine Mutter sein", vermutete Anne. „Soll ich aufmachen?"

Jannis nickte.

Doch als Anne die Tür öffnete, stand nicht, wie erwartet, Tanja vor ihr, sondern Alena. Breitgrinsend und gut gelaunt.

„Hey, Anne!", sagte sie überglücklich. „Kann ich reinkommen?"

„Ähm..."

In diesem Moment trat Jannis von hinten an Anne ran und legte seinen Arm um ihre Hüfte. Dann lachte er einmal auf und sagte:

„Klar, Alena. Komm rein."

Er zog Anne aus dem Weg und bedeutete Alena, hineinzutreten. Die Studentin trug einen großen Rucksack auf dem Rücken, den Anne erst jetzt bemerkte. Er hatte viele Taschen und war schwarz. Alena schlüpfte aus ihren ausgelatschten Turnschuhen und ging samt Gepäck in das Wohnzimmer.

„So, Anne. Ein neuer Haarschnitt, ja?", fragte Alena dann.

Annes Augen wurden groß.

„Du kannst so was?", fragte sie erstaunt.

„Ja", antwortete Alena. „Meine Mutter ist Friseuse und sie hat es mir beigebracht. Ich kann dir alles machen. Schneiden. Färben. Stylen. Was immer du willst!"

Sprachlos sah Anne sie an. Jannis holte aus der Küche einen Stuhl und trug ihn ins Wohnzimmer. Alena stellte ihren Rucksack auf den kleinen Stubentisch und öffnete ihn. Heraus holte sie ein schwarzes Täschchen, das sie auffaltete und in dem sich Scheren, Pinsel und anderes seltsames Zeug befanden. Sie zauberte ebenfalls zwei Flaschen hervor, in denen eine dickflüssige Masse schimmerte, und ein Handtuch gab sie Anne.

„Das wirst du brauchen", zwinkerte Alena ihr zu. „Und jetzt setz dich hin und lass uns machen."

„Okay", hauchte Anne und nahm auf dem Küchenstuhl Platz.

Alena wandte sich an Jannis und fragte:

„Komplette Veränderung sagst du, ja?"

Jannis nickte.

„Okay. Also Radikalschnitt. Mach die Augen zu, Anne, wenn du deine Haare nicht fallen sehen willst."

Anne lächelte, als Alena lachte.

Zirka zwei Stunden später standen Jannis, Anne und Alena im Badezimmer. Alena hielt Anne die Augen zu, während sie sie vor den Spiegel bugsierte.

„Bist du bereit?", fragte sie sie.

Anne nickte zaghaft.

„Okay, dann geb ich dir jetzt den Blick frei."

Mit diesen Worten nahm Alena die Hände runter. Anne klappte der Mund auf. Statt der schulterlangen gewellten blondroten Haare waren da nun kurzgeschnittene schwarze Haare auf ihrem Kopf. Es war ungewohnt, aber nicht hässlich. Jannis hatte Recht gehabt, es machte aus ihr einen anderen Menschen.

„Wow", sagte Anne. „Wow. Einfach unglaublich. Bin das wirklich ich?"

Um sich zu vergewissern, dass die Frau ihr gegenüber wirklich nur ein Spiegelbild war, streckte sie Hand raus und berührte das eiskalte Glas.

„Tatsache ..."

Anne drehte sich zu Alena und Jannis um. Jannis grinste sie an und sagte:

„Tja, Anne. Damit werden sie dich so leicht nicht finden, oder?"

Halb lachend, halb schluchzend fiel Anne ihm um den Hals.

22

Die Sonne strahlte auf sie herab. Es war wirklich wunderbares Wetter. Anne und Jannis saßen am Strand in Warnemünde auf einem Handtuch. Sie gruben sich gegenseitig die Füße ein. Anne liebte das Gefühl von Sand an ihren Füßen. Ihre Augen strahlten als sie eine Muschel aus dem Sand zog. Vorsichtig stand sie auf und legte sie in ihren Rucksack. Dann lief sie, nur in Rock und frischgekauften Bikini, zum Ufer der Ostsee und hockte sich hin. Sie streckte die Hände nach dem grünlich schimmernden Wasser aus und ließ es durch die Finger rinnen. Es war kalt und erfrischend. Ein angenehmer Kontrast zu der warmen und trockenen Luft. Sie nahm etwas aufgeweichten Sand in die Hand und ließ ihn sofort wieder zurückkleckern.

Jannis beobachtete seine Freundin wie sie im Sand spielte und all das nachholte, was ihr in der Kindheit verborgen geblieben war. Ihr schwarzer Bikini war breitbändig und schlicht, ebenso wie ihr Rock, der ihre langen, dünnen Beine betonte. So, wie sie da auf dem Boden hockte und sich zum Wasser beugte, sah Jannis genau die Konturen ihrer Wirbelsäule, ihrer Schulterblätter und ihrer Rippen. Obwohl er wusste, dass sie viel zu dünn war, fand er sie wunderschön. Die Narben an ihrem Arm sah man kaum noch. Nur, wer darauf achtete oder wer es wusste, sah die feinen, hellen Stellen an ihrem Körper. Das Einzige, das unübersehbar war, waren die Wunden an ihrem Rücken, die sie wohl nie wieder loswerden würde. Einst waren sie feuerrot gewesen, nun aber waren sie nur noch rosa, aber noch ebenso deutlich. Jannis lächelte Anne zu. Eigentlich wollte er in der Sonne liegen bleiben, doch sobald Anne wieder anfing mit dem Sand herumzuspielen, ging er doch direkt zu ihr und fragte leicht belustigt:

„Baust du eine Kleckerburg, oder was?"

Verwirrt sah Anne ihn an.

„Was baue ich?", wiederholte Anne Jannis' Worte.

„Eine Kleckerburg. Warte, ich zeig's dir."

Schnell füllte er beide Hände mit dem feuchten Sand und ging ein paar Schritte zurück. Seine braungebrannten Füße hinterließen Spuren am Strand. Dann hockte er sich hin, so tief bis seine Beine

schmerzten, und ließ den Matsch auf einen Punkt Zentimeter für Zentimeter fallen. Ein Häufchen entstand.

„Und so machst du weiter. Bis du keine Lust mehr hast", erklärte er dann Anne.

Es wiederholte seine Tätigkeiten bis der Berg ihm bis zum Schienbein reichte. Anne sah ihm die ganze Zeit interessiert zu. Es sah aus wie ein lustiges Spiel. Ein Spiel, das Kinder spielten. Jannis Hände wurden nass und dreckig und er wischte sie sich an der Badehose ab.

Anne sah sich am Strand um und entwickelte in ihrem Kopf eine Idee. Sie begann Muschelhälften und Steine zu sammeln. Große, kleine, weiße, schwarze, bunte, heile, kaputte. Alles landete in ihren Händen. Sie brachte sie zur Kleckerburg und Jannis half ihr dabei, die Kleinigkeiten als kreative Details in relativ symmetrischer Form an der Burg anzubringen. Stolz sah sie auf ihr Kunstwerk und lachte. Jannis packte sie an der Hüfte und wirbelte sie herum. Ihre Füße berührten das Wasser und spritzen es umher. Für einen Moment waren alle Sorgen und Ängste vergessen.

Am Abend lag Jannis noch lange wach und beobachtete die schlafende Anne. Sie sah so zerbrechlich aus. So klein und schwach. Irgendwie wie ein kleines Kind. Zärtlich strich er ihr die schwarzgefärbten Haare aus dem ruhigen Gesicht. Ihr Atem war leise und flach. So als wenn sie sich noch nie so ausgepowert hätte wie an diesem Tag. Sie hatte gestrahlt. Gelacht. Gekreischt. Am liebsten wäre ihm, sie würde immer so ausgeglichen und im Einklang mit ihrer Umgebung sein, so wie heute Nachmittag. Doch er wusste, dass es noch Ewigkeiten dauern könnte, bis dieser Augenblick kam. Anne war gebrochener als er je geahnt hatte. Vielleicht war es ein Fehler gewesen, sie bei sich aufzunehmen. Denn wer wusste schon, was ihn erwartete, wenn er bei Anne blieb. Wenn er sie bei sich hielt. Wie viele Katastrophen er erleben würde und wie viel Kraft es ihm kosten würde. Doch an all das dachte er nicht in diesen Tagen. Er stellte sich einfach vor, so und nicht anders würde es die nächsten Wochen, Monate, Jahre bleiben.

Die nächsten Tage waren wie der Himmel auf Erden für die Beiden. Am ersten vollständigen Tag ihrer Reise nach Rostock und Warnemünde sahen sie sich die Innenstädte und Sehenswürdigkeiten an. Anne war begeistert von den vielen hellen Gebäuden und den kleinen Boten. Das glitzernde Wasser und die kreischenden Möwen faszinierten sie. Sie zeichnete viel von den Dingen und strahlte 24 Stunden am Tag. Noch nie zuvor hatte sie sich so wohlgefühlt, war sie so glücklich gewesen. Jannis und sie aßen Eis, das ihr das Gehirn erfrieren ließ, tranken Kaffee, der ihr die Zunge verbrannte und doch seltsam gut schmeckte, und redeten über dies und jenes. Es war einer ihrer schönsten Tage. Auch das Wetter spielte mit – nicht eine Wolke fand sich am Himmelszelt.

Am zweiten und auch leider vorletzten Tag, suchten sie nach etwas Bestimmten. Denn was war eine Hochzeit ohne richtiges Kleid? Sie hatten am Tag zuvor in Rostocks Innenstadt ein Geschäft mit dem Namen „Hochzeitshaus" gefunden und dort fuhren sie nun hin. Die Straßenbahn roch nach Menschen und Sommer. Es war laut und viele Menschen stiegen an jeder Haltestelle ein und wieder aus. Immer noch schien die Sonne und die Bäume, Tiere und Menschen japsten nach Regen. Anne sah aus dem Fenster und sagte leise:

„Ich hab ja echt keine Ahnung von dieser Welt gehabt. Dass es so viele schöne Dinge gibt, hab ich mir nicht einmal erträumt."

„Das war aber auch nicht immer so", entgegnete Jannis gedankenverloren.

Anne sah ihn verwirrt an.

„Wie meinst du das?", fragte sie.

Jannis Augen wurden groß. Wie kam er aus der Sache nur wieder raus? Warum konnte er nicht einmal die Klappe halten? Er antwortete jedoch:

„Vor ca. 15 Jahren war hier noch alles anders, aber das ist für jemanden wie dich, also jemanden ohne jegliche geschichtliche Vorkenntnisse, ziemlich schwer zu begreifen."

Anne wurde neugierig. Deswegen schmollte sie:

„Ich hatte Geschichte in der Schule. Ich würde es sicherlich verstehen…"

„Dass du es verstehen würdest, bezweifle ich auch nicht, aber du würdest es nicht begreifen. Es nicht nachvollziehen können."

„Versuchs doch wenigstens. Bitte", drängelte Anne trotzdem weiter.

Eine Weile schwieg Jannis bevor er schließlich antwortete:

„Na schön. Es gab vor ungefähr … äh … lass mich lügen … 53 Jahren einen Mann, der einen Krieg heraufbeschworen hat."

„Warum?", unterbrach sie ihn. „Krieg ist nicht schön."

„Ja … vielleicht weil er der Meinung war, dass nicht jeder Mensch leben durfte. Menschen mit anderer Herkunft, Religion oder Ethik sollten aus diesem Land verschwinden. Denke ich mal."

„Ethik?!"

„Die Hautfarbe. Menschen mit gelber oder dunkler Hautfarbe waren laut ihm weniger wert."

„So wie Leon also", meinte Anne schnell.

„Genau… Wie Leon. Jedenfalls war dann irgendwann der Krieg verloren. Doch da immer noch viele Leute seine Meinung vertraten, errichteten sie, kaum dass sie an der Macht waren, eine Mauer. Sporadisch erklärt, entspricht nicht der ganzen Wahrheit, aber so ungefähr. Sie trennte die verschiedenen Gebiete von Deutschland. Auch durch Berlin ging so ein Wall. Ähnlich wie bei dir in der Gemeinde."

Anne nickte. Sie verstand, was er sagte. Eine Mauer war es zwar nicht gewesen, aber auch ihre und Jannis' Welt waren durch ein Hindernis voneinander getrennt worden. Sie konnte es sich nur nicht vorstellen, weswegen ein Mensch einen Anderen seiner Spezies für nicht lebenswert hielt. Das wollte in ihren Kopf nicht hinein. War das die Gemeinde gewesen? Die hatten sie doch auch immer ändern wollen. Doch sie ließ Jannis reden. Sie wollte die ganze Geschichte erfahren. Wie dumm sie doch gewesen war. So unerfahren.

„Die zwei Teile von Deutschland", fuhr Jannis unbeirrt fort. „die sich da noch DDR und BRD genannt hatten, entwickelten sich in verschiedene Richtungen. Die eine Seite, die BRD, war modern, farbig

und auf Fortschritt aus. Die andere dagegen, also die DDR, stand still, war grau und trist. Naja, so ähnlich jedenfalls. Krass gesagt. Das war von 1971 bis 1989." Jannis lachte. „Du merkst, ich hab von Geschichte keine Ahnung!"

„Und dann? Was passierte dann? Jetzt ist es ja anders."

„Stimmt, denn am 09.11.1989 fiel die Mauer. Und seitdem geht es besser. Die Leute werden langsam offener und toleranter. Wir sind endlich ein Land."

„Wie schön."

Anne lächelte, hatte es jedoch wirklich nicht begreifen können, das würde sie wohl nie, doch sie wusste, dass jeder in ihrem Land das wissen sollte. Jeder, bis auf die Menschen in ihrer Gemeinde.

„Ja, das ist es wirklich. Komm, wir müssen aussteigen."

Sie stiegen aus der Bahn. Annes Herz schlug höher bei jedem Schritt, den sie näher auf das Hochzeitshaus zukamen.

Dort angekommen, konnte Anne die Augen fast nicht mehr schließen. Eine junge hübsche Frau mit langen roten Haaren kam auf sie zu.

„Hallo, mein Name ist Wenke Folchart. Willkommen im Hochzeitshaus", begrüßte sie das Pärchen. „Wie kann ich Ihnen behilflich sein?"

Jannis lächelte sie freundlich an. Sie schüttelten sich die Hände. Er antwortete lustig:

„Ob sie es glauben oder nicht, aber wir suchen ein Hochzeitskleid für meine Verlobte."

Wenke Folchart lachte.

„Nein wirklich?", witzelte sie. „Okay kommen Sie mit."

Anne und Jannis folgten ihr ein Stück in den Laden hinein.

„Weiß soll es sicherlich sein, oder?"

Die beiden nickten einstimmig.

Die Verkäuferin griff gleich nach drei verschiedenen Kleidern. Sie zeigte ihnen das Erste. Dieses war bodenlang und hatte lange Ärmel. Außerdem hatte es Pailletten im Schulterbereich. Ansonsten war es eher schlicht gehalten.

Anne fand es zwar nicht hässlich, aber auch nicht sonderlich hübsch. Es sprach sie nicht an. Was vielleicht daran lag, dass das letzte Kleid, das sie getragen hatte, das ihrer Jugendtaufe gewesen war. Es war grau gewesen und sie hatte wie ein Bauernmädchen ausgesehen. Daran erinnerte sie das Hochzeitskleid.

Das zweite Kleid dagegen gefiel ihr viel besser. Es war ebenfalls bodenlang, doch, anders als das Erste, hatte es keine Ärmel. Es war im Nacken zusammengebunden und war nicht schnee-, sondern grauweiß. Es war matt und hatte einen tüllartigen Stoff um die Hüfte gebunden.

Kaum, dass Anne sich das Kleid angesehen hatte, zeigte Wenke Folchart schon das Dritte und Letzte. Dieses war kurz und hatte normale Spaghettiträger. Es war schneeweiß und hatte einen aufgeplusterten Unterrock. Eine Rose prangte zwischen der rechten und linken Brust, da wo das Herz schlummerte.

Jannis begutachtete alle drei, bevor er sagte:

„Das erste gefällt mir schon mal gar nicht.“

Anne nickte schnell.

„Das zweite ist wirklich cool, das dritte aber auch. Was meinst du, Süße? Du musst es ja anziehen.“

„Ich mag auch die letzten beiden am liebsten…“

Die Verkäuferin lächelte erneut und meinte dann in einer komisch aufgedrehten Stimme:

„Dann probieren Sie sie doch einmal an.“

„Darf ich denn?“, fragte Anne kindlich-naiv.

„Natürlich. Kommen Sie mit.“

Anne folgte der jungen Frau zu zwei Kabinen im hinteren Teil des Ladens. Sie stellte sich in eine, nahm die beiden Kleider und zog den Vorhang zu.

Zwei Stunden später saßen Jannis und Anne wieder im Hotel und lächelten sich an. Sie hatten sich für das zweite Kleid entschieden, das Kurze hatte dem dürren Mädchen nicht gestanden. Ihre Knie hatten sich hervorgehoben und sie seltsam verhungert aussehen lassen.

Annes Gedanken schweiften immer wieder zu ihrem Gespräch am Morgen. Sie hatte wegen der Geschichte von Deutschland noch einige Fragen, weshalb ihr Lächeln erlosch und sie fragte:

„Wegen der Sache mit dem Krieg. Warum dachte der Mensch, dass die anderen nicht *lebenswert* waren?"

„Keine Ahnung", antwortete Jannis ehrlich. „Wahrscheinlich, weil er Menschen, die anders waren als er, verachtete. Menschen, die anders dachten, verurteilte er. Er dachte vielleicht, dass diese Menschen nicht die Idealform waren. Und er schloss sie auf grausamste Weise aus."

„Oh... Wie denn das?"

„Ich weiß nicht, ob ich dir das erzählen sollte..."

„Bitte!", drängte Anne. „Ich kann das ab. Versprochen!"

Jannis schaute zwar gequält und wollte ihr diese Grausamkeiten vorenthalten. Doch als er ihre großen eisblauen Hundeaugen sah, gab er auf und antwortete:

„Er sperrte sie ein. Ließ sie verhungern und kapselte sie von jeder Kommunikation ab. Er ließ sie schlagen und treten. Nicht selten ... naja... nicht selten wurden die gefangenen Frauen... vergewaltigt..."

Jannis Stimme brach ab. Obwohl er es nur im Unterricht gehört hatte, ging ihm das Thema nah. Er hatte schon immer einen Hang zur Dramatik und nahm jedes Leid der anderen Ernst. Selbst wenn das Leid schon über 50 Jahre her war. Auch Anne sah ihn etwas erstaunt an, sagte dann aber grinsend:

„Klingt wie mein Vater."

Ungewollter Weise musste Jannis lachen und Anne stimmte mit ein. Es war ein unbehagliches Lachen und die Stimmung war gedrückt, als Jannis sagte:

„Ich befürchte, da hast du auffallend Recht."

22

Es war ein milder Frühlingstag. Das kleine Mädchen war vor zwei Monaten vier Jahre alt geworden. Sie wollte ihren Eltern eine Freude machen und sammelte deshalb in ihrem Garten Frühblüher. In ihrem grau-weißen Kleid sah sie irgendwie fehl am Platz aus.

Nach etwa 15 Minuten hatte sie einen kleinen Strauß gesammelt. Sie hörte wie jemand ins Haus kam und rannte sofort hin.

„Hey, meine Kleine", wurde sie von ihrer Mutter begrüßt.

„Hallo, Mami. Guck mal, was ich gemacht habe."

Strahlend hielt sie ihr den Blumenstrauß vor das Gesicht. Auch ihre Mutter lächelte leicht.

„Warst du die ganzen sechs Stunden alleine?", fragte sie dann.

Währenddessen holte sie eine kleine Vase aus einem Schrank. Das kleine Mädchen senkte den Kopf und nickte zaghaft.

„Kathi ist doch in der Vorschule", flüsterte es.

„Ja, ich weiß", sagte ihre Mama. „Aber wo ist denn dein Vater?"

„Ich weiß nicht."

Mittlerweile war die Vase mit Wasser gefüllt und stand gut sichtbar auf dem Esstisch. Die Mutter nahm den Strauß aus der Hand ihrer Tochter. Dabei bemerkte sie die eiskalten Hände ihres Lieblings. Schnell stellte sie die Blumen ins Wasser. Dann beugte sie sich zu ihr herunter, legte ihre Hände auf die kleinen Schultern und fragte:

„Ist alles in Ordnung, mein Liebling?"

Müde nickte die Kleine und zwang sich ein Lächeln auf. Dann verschwand sie tonlos in ihrem Zimmer. Sie setzte sich auf ihr Bett und starrte an die weiße Wand, denn sie ertrug keine Nähe, aber auch Einsamkeit hasste sie ungemein. Nach einer Weile rasselte ein Schlüssel in der Haustür. Es war ihre große Schwester. Sie redete mit ihrer Mutter und entdeckte den Blumenstrauß. Auch sie freute sich. Dann verschwand sie in ihrem Zimmer. Das kleinere Mädchen vermutete, dass ihre Schwester nun Hausaufgaben machte. Somit war es wieder still. Nur das vereinzelte Summen ihrer Mutter war zu vernehmen.

Vorsichtig stand die Kleine auf und tapste ins Bad. Sie stellte sich auf einen Hocker, sah in den Spiegel und entdeckte Dreck in ihrem Gesicht. Schnell wusch sie ihn weg und sah noch einmal hin. Die Kinder in ihrer Kindergruppe mochten sie nicht. Sie sagten, sie sähe seltsam aus. Ihre Mama dagegen fand sie niedlich. Sie hatte richtig große und helle Augen. Fast weiß waren sie. Und ganz viele Sommersprossen im Gesicht. Ihre Haare waren krisselig und rotorange. Ihre Mama sagte, vor einem oder zwei Jahren waren sie noch richtig rot gewesen. Nun wurden sie immer heller. Das Mädchen wollte das nicht. Sie wollte aussehen wie ihre Mama. Sein wie sie. Leise schlich sie wieder in ihr Zimmer und setzte sich auf ihr Bett.

Keine zwei Minuten später hörte die Kleine wie ihr Vater heimkam. Er rief nach ihrer Mutter.

„Lydia! Wo bist du?"

Sofort kam ihre Mutter aus der Wohnstube. Das Mädchen hörte ihre schnellen Schritte. Dann war es einen Moment ruhig. Zu ruhig. Wie aus heiterem Himmel brüllte ihr Vater los:

„Wer war das?! Wer hat meine Pflanzen rausgerupft?!"

Die Kleine kauerte sich auf ihrem Bett zusammen und wartete ab. Mit leiser Stimme antwortete ihre Mutter:

„Das war die Kleine. Sie wollte uns eine Freude machen und…"

„ANNE!", unterbrach ihr Vater ihre Mutter barsch.

Das Mädchen rührte sich nicht vom Fleck. Warum war es ein Fehler, den Eltern eine Freude zu machen? Tat sie denn nie etwas Richtiges? Ihr ganzer Körper bebte vor Angst. Als sie nach 20 Sekunden immer noch nicht aufgestanden war, rief ihr Vater erneut nach ihr:

„ANNE! Komm sofort her!"

Widerwillig stand das Mädchen auf. Sie öffnete vorsichtig ihre Tür und schlüpfte hinaus. Sofort wurde sie an den Haaren gepackt und zum Esstisch geschliffen. Dort wurde sie grob losgelassen. Sie taumelte, doch sie fiel nicht hin. Schnell huschte sie zu ihrer Mama. Diese legte ihr beschützend den Arm um die Schultern und sagte:

„Lass sie, Johannes. Sie hat nichts Unrechtes getan."

„Das sehe ich aber anders!"

Er zog das kleine Mädchen an ihrem dünnen Handgelenk von ihrer Mama fort.

„Wie oft habe ich euch gesagt, ihr sollt meine Sachen nicht anrühren?!", schrie er ihr ins Gesicht.

Sie wimmerte leise und sah ihn mit großen verängstigten Augen an. Den Vater traf das herzlich wenig. Er fing an, das Mädchen zu schütteln und schrie sie wieder an:

„Wie oft muss ich dir noch sagen, dass du alles, was mir gehört, an Ort und Stelle lassen sollst?! Und hör auf mit deinem ewigen Geheule!"

Die Sätze trafen sie mitten ins Herz. Sie fing nun erst recht zu weinen an. Ihre Mutter versuchte sie zu beschützen und hielt sie weiter hin fest. Doch sie wurde grob von ihr weggestoßen.

„In dir hat sich wohl ein kleiner Dämon eingenistet", sagte er leise zu seiner Tochter. „Und es gibt nur ein Gegenmittel."

Ihre Mutter verstand sofort und reagierte panisch.

„Nein!", schrie sie. „Nein, das kannst du nicht machen! Sie ist doch deine Tochter!"

„Na und?! Sie hat eine Bestrafung verdient!"

„Wenn du sie schon bestrafen musst, dann mach's nicht so streng. Sie ist noch so klein! Sie zerbricht sonst. Oder hast du aus Luna nicht gelernt?!"

„DOCH! Und zwar, dass Bestrafung sehr hart ausfallen muss. Schon ganz früh, damit sie schnell lernt, sich zu fügen!"

Mit diesen Worten packte er seine Tochter noch fester am Handgelenk und zog sie ins elterliche Schlafgemach. Ihre Mutter rannte hinterher. Doch er war schneller. Er schloss die Tür hinter sich ab.

Ihre Mutter dagegen blieb außen vor und fiel vor der Tür auf die Knie. Alles war still. Eine gefühlte Ewigkeit lang. Dann hörte sie nur noch das Schreien und Weinen ihres Schützlings.

23

Schreiend und schweißgebadet wachte Anne auf. Sie saß kerzengerade im Bett und starrte in die Dunkelheit. Sie zitterte am ganzen Körper und weinte.

Jannis wurde wach, stand verschlafen auf und knipste das Licht an. Dann drehte er sich zu seiner Verlobten um. Im ersten Moment war er geschockt. Vor ihm saß eine verkrampfte und weinende Anne. Vorsichtig kam er auf sie zu, ging in die Knie und fragte leise:

„Was ist los, Liebes?"

„Ich weiß nicht ..."

„Schlecht geträumt?"

Anne sah ihn traurig an und nickte zaghaft.

„Ja, aber ich glaube, es ist nicht nur ein Traum gewesen."

„Was dann?", fragte Jannis verwirrt und leicht lachend. „Eine Prophezeiung?!"

„Nein ... Eine Erinnerung. Es kam mir so bekannt vor."

Jannis schwieg eine Weile. Er wollte sich nicht aufdrängen, aber auch nicht zu wenig helfen.

„Willst du darüber reden?", fragte er dann.

Anne schüttelte den Kopf, sagte jedoch nichts. Wie immer.

„Okay."

Ein paar Augenblicke saßen sie sich schweigend gegenüber. Dann begann Anne zu lächeln und sagte:

„Lass uns nicht Trübsal blasen. Heute ist unser Tag."

„Stimmt", meinte Jannis darauf hin, nahm Annes Gesicht in seine Hände und küsste sie zärtlich.

Auch er lächelte nun. Beide sahen aus dem Fenster, wie das winterliche Hamburg langsam im roten Licht der aufgehenden Sonne eingetaucht wurde. Leise fielen die ersten Schneeflocken durch die morgendliche Luft des 31.Dezembers. Anne lehnte sich an Jannis Schulter und schloss die Augen. Sie fühlte sich einfach nur wohl. Für einen Augenblick war alles in Ordnung. Da waren keine Angst, kein Zweifel und auch kein Gedanke an die *Gemeinde*.

Eigentlich hasste Anne es, so angestarrt zu werden. Alle Augenpaare waren auf sie gerichtet. Auf sie und auf Jannis. Sie standen da vorne vor dem Standesbeamten und warteten darauf, dass er zu sprechen begann. Schon jetzt starb Anne fast vor Nervosität. Vor nicht einmal einem Jahr hatte sie beinahe jemanden heiraten müssen, den sie aus tiefster Seele verabscheute. Und nun stand sie vor dem Altar mit dem Mann, den sie aus Liebe an sich binden wollte. In ihrem Gesicht erschien ein Lächeln, das sie seit Jahren nicht mehr gelächelt hatte.

Obwohl bei so einer Hochzeit im Standesamt kein bestimmter Dress Code bestand, waren alle Anwesenden in Anzug oder Kleid gekommen. Einschließlich Jannis' bester Freund Robin, der sonst nur Shirt und Jogginghose trug. Selbst in den Seminaren und Vorlesungen sah er aus, wie auf der Couch. Nun waren alle sich sicher, dass auch er die ganze Sache ernstnahm, trotz seiner Zweifel was die Hochzeit anging.

Anne wurde rot und senkte den Blick auf ihre Hände, die in weißen Handschuhen steckten. Tanja hatte sie ihr geliehen, damit nicht jeder sofort ihre Narben sah. Dieser Tag sollte perfekt werden. Ihre Haare waren gewachsen, sie hatten sie nachfärben müssen. Die Strähne, die ihr ins Gesicht fiel, roch noch nach Farbe. Alles war so, wie sie es sich als kleines Mädchen erträumt hatte.

Als der Standesbeamte dann endlich sprach, war Anne schon halb tot vor Aufregung.

„Also. Fangen wir an."

Er räusperte sich einmal, bevor er weitersprach:

„Jannis Rohde. Willst Du die hier anwesende Anne Röckitz zu deiner Frau nehmen, sie lieben und ehren, in guten wie in schlechten Zeiten, bis dass der Tod euch scheidet?"

Jannis musste nicht lange überlegen, um zu antworten:

„Ja, natürlich!"

Der Standesbeamte nickte lächelnd und wandte sich dann zu Anne:

„Anne Röckitz. Willst Du den hier anwesenden Jannis Rohde zu deinem Mann nehmen, ihn lieben und ehren, in guten wie in schlechten Zeiten, bis dass der Tod euch scheidet?"

Anne brachte kein Wort mehr heraus. Ihr Hals war wie belegt oder betäubt. Deshalb nickte sie nur leicht benommen, aber immer noch lächelnd.

„In Ordnung. Tauschen Sie nun die Ringe."

Jannis drehte sich zu seinem besten Freund um, der die Ringe für ihn hatte aufbewahrt. Sie waren dünn, golden und schlicht. Anne und Jannis hatten sie zusammen ausgesucht. Mit zitternden Händen nahm Jannis Annes Hand. Auch ihre zitterten und waren eiskalt. Sie war ebenso nervös wie er. Ein wenig unbeholfen und kindlich naiv steckten sie sich die Ringe gegenseitig an. Jannis spürte sein eigenes Herz nicht mehr schlagen. Annes Wangen glühten rot.

„Kraft des mir verliehenen Amtes erkläre ich Sie hiermit zu Mann und Frau. Sie dürfen sich nun küssen."

Das ließ Jannis sich nicht zweimal sagen. Er nahm erneut Annes Hände in seine und zog sie zu sich ran. Vorsichtig drückte er seine Lippen auf ihren Mund. Es war ein sehr sensibler und gleichzeitig intimer Kuss. Als sie sich lösten, klatschten die wenigen Anwesenden. Anne wurde noch röter und wusste nicht, ob sie heulen, kreischen und einfach nur schweigen sollte.

Draußen vor der Tür, als Anne und Jannis Hand in Hand gingen, meinte Robin:

„Ich hätte echt nicht gedacht, dass du das wirklich durchziehst. Ich meine, du bist erst 21. Und sie ist nochmal wie alt?"

„18", antwortete Jannis leicht gereizt.

„Siehst du? Meinst du wirklich, das hält solange, wie du es eben versprochen hast?"

Jannis sah zu Anne hinüber. Ihre Augen glänzten feucht und sahen durch ihn hindurch. Entweder sie hatte Robins Worte gehört oder sie hing schon wieder ihren Gedanken nach. Wie auch immer. Er hatte schon nach ihrem ersten Briefaustausch gemerkt, dass er den Kontakt niemals verlieren wollte. Und als sie tropfnass in seinem Flur stand, hatte er sich geschworen, mit ihr sein Leben zu teilen. Also schaute er unverwandt zurück zu Robin und antwortete:

„Ja, Robin. Das meine ich."

Während des restlichen Weges schwiegen sich die beiden Studenten an.

Später am Abend saßen alle beisammen in Timos alter Gartenlaube, die er für Feierlichkeiten zu Verfügung stellte. Sie saßen dort, aßen Süßigkeiten und Chips und tranken Cola, Sekt und Bier. Anne hatte nie zuvor etwas Ähnliches getrunken. Doch sie fand es gar nicht schlimm. Im Gegenteil. Es schmeckte ihr sogar.

Insgesamt waren sie neun Personen. Tanja und Timo, die nah bei einander auf der Hollywoodschaukel auf der Terrasse saßen. Jannis' kleine Schwester, die die gesamte Einrichtung durchhüpfte und sich partout weigerte, etwas ruhiger zu sein. Maik und Isabella, die sich anschwiegen, da sie am Morgen einen heftigen Streit hatten. Jannis' bester Freund Robin und dessen Freundin Alena, die beide in der kleinen Küche standen. Und natürlich Jannis und Anne selbst, die ebenfalls in der Küche waren und sich mit Robin und Alena unterhielten. Sie hatten sich allesamt etwas Bequemeres angezogen, da es eine lange Nacht werden würde. Schließlich begann nicht nur ein neuer Lebensabschnitt, sondern auch ein neues Jahr.

Anne strahlte von einem Ohr zum anderen und verstand sich zudem auch noch blendend mit Alena. Vielleicht konnten sie ja irgendwann Freunde werden.

„Und was studierst du?", fragte Anne sie, um das Gespräch aufrecht zu erhalten.

„Ich? Ich studiere Kunst und Geschichte auf Lehramt."

„Oh… du willst Lehrerin werden?"

Alena nickte. Anne lächelte sarkastisch und meinte dann:

„Ich fand Schule immer langweilig."

„Ja, da bist du nicht die Einzige", lachte Alena. „Ich hab die Schule gehasst! Diese dummen Zicken überall…"

„…oder die strengen Lehrer…"

„Oh ja! Und vergiss nicht die stinkenden Klos und das ungenießbare Mittag!"

„Hmm. Ich hab nie in der Schule gegessen."

„Echt nicht? Was hast du dann gemacht?", fragte Alena erstaunt.

„Bin nach Hause gefahren. Hab nur fünf Minuten von der Schule entfernt gewohnt."

„Ach so. Auf welcher Schule warst du denn? Auf der von Jannis und Robin?"

Anne schüttelte den Kopf.

„Nein ... ähm ..."

Sie entschied sich, entgegen ihrer Natur, zu lügen und antwortete:

„Auf einer Privatschule. Kennst du sicherlich nicht. Ist außerhalb von Hamburg. Und du?"

Im Nachhinein fiel Anne auf, dass das nicht einmal gelogen war und lächelte vor sich hin.

„Okay", sagte Alena lächelnd. „Ich hab in Dresden gelebt und bin auch dort zur Schule gegangen."

„Ach so. Also sind in Deutschland alle Schulen gleich", meinte Anne grinsend.

Alena lachte laut und warf den Kopf nach hinten. Als sie sich einigermaßen gefangen hatte, fragte Anne:

„Aber warum bist du dann zum Studieren nach Hamburg gekommen?"

„Wegen Robin", antwortete Alena und sah verträumt zu ihrem Freund herüber. „Wir haben uns im Urlaub kennengelernt und beschlossen zusammen in Hamburg zu studieren."

„Ach so. Na dann."

Timo kam in die Küche und unterbrach das Gespräch, indem er sagte:

„Es geht los!"

Jannis nahm Anne bei der Hand und folgte seinem Stiefvater auf die Terrasse hinaus.

„Was passiert jetzt?", fragte Anne ängstlich.

„Sieh einfach hin!", antwortete Jannis lachend.

Er ließ Annes Hand los und lief zu seiner Schwester. Er hob sie auf seine Schultern und blieb so stehen. Anne stand immer noch am Hauseingang, als alle Gäste plötzlich zusammen mit einem kleinen Radio von 10 rückwärts zählten.

„10 ... 9 ... 8 ...“

Anne runzelte die Stirn. Was würde nur geschehen, wenn sie bei null angekommen waren? Vorsichtig wich Anne einen Schritt zurück in das kleine Haus.

„6 ... 5 ... 4 ...“

Tanja nahm Timos Hand und zeigte auf etwas in weiter Ferne. Anne konnte nicht erkennen, was es war und viel Zeit zum darüber nachdenken blieb ihr auch nicht.

„2 ... 1 ...“

Plötzlich ertönte ein Zischen und darauf folgte ein lauter Knall. Anne hielt sich vor Schreck die Ohren zu. Es folgten weitere solcher Laute und sie sank auf die Knie. Der Himmel wurde mitten in der Nacht erhellt. Anne kniff fest die Augen zusammen und hoffte, dass die Lautstärke bald vorüber war. Kurze Zeit darauf wurde das Zischen lauter. Es war unmittelbar in ihrer Nähe. Sie öffnete vorsichtig die Augen und sah, wie etwas Stäbchenartiges in die Luft flog und am Himmel explodierte. Schnell stand sie auf und rannte in die kleine Toilettenkabine. Sie schloss die Tür hinter sich und kauerte sich dort erneut auf den Boden.

Hier würde er sie nicht finden. Da war sie sich sicher. Er brüllte schon wieder so laut. Rief nach ihr. Was hatte sie dieses Mal falsch gemacht? Warum tat er ihr so weh? Sie wollte nur zu ihrer Mutter. Wo war sie nur hin? Er wurde immer lauter. Ein Glück, dass sie die Tür zugeschlossen hatte. Voller Angst kauerte sie auf den kalten Fliesen, hielt sich die Ohren zu und kniff die Augen zusammen. Hoffentlich kam ihre Schwester bald nach Hause. Nie wieder würde sie krank sein. Nie wieder in der Schule fehlen. Nicht, wenn ihr Vater auch an seinem freien Tag so wütend werden konnte ...

24

Seit dem Silvesterabend hatte Anne nicht mehr richtig mit Jannis sprechen können. Er sah sie immer besorgt an und auch etwas traurig, wenn sie mit ihm reden wollte. Anne konnte das nicht verstehen. Was war denn schon passiert? Sie hatte etwas zu viel Alkohol getrunken und war, als sie auf der Toilette war, zusammen gebrochen. Tanja hatte sie doch gewarnt, dass so etwas passieren konnte. Anne war sich sicher, dass es so gewesen sein musste, denn sie konnte sich an nichts weiter erinnern.

Maik und Jannis dagegen waren der Meinung, dass die lauten Knalle und die ungewohnten Farb- und Lichtspiele bei Anne eine Art epileptischen Anfall ausgelöst hatten. Eine Panikattacke. Die beiden hatten Anne kauernd, zitternd und weinend in der kleinen Kabine gefunden und hatten sie auf die Couch legen wollen. Doch sie hatte bei jeder Berührung heftig geschrien und um sich geschlagen. Selbst Tanja und Alena hatten ihr nicht helfen können. Sie hatten es aufgegeben und einen Krankenwagen gerufen, der, samt Psychologin, kurze Zeit darauf Anne ins Krankenhaus brachte.

Vor sieben Wochen war das gewesen. Heute war es bereits wieder Februar und der Schnee begann schon zu schmelzen. Anne schlief noch, als die ersten Sonnenstrahlen durch die Vorhänge fielen. Leicht lächelnd setzte Jannis sich dazu und fing leise an zu singen:

„Alles Gute zum Geburtstag, alles Gute nur für dich."

Annes Mund verzog sich zu einem leichten Lächeln, aber trotzdem drehte sie sich noch einmal um und ließ die Augen zu.

„Hey du olle Schlafmütze. Wie lange muss ich jetzt singen?", fragte Jannis lachend.

„So lange, bis ich keine Lust mehr hab."

„Na dann dauert das ja ewig."

Anne lachte leise. Sie drehte sich wieder zu Jannis um und öffnete vorsichtig die Augen.

„Es ist ja hell."

Jannis Augen strahlten, als sie das sagte. Er antwortete:

„Natürlich. Du hast ja auch Geburtstag. Da muss die Sonne scheinen."

Anne schloss die Augen und war kurz vorm Wieder-Einnicken, als Jannis sie zu kitzeln begann. Anne riss die Augen auf und begann zu lachen.

„Hey nicht!", rief sie. „Lass das!"

„Bist du jetzt wach? Stehst du auf?"

„Ja, verdammt ich bin wach! Lass mich los."

Anne sprang aus dem Bett und sah Jannis an.

„Du bist gemein", sagte sie.

„Ich weiß."

Jannis grinste sie an. Er zog sie zu sich ran und küsste sie zärtlich. Als Anne den Kuss erwiderte, lächelte er sanft und ließ sich nach hinten fallen. Er zog Anne mit sich, sodass sie sich gegenüber auf dem Bett lagen und sich ansahen.

„Was soll das?", fragte Anne verwundert als er sie erneut küsste.

„Ich wollte dir bloß sagen, wie unendlich ich dich liebe."

„Das weiß ich doch."

Ihre eisblauen Augen strahlten und obwohl sie sich so nah wie noch nie waren, fühlte sie sich nicht ein bisschen unwohl, sondern eher geborgen. Sie ließ ihren Kopf auf seine Schulter fallen und drückte sich fest an ihn. Jannis legte die Arme um sie und küsste sie auf das zerzauste Haar. Das erste Mal in ihrem Leben spürte Anne eine tiefe Sehnsucht in ihr. Die Sehnsucht, ihren Freund, mittlerweile Mann, ganz nah bei sich zu haben. Mit jeder Faser ihres Körpers wollte sie ihn berühren. Selbst ihre Angst, dabei verletzt zu werden, war fast vollständig verschwunden.

Jannis streichelte von ihrer Schulter ihren Arm hinunter, bis er mit der Hand an ihrer Hüfte war. Sie hatte nur ein T-Shirt und einen Slip an, also fuhr er mit der Hand vorsichtig unter ihr T-Shirt. Ihre Haut war ganz weich und warm. Sie sahen sich in die Augen. Anne schloss ihre und genoss seine Berührung. Sie drückte ihre Lippen erneut auf seine und hinterher noch einen Kuss auf seinen Hals.

Er wollte so gerne ihr das Shirt ausziehen, aber er befürchtete, damit zu weit zu gehen. Auch Anne hatte ihre Zweifel, doch gleichzeitig wollte sie ihm so nah sein wie noch nie. Wollte nun wirklich ihr erstes

Mal haben. Vollkommen freiwillig. Vollkommen frei und ohne Zwang. Sie legte ihre Hand unter sein Shirt auf seinen Bauch. Er spürte ihre kalte Hand sofort und schob die seine ein Stück weiter nach oben, ihre Wirbelsäule entlang. Anne rutschte ein paar Zentimeter weiter an ihn heran und schob sein Shirt nach oben, bis sie es ihm vollständig ausgezogen hatte und sie seinen nackten Oberkörper betrachten konnte. Jannis war alles andere als dick. Er war schlank und hatte leichte, kaum wahrnehmbare Bauchmuskeln. Sein Bauch war warm, als Anne ihn umarmte und seinen Duft tief einatmete.

Jannis zog nun ebenfalls ganz vorsichtig an Annes Schlafshirt. Sie merkte, dass er ein wenig Angst hatte und küsste ihn dafür völlig unerwartet auf den Mund. Dabei fielen sie von ihrer seitlichen Position in eine liegende. Jannis hielt Anne nah bei sich, damit sie nicht runterfiel und sah ihr in die Augen. Für einen Moment war Anne die Nähe zu viel und sie war kurz davor, aufzuspringen und „Stopp!" zu rufen. Er bemerkte das, ließ sie los und sagte schnell:

„Tut mir leid. Ich bin zu weit gegangen..."

Anne sah ihn sanft an und fragte:

„Zu weitgegangen? Ich finde nicht."

Mit diesen Worten nahm sie sein Gesicht in ihre Hände und küsste ihn leidenschaftlich. Dabei mussten beide unwillkürlich lächeln. Jannis zog Anne nun doch ohne große Hemmungen das T-Shirt aus, staunte jedoch, dass sie, gegen seine Erwartungen, keinen BH beim Schlafen trug. Sie saß auf seinem Schoß und blickte ihn unschuldig an. Dann beugte sie sich wieder zu ihm herunter und begann, ihn erneut leidenschaftlich zu küssen. Selbst, dass Jannis sie an allen möglichen Stellen berührte und streichelte, störte sie nicht. Ganz im Gegenteil. Es gefiel ihr nur allzu gut und sie tat es ihm gleich.

Jannis streichelte sie die gesamte Wirbelsäule entlang, bis er an ihrem Slip angekommen war. Er wusste, was er nun zu tun hatte. Schließlich kannte er die Situation schon. Doch er wusste nicht, wie Anne reagieren würde. Dem Himmel sei Dank, kam ihm Anne zuvor und griff mit ihrer Hand zärtlich an sein Gesäß. Ganz vorsichtig schob sie seine Boxershorts herunter. Irgendwie schaffte er es, sie von seinen

Beinen zu streifen, ohne, dass es dämlich aussah. Das gab ihm das Signal, dass auch er noch einen Schritt weitergehen durfte. Er drückte ihren Slip hinunter. Annes Herz machte einen Hüpfer und schlug augenblicklich schneller. Ganz behutsam schlang Anne ihre Beine um Jannis Hüfte und streichelte sein Gesicht. Sie zeigte ihm damit an, dass sie bereit war, weiter zu gehen. Dass sie es wollte. Bei jedem anderen Mann hätte sie sich zurückgezogen, bei Jannis nicht. Zärtlich streichelte sie über seinen Oberkörper.

Er zog sie so nah wie möglich an sich ran und küsste sie voller Leidenschaft auf den Mund, auf den Hals und ging auch weiter runter. Anne gefiel das mehr, als sie sich zugestehen wollte. Ihr Herz explodierte förmlich. Sie zog Jannis Gesicht wieder zu sich und küsste ihn. Sie schlang ihre Arme um seinen Hals. Jannis spürte, wie sein Glied endlich etwas zu tun haben wollte, wie es schlagartig anschwoll. Er zögerte kurz, dann begann er sich auf und ab zu bewegen. Anne drückte sich gegen ihn und küsste ihn weiter. In ihr kribbelte alles. Mit jeder Faser des Körpers war sie anwesend. Alles war elektrisiert. Sie wehrte sich nicht. Sie fühlte sich einfach nur wohl.

In dem Moment, in dem Jannis in sie eindrang, spürte sie das erste Mal, dass so etwas sich auch gut anfühlen konnte. Dass es nicht nur schlecht sein konnte. Sie stöhnte einmal kurz und bewegte sich einfach mit, so wie sie es für richtig hielt. Es war einfach das wundervollste Gefühl der Welt. Beinahe hätte sie sich das von gewissen Leuten zunichtemachen lassen.

25

Die nächsten Wochen vergingen schleichend. Der Schnee schmolz, die Vögel kamen langsam wieder und die Sonne wurde kräftiger. Jannis fuhr wochentags in die Uni und Anne verbrachte ihre Zeit meistens damit, entweder Kochbücher zu studieren oder, so wie an diesem milden Frühlingstag Ende März, mit Tanja bei Tee und Kuchen nachmittags auf dem Balkon zu sitzen und sich zwanglos zu unterhalten.

„Wie geht's dir denn heut so?", fragte Tanja, als sie sich hinsetzten und die Spatzen in den Baumwipfeln beobachten konnten.

„Mir geht es ganz gut. Mir ist nur etwas schlecht", antwortete Anne wahrheitsgemäß.

„Hast du etwas anderes gegessen als sonst? Oder viel Stress?"

„Nein, eigentlich gar nicht."

Tanja sah sie zweifelnd von der Seite an und fragte dann:

„Aber ansonsten ist alles in Ordnung?"

Anne gähnte einmal und nickte dabei. Sie sah lächelnd zu Tanja und sagte:

„Jetzt guck nicht so besorgt, mir geht's gut."

Um ihrer Aussage Kraft zu verleihen, stand sie lächelnd auf und wollte sich etwas Zucker für den Tee holen, als ihr plötzlich schwindlig wurde und sie rücklings in den Sessel fiel. Ihr Lächeln verschwand. Selbst als sie die Augen kurz schloss, verschwand der Schwindel nicht. Sie versuchte, sie zu öffnen und krallte sich in die Lehne, doch auch mit geöffneten Augen erkannte sie nichts. Es war alles schwarz um sie herum. Also schloss sie sie wieder.

Tanja stand langsam auf und kam auf Anne zu. Sie sagte:

„Dir geht es nicht gut, das sehe ich doch! Kann ich dir ein paar Fragen stellen?"

Anne nickte benommen.

„Okay. Hast du dich in den letzten Tagen übergcbcn müssen?"

„Nur ein paar Mal morgens nach dem Aufstehen", antwortete sie leise.

„Ist dir denn öfter schwindlig?"

Anne nickte erneut.

„Aber du trinkst genügend?"

Wieder nickte Anne.

„Bist du denn abends schnell müde oder allgemein leichter zu erschöpfen als sonst?"

Anne nickte zum wiederholten Male.

„In Ordnung. Ich habe eine Vermutung. Dafür musst du mir aber zwei weitere kleine Fragen beantworten. Sie sind etwas persönlich, aber dann kann ich feststellen ob ich richtig liege, oder nicht."

Anne öffnete die Augen sofort und sagte leicht skeptisch:

„Okay?"

„Erst einmal, das wird für dich am unangenehmsten sein: Schlafen Jannis und du miteinander?"

Etwas überrumpelt nickte Anne ehrlich. Eine Weile schwieg Tanja, bevor sie fragte:

„Wann hattest du das letzte Mal deine Regel?"

Anne stutzte und versuchte, zurückzudenken. Im März und Februar hatte sie ihre Regel komischerweise nicht bekommen, was sie, zugegebener Maßen, nicht sonderlich gestört hatte. Jetzt aber, wo sie in Tanjas Gesicht blickte, machte sie diese Tatsache doch etwas nervös.

„Mitte oder Ende Januar", antwortete sie schließlich kleinlaut.

Tanja begann zu lächeln.

„Hättest du etwas dagegen, wenn ich dich zu einer befreundeten Ärztin bringe?"

„Was für eine Ärztin?", fragte Anne ängstlich.

„Eine Gynäkologin", antwortete Tanja, setzte nach Annes fragenden Blick jedoch hinterher: „Frauenärztin."

„Okay ... Und warum? Bin ich krank?"

Tanja lächelte ein Stückchen breiter und fröhlicher, nahm Annes Hand und sagte:

„Nein. Ich vermute, du bist schwanger."

Vier Stunden später waren Anne und Tanja auf den Weg wieder nach Hause. Anne war wie gelähmt. Ihr war die ganze Untersuchung völlig

unwirklich vorgekommen, wie in einem Traum. Also hatte sie alles ohne große Widerrede über sich ergehen lassen. Allerdings war das Auswertungsgespräch nicht gerade nach ihrer Vorstellung verlaufen.

Sie saß auf dem Beifahrersitz neben Tanja und sah aus dem Fenster. An ihr flog Hamburg vorbei. Häuser, Läden, Parks. Alles daran schien, aus einer anderen Welt zu kommen. Sie fühlte sich taub und leer, wie in Trance. Konnte keinen richtigen Gedanken fassen und sich nicht rühren. Die Welt blieb für sie stehen.

„Wir sind da", sagte Tanja und holte Anne damit aus ihrer Starre.

Schweigend stiegen sie aus dem Auto und gingen die Treppe zu der Wohnung hinauf. Kaum hatte Tanja die Tür aufgeschlossen, kam ihnen Jannis entgegen.

„Hey Mama!", sagte er hastig. „Du hast mir einen Zettel geschrieben."

Seine Mutter nickte.

„Warum ward ihr beim Arzt?"

Erst jetzt bemerkte er Anne, die immer noch wie gelähmt im Türrahmen stand und ihren Gedanken nachhing. Langsam kam er auf sie zu und fragte besorgt:

„Ist alles in Ordnung, Liebling?"

Als sie nicht reagierte und nur durch ihn hindurch starrte, drehte er sich wieder zu Tanja und fragte leicht hysterisch:

„Was ist mit ihr? Ist sie krank?"

„Nein, nein", sagte Tanja schnell. „Nur der anfängliche Schock. Das ist ganz normal."

„Anfängliche Schock?! WOVON denn?!", schrie Jannis.

Tanja schob Anne in die Wohnung und schloss seelenruhig die Tür.

„Schrei nicht so rum", meinte sie dann. „Wir wollen ja nicht den ganzen Wohnblock unterhalten."

Eine Weile standen sie unschlüssig im Flur und schwiegen sich an. Dann lehne sich Anne an die Wand und schloss die Augen. Sie atmete einmal tief durch und horchte in sich hinein. Sie flüsterte:

„Ich bin schwanger."

Jannis riss die Augen auf. Im Gegensatz zu dem, was er sich vorgestellt hatte, war das eine richtige Freudenbotschaft. Allerdings

sah Anne alles andere als glücklich aus. Ihm fiel beim besten Willen nicht ein, was er hätte sagen können, deshalb fuhr Anne halb lachend, halb schluchzend fort:

„In der siebten Woche. Aber es ist mir egal, was passiert."

Anne begann zu lächeln und öffnete ihre Augen. Sie strahlten, als sie sagte:

„Ich will das Kind."

26

Nachdem Anne Jannis alle Einzelheiten erzählt hatte, ging alles ganz schnell. Sie ging zu den Untersuchungen, ließ sich von Tanja Tipps geben und selbst Jannis informierte sich. Dummerweise hatte er dadurch mehr als eine Prüfung verpatzt und musste diese im August wiederholen. Doch obwohl er lernte und übte, verging die Zeit rasend schnell und es wurde Juli. Anne und Tanja nahmen zwar etwas Druck von ihm, in dem sie sich um das Recherchieren einer neuen Wohnung und das Erledigen des Haushaltes kümmerten. Doch trotzdem war alles zu schnell. Sobald es Herbst wurde, wollten Jannis und seine Frau nach Bad Liebenstein, ein kleiner Kur- und Erholungsort im Herzen von Thüringen, ziehen und dort ein ruhigeres Leben führen. Jannis Bewerbung als Journalist der Ortszeitung „Bäder Express" wurde schon bestätigt und auch Unterstützung im Bereich Kind und Geburt gab es in und um Bad Liebenstein genügend.

An diesem heißen Sommertag war Anne am Einkauf und dachte über die letzten Wochen und Monate nach. Es wurde ernst und alles nahm Form an. Auf einmal war da die Realität präsent wie nie zuvor. Doch sie hatte keine Angst vor der Zukunft. Im Gegenteil. Sie freute sich darauf, mit Jannis eine richtige kleine Familie zu werden. Mit niemand anderem hätte sie das gewollt. Trotzdem merkte sie, wie immer nervöser sie mit jedem neuen Tag wurde. Die *Gemeinde* hatte sich ziemlich lange zurückgezogen, das sah ihnen gar nicht ähnlich. Anne glaubte nicht ernsthaft daran, dass sie sie für immer in Ruhe ließen würden, aber die Hoffnung starb bekanntlich zum Schluss.

Ganz in Gedanken versunken, packte Anne die letzte Packung Taschentücher in den Stoffbeutel und ging aus dem Supermarkt raus. Draußen schlug ihr die Hitze entgegen. Doch nicht nur das. Als sie sich gerade vom Parkplatz in Richtung Fahrradständer bewegen wollte, wurde sie von einer starken Hand am Oberarm festgehalten.

„Stehen geblieben, Kleine", sagte eine Stimmc hinter ihr.

Sie kannte diesen Tonklang. Dieses Zischen. Dieses Schnarren. Wie bei einer Schlange. Meier! Anne fing sich wieder, riss sich mit einer gekonnten Bewegung frei, ging ein paar Schritte weiter, erinnerte sich

an den Crashkurs in Sachen menschliches Verhalten und sagte energisch:

„Ich habe keine Lust, mit euch zu reden."

„Hey! So spricht keiner mit mir!"

Meier packte sie erneut und drehte sie um. Anne versuchte, sich erneut loszureißen, doch sie war zu schwach. Er zog sie näher an sich heran und hauchte:

„Du hast uns ziemliche Schwierigkeiten bereitet. Und das als letzte Tochter des obersten Herren."

„Ist das mein Problem?"

Anne sah ihm direkt in die Augen. Es kostete sie alle Mühe, den Blickkontakt mit diesen grauen gefährlichen und Erinnerung auslösenden Augen aufrechtzuerhalten.

„Ja, allerdings. Oder zumindest könnte es zu deinem werden. Doch ich gebe dir noch eine Chance. Du kannst zurückkehren. Wir werden dir alles vergessen und vergeben. Andernfalls…"

„Andernfalls WAS?!"

In Annes Augen flackerte Angst auf. Meier musterte sie durchgehend, bevor er fortfuhr:

„Andernfalls werden wir dich, deinen Freund und …" Er grinste bösartig. „Und dein kleines Kind umbringen, bevor ihr auch nur den kleinsten Finger rühren könnt."

Unwillkürlich legte Anne ihre freie Hand auf ihren Bauch, dem man jetzt schon ansah, dass etwas in ihm heranwuchs.

„Genau das", flüsterte Meier.

Annes Kopf wurde heiß. Sie spürte eine aufkochende Wut, die alle ihre Ängste in den Schatten stellte und ihr Kräfte verlieh, die ihr nie bewusst gewesen waren. Sie verpasste Meier eine heftige Ohrfeige. Vor Schreck ließ er sie los. Anne nutzte die Gelegenheit und rannte davon. Wenige Meter weiter war sie an den Fahrradständern angekommen. Sie schloss das Schloss auf, legte die Einkaufstüte in den Korb und fuhr rasend schnell davon. Dabei musste sie darauf achten, dass sie die Straße noch erkennen konnte. Ihr war schwindlig und in ihren Augen brannten Tränen der Angst.

Keine zehn Minuten später war sie an ihrer Wohnung angekommen und packte die Einkäufe weg. Sie ging ins Badezimmer und stellte die Taschentücher unter das Waschbecken. In diesem Moment holte die Angst den Schock ein und ließ die Tränen aus ihren Augen fließen. Sie konnte sich gegen ihre eigenen Gedanken nicht wehren und brach verzweifelt zusammen.

Sie hatte sich wieder im Bad eingeschlossen. Er würde es nie erfahren. Er war viel zu blind dafür. Vorsichtig nahm sie das kleine Küchenmesser aus ihrer Jackentasche und betrachtete die glänzende Schneide. Sie sehnte sich nach Blut, nach Schmerz, nach dem Gefühl zu leben. Sie wollte die Realität vergessen. Wenigstens für einen Herzschlag die Tatsache aus den Augen verlieren, dass sie macht- und hilflos ihrem Vater ausgeliefert war.

Jannis schloss pfeifend die Wohnungstür auf. Er legte seine Unterlagen auf dem kleinen runden Tisch ab, der eine Garderobe darstellen sollte. Es war merkwürdigerweise sehr still in der Wohnung. Eigentlich hatten er und Anne ausgemacht, dass sie zu Hause sein würde, wenn er kam. Er suchte sie zuerst in der Küche, wo sie oft saß und Kochbücher las. Doch dort stand nur eine Tüte mit Eingekauftem. Anne brachte die Dinge sonst immer zu Ende, also wo war sie? Vorsichtig sah Jannis in jeden Raum, aber erst im Badezimmer wurde er fündig. Sie lag weinend und zusammengekrümmt auf den Fliesen vor dem Waschbecken.
„Hey, Liebling! Was hast du?", fragte er sofort und beugte sich zu ihr hinunter.
Anne wimmerte leise. Er zog sie an der Schulter hoch in eine sitzende Position und sah sie an. Ein metallischer Geruch stieg ihm in die Nase. Erst da bemerkte er das Blut an ihrem Arm. Mehrere Wunden waren aufgegangen, beziehungsweise aufgekratzt worden. Neue waren hinzugekommen. An Annes Fingernägeln befand sich halbgetrocknetes Blut.

„Was ist passiert?", fragte Jannis tapfer.
Anne sah ihn vorsichtig an und antwortete:
„Sie haben mich gefunden, mich bedroht. Sie wollen uns töten!"
Jannis stockte. Auch ohne, dass Anne weitersprach, wusste er, was sie meinte. Die ganze Planung war umsonst gewesen. Sie mussten weg. Und zwar schnell!

Innerhalb von drei Tagen wurde alles beschleunigt. Jannis brach die letzten zwei Prüfungen, die ihm in drei Wochen bevorstanden, ab und klärte alles mit seiner Tante Heidi. Sie würden sich mit seiner Tante und seiner Cousine Charleen ein Haus in dem kleinen Dorf teilen.
Anne befand sich derweilen in einem seelischen Tief und hätte jeden Moment zu weinen anfangen können. So viel Stress war nicht gut für sie.

27

Es dauerte eine ganze Weile bis sich alle an die neue Situation gewöhnt hatten. Und da Anne enorm viel Stress hatte und auch ihre negativen Gedanken nicht innehielten, wurde ihr Kind am Morgen des 09.09.1999, knapp anderthalb Monate zu früh geboren. Die Geburt an sich verlief jedoch ohne große Komplikationen.

Jannis, der bei der Geburt beinahe die Nerven verloren hätte, und Anne nannten das kleine Mädchen Marisa-Thea. Marisas Name bedeutete „Stern des Meeres". Sie hatten den Namen ausgewählt, da sowohl Anne als auch ihr Mann das Meer abgöttisch liebten. Ebenso wie ihre Tochter. Da es zu früh gekommen war, wunderte es keinen, dass es sowohl zu klein, als auch zu leicht war. Nach fünf Wochen durften Mutter und Kind die Frühchenstation endlich verlassen.

Anne konnte nicht fassen, wie klein ein Wesen sein konnte. So winzig, so klein, so hilflos und schwach. Doch gleichzeitig hatte dieses Erlebnis starke Kräfte bei ihr ausgelöst. Sie fühlte sich für das kleine Wesen verantwortlich und würde für sie bis ans Ende der Welt laufen.

Marisa hatte am Tag ihrer Rückkehr, wie ihr Vater, nachtschwarze Haare, und, wie ihre Mutter, eisblaue Augen. Natürlich konnte sich das noch ändern, aber es sah magisch aus. Sie war sehr still und weinte kaum. Anne fand das normal, denn andere Kinder hatte es in der *Gemeinde* nicht gegeben. Doch hatte sie sich auch von Jannis und seiner Mutter sagen lassen, dass es eigentlich nicht „normal" war, dass so junge Kinder so still waren.

Von Jannis Tante hatte das kleine Mädchen einen Teddybären bekommen, der immer friedlich an ihrer Seite wachte, wenn sie schlief. Lange Zeit beobachtete Anne das kleine Baby in ihrem Bett. Das erste Mal in ihrem Leben fühlte sie so etwas wie Verantwortung für einen anderen Menschen. Sie würde niemals zulassen, dass ihrem Kind etwas passieren würde. Lieber würde sie an ihrer Stelle sterben. Diese Liebe war übermächtiger als jede Angst und so stark, dass sie Bäume ausreißen hätte können.

Die letzten Kartons und Taschen waren noch nicht ausgepackt worden, was Anne und Jannis nun aber, während Marisa schlief,

taten. Jannis hatte sich einen Karton mit Büchern vorgenommen. Anne dagegen hatte eine Tasche vor sich stehen. Sie erkannte sie sofort. Es war die Tasche, die sie bei sich hatte, als sie aus der *Gemeinde* geflohen war. Sie hatte ihre Sachen nie komplett ausgepackt.

In der vordersten Tasche fand sie ihr Notizbuch. Lange hielt sie es in der Hand und überlegte, warum sie mit dem Zeichnen in diesem Buch aufgehört hatte. Sie entschied, später ein Bild von ihrer schlafenden Tochter zu zeichnen. Lächelnd legte sie es beiseite und öffnete die Haupttasche. Es war nicht mehr viel drin, da sie die meisten Sachen schon kurz nach ihrer Ankunft ausgepackt hatte. Auf den ersten Blick erkannte sie nur ihren Stoffhasen, den sie früher „Lela" genannt hatte, wie sich erinnerte, und legte ihn zu der Wäsche, die gewaschen werden musste. Dann setzte sie sich wieder im Schneidersitz vor die Tasche und sah hinein. Nur ein paar Staubflusen, etwas Schimmerndes und zerknülltes Papier war zu sehen. Sie drehte die Tasche um und schüttelte, sodass der Inhalt vor ihr auf dem Boden verteilt wurde. Das Schimmernde war das kleine Küchenmesser gewesen, das sie damals eingesteckt hatte. War es wirklich die gesamte Zeit da drin gewesen? Schnell warf sie es, ohne groß nachzudenken, in den Mülleimer. Die Flusen ignorierte sie geflissentlich. Die Zettel waren interessanter. Drei von ihnen waren Tests, jeweils immer eine 1, und eine Klassenarbeit in Mathe, ebenfalls eine 1, an dessen Rand sich diverse Kritzeleien befanden und ein *„Langweilest du dich im Unterricht?"* von ihrer Lehrerin. „JA" hatte sie fett mit ihrem Füller hinter geschrieben. Ihr Vater hatte alle Arbeiten nie zu Gesicht bekommen. Der letzte Zettel war nur leicht zerknüllt. Er kam ihr nicht bekannt vor. Auf dem Zettel stand mit gekritzelter Schrift eine Adresse:

Molly Paulus

Feldstraße 16

18437 Stralsund

Sie kannte diese Frau nicht. Andererseits kam ihr der Name bekannt vor. Schnell kramte sie das Tagebuch ihrer Mutter hervor und blätterte hastig darin. Da stand es. Molly Paulus war die Schwester ihrer Mutter. Annes Tante. Ob sie noch lebte?

In diesem Moment trat Jannis von hinten an sie heran und streichelte über ihren Kopf.

„Na, Liebling", sagte er liebevoll. „Ich habe etwas gefunden, was dich interessieren könnte."

Langsam stand Anne auf und drehte sich um.

„Was ist es denn?", fragte sie.

„Ein Buch."

Er hielt ihr ein kleines, zerlesenes Buch hin. Es war grün und auf dem Einband war ein mürrisch dreinblickendes blondes Mädchen. Es hieß „Der geheime Garten".

„Es ist zwar nur ein Kinderbuch", erklärte Jannis lächelnd. „Aber ich könnte mir vorstellen, dass es dir gefällt."

Anne stellte sich auf Zehenspitzen, küsste ihren Freund zärtlich und flüsterte:

„Danke. Ich werde es sofort lesen."

Schnell verstaute sie den leeren Rucksack im Schrank, setzte sich auf die Couch und begann zu lesen. Vergessen war der kleine Zettel und der Hase.

TEIL 2 ~ Ende~

Zwischenteil

~ Annes Tagebuch ~

08.10.1999

Hallo! ☺

Es ist so viel Wunderbares in den letzten Wochen geschehen! Vor anderthalb Monaten am 09. September 1999 (09.09.99… wenn das nichts Besonderes ist☺) wurde unsere kleine Marisa-Thea geboren. Ich bin so glücklich darüber. Sie war zwar zu klein und zu dünn, aber hey!, das bin ich schließlich auch. Außerdem war es ein Frühchen, oder wie auch immer die Ärztin meinte. Sie ist so winzig, so klein, so niedlich, so schutzlos. Ganz egal, was geschehen wird! Meiner Tochter kommt niemand zu nahe! Ich beschütze sie, egal, was für Opfer ich dafür bringen muss!

Aber etwas anderes: Ich habe heute einen Zettel im Tagebuch meiner Mutter gefunden. Ich hatte es mitgenommen, vor anderthalb Jahren als ich geflohen bin. Da steht die Adresse ihrer Schwester drauf. Vielleicht werde ich mich mal mit dieser Molly in Verbindung setzen.

Alles Gute,

Anne.

01.01.2000

Ein neues Jahrtausend – tausend neue Chancen!

13.02.2000

Happy Birthday, Anne. Ich habe ein wenig Englisch von Jannis gelernt. Ich fühle mich hier unten in den Bergen nicht wohl. Wahrscheinlich ziehen wir bald wieder um. Anne.

09.03.2000

In zwei Wochen geht es los. Ab nach Schwerin! Es ist ein wenig größer als Bad Liebenstein, schmutzig und trist. Aber nah am Wasser und ohne Berge. Ich hasse Berge.

27.03.2000

Schwerin ist schön.

09.09.2000

Alles Gute zum Geburtstag, Marisa. Sie hat schon mehrere Zähnchen und ist so putzig! Auch Krabbeln tut sie schon und Jannis meint, nicht mehr lange und sie läuft! Dann

muss ich ganz schön aufpassen, dass sie sich nicht verletzt.
hihi
Anne.

15.10.2000
Ist das normal, wenn man Stimmen im Kopf hört? Sie streiten sich. Und die Eine von ihnen will mir Tipps geben. Ich habe Angst davor! Hilf mir!
Anne.

09.12.2000
Ach ja . . .

31.12.2000
Seit 2 Jahren sind wir verheiratet. So viel ist geschehen. So viel passiert. Und Marisa hat so wundervolle schwarze Haare. Nachtschwarz, wie die von Jannis ☺
Anne.

13.02.2001

Und noch ein Geburtstag. 21. Wow. Vor 14 Jahren habe ich dieses Tagebuch angefangen. Ich frage mich, was ich auf die zerrissenen Seiten geschrieben habe. Ich weiß es nicht mehr genau.

Anne.

25.03.2001

Liebes Tagebuch,

ich fühle mich schon wieder so beobachtet. So verfolgt. Dabei sind wir doch gerade erst wieder umgezogen. Nach Papendorf. Das ist ein kleines Dorf in der Nähe von Rostock. Also fast direkt an der Küste…

Ach, liebstes Tagebuch, warum ist das Leben nur so schwer?

Anne.

13.02.2002

Krass. 22 Jahre. Und was hab ich geschafft? Nichts im Prinzip. Ich hab ja nicht mal nen vernünftigen Abschluss. Ich überlege aber in Zukunft zu einer ambulanten Therapie zu gehen… Ob das Sinn machen würde? Ambulant heißt, Therapie ohne Krankenhaus, also dass ich jede Woche oder

alle zwei Wochen zu einer Ärztin fahre und mit ihr spreche. Aber wie spricht man über Dinge, die man selber nicht versteht? Wie soll man erklären, dass man ein Leben lang unterdrückt wurde, sich Freiheit gewünscht hat und nun nicht klarkommt mit dieser Freiheit? Aber es wäre besser als dieses Getaumle von einer Katastrophe in die nächste… Doch zur Abwechslung mal was Erfreuliches! Marisa ist jetzt 2 ½ Jahre alt und spricht schon ein bisschen. So eine kleine dünne Stimme. Das ist sooo niedlich! Ihr geht es bestens und ich hoffe, das wird ihr Lebtag so bleiben… Anne

24.04.2002 / 25.04.2002
Liebstes Tagebuch,
ich kann und kann nicht schlafen. Jannis liegt im Nebenzimmer im Bett und schnarcht ein bisschen (er ist erkältet!), aber das ist nicht das Problem. Das Problem ist mein Kopf. Ich denke über Dinge nach, die eigentlich nebensächlich sind.
Vor 4 Jahren hab ich das Tagebuch meiner Mutter gefunden und gelesen. Zwischen der letzten Seite und der Rückseite des Einbandes lagen drei Zettel. Auf einem davon

stand die Adresse meiner Tante Molly. Sie wohnt in Stralsund, also ziemlich in unserer Nähe, nur ein paar Stunden weg. Ich wöllte so gerne mal mit ihr reden, aber irgendwie hab ich große Angst davor. Zudem weiß Jannis gar nichts davon!
Anne

30.04.2002
Liebes Tagebuch …
Ich weiß nicht mehr weiter. Sie drohen mir. Vater und die Anderen. Ich hätte die Gemeinde nie verlassen, sagen sie. Marisa gehöre ihnen, sagen sie. Ich muss sie ihnen geben, sagen sie. Aber **NUR ÜBER MEINE LEICHE!**
Die Stimme in meinem Kopf brachte mich auf eine Idee, aber ich weiß nicht, wie das klappen würde… Ich brauche mehr Zeit.

Anne

19.07.2002

Hilfe. Bitte, hilf mir. Nein, du bist ja nur ein Buch. Wo sind sie alle, wenn man sie braucht?

30.09.2002

Marisa ist jetzt drei. Wir werden bald umziehen. Schon wieder. Wie viel verträgt unser Mäuschen an Veränderungen? Noch geht sie nicht in den Kindergarten, aber was wird aus später? Ich hab doch so viel Angst und keine Ahnung von Kindern.

Anne

24.12.2002/25.12.2002

Weihnachten bei Jannis Eltern. Das ist so schön. Eine richtige Familie. Also so richtig mit Liebe, Freude und Zärtlichkeiten... Zärtlichkeiten, was ein schönes Wort. Ich kann wieder nicht schlafen und bin auf den Balkon geflüchtet. Hamburg bei Nacht ist atemberaubend. Auch, wenn es kalt und windig ist, ist es hier draußen viel angenehmer als drinnen. Ich habe Angst. Wovor weiß ich nicht genau. Die Stimmen in meinem Kopf reden mit mir,

aber ich habe Angst, jemandem – vor allem Jannis – davon zu erzählen. Was ist, wenn es doch die Dämonen sind, die Vater ... **NEIN**! Das darf ich nicht einmal denken. Es gibt keine Dämonen, zumindest nicht in mir. Ich bin vielleicht ein bisschen anders als die anderen, aber ich bin **NICHT** besessen. Hoffe ich jedenfalls. Ach, Kathleen, du hättest jetzt eine Antwort darauf. Du würdest mir sagen, wie Unrecht ich habe und dass ich ganz fantastisch bin. Aber du bist nicht hier.

Anne

30.04.2003
Jetzt sind wir umgezogen. Nach Stralsund. Hier in der Nähe wohnt Molly. Vielleicht gehe ich wirklich einmal hin.

07.09.2003
Ich war letzten Monat bei Molly. Sie ist wirklich sehr nett und hat sich sehr gefreut, mich kennenzulernen. Mama

scheint ihr sehr zu fehlen, aber sie kann es sich nicht erklären, warum ihre Eltern sie in die Gemeinde gegeben haben. Dafür gab es anscheinend keinen Grund.

Molly hat einen Sohn, Samuel. Damit habe ich einen Cousin! Kannst du dir das vorstellen? Einen richtigen Cousin! Und er hat auch eine Tochter, die so alt ist wie Marisa. Olivia heißt sie. Sie und Marisa verstehen sich gut.

Anne

09.09.2003
Alles Gute, Marisa.

12.11.2003
Ich hab so Angst. Sie haben uns wieder gefunden und mich bedroht. Sie werden mir Marisa nehmen. Sicherlich. Aber ich darf Jannis davon nichts sagen, denn dann werden sie jeden, den ich gerne habe, umbringen. Jannis, seine Mama, seinen Bruder Maik, Marisa, Samuel, Ina (seine Frau), Molly, Leon (Jannis bester Freund), die kleine Larissa

(Jannis Schwester) und ... noch so viele andere. Ich will das nicht. Ich hab so Angst!

09.01.2004
Liebes Tagebuch,
meine Stimmen (oh, wie abgedreht) versuchen mir einzureden, dass ich Marisa zu Molly geben soll. Ich habe ihr von den Bedrohungen erzählt. Sie meinte, wenn es schlimmer wird, soll ich ruhig zu ihr kommen. Ihr Vorschlag war die Polizei, aber die wird mir auch nicht weiterhelfen können...

Teil 3

~2004~

27

‚Wie fröhlich und vergnügt kleine Kinder doch sein können', dachte Anne, während sie ihre Tochter beobachtete. Sie war mittlerweile vier Jahre alt und so niedlich, während sie auf dem Klettergerüst mit den anderen Kindern spielte. Sie hatte die dunklen Haare und hellen Augen beibehalten und war immer noch im Vergleich zu anderen Kindern klein und zierlich. Anne saß neben einer Frau, die ein wenig älter war als sie. Vielleicht Ende 20.

„Welches Kind ist Ihres?", fragte die Frau.

Sie hatte glatte dunkelbraune Haare und war stark geschminkt.

„Das kleine Mädchen in dem Turm. Das mit den schwarzen Haaren. Und Ihres?"

Die Frau lächelte.

„Nina!", rief sie.

Ein kleines Mädchen mit krisseligen hellbraunen Locken drehte sich um und lachte mit einer Zahnlücke. Anne schätzte sie auf sieben Jahre. Sie war groß und kräftig. Das Mädchen lief auf sie zu.

„Ja, Mami?", fragte sie engelsgleich.

„Wir wollen in zehn Minuten nach Hause. Du musst noch Hausaufgaben machen."

Nina murrte zwar, nickte aber dennoch brav und verschwand schnell wieder auf der Rutsche. In diesem Moment begann ein Kind zu weinen. Anne und die fremde Frau sahen sich um, was passiert war. Doch nur Anne stand auf und ging um das Klettergerüst herum. Ein Junge war anscheinend vom Klettergerüst in den Sand gestürzt. Die Mutter war schon bei ihm und auch ein etwas älterer Junge stand neben ihm und schaute sich das Szenario an. Anne suchte nach ihrer kleinen Marisa, doch sie hatte sich ziemlich zurückgezogen. Sie fand das Mädchen unter einem erhöhten Vorsprung der Rutsche. Sie stand hinter einem Pfeiler und beobachtete die Szene ängstlich. Anne ging zu ihr und hockte sich auf Augenhöhe. Sie wusste ja selbst, wie einschüchternd es sein konnte, wenn man auf ein Kind hinabschaute. Marisas Augen waren aufgerissen und starrten erschrocken zu dem Jungen.

„Na, Mäuschen. Hast dich ganz schön erschrocken, oder?"

Marisa nickte verschüchtert. Anne hielt ihr die Hand hin und sagte sanft:

„Dann wollen wir mal weiter. Für heute haben wir genug gespielt."

„Aber morgen kommen wir wieder, oder?", fragte ihre Tochter.

Anne sah sie lächelnd an und meinte:

„Mal sehen. Wenn die Sonne scheint, können wir zum Spielen herkommen."

Marisa grinste und ging an Annes Hand hüpfend neben ihr zu einer Bank. Anne zog Marisas rotes T-Shirt zu Recht und öffnete ihre eigene Stoffjacke ein Stück. Dann nahm sie Marisas kleine blasse Hand und den kleinen grünen Kinderkoffer, den sie bei sich hatten und ging vom Spielplatz. Marisa war ebenso blass, wie Anne es in dem Alter gewesen war, nur hatte sie nachtschwarze Haare, was Anne als magisch empfand. Sie hatte eine reine Haut, hatte also kaum Leberflecke und keine Sommersprossen. Sie war an sich ein glückliches Mädchen, aber auch sehr quirlig und hibbelig. Sie musste immerzu beschäftig werden und konnte sich kaum auf etwas konzentrieren. Auch im Kindergarten, wo sie nun schon seit einem halben Jahr war, war sie immer und überall. Wie ein Wirbelwind. Nur abends, wenn Anne ihr aus einem Buch vorlas oder mit ihr zusammen im Bett lag und wartete, dass sie einschlief, war sie ganz ruhig und still, ließ sich streicheln und knuddeln und liebhaben, wie man ein Kind nur liebhaben konnte. Auch jetzt, wo Anne mit ihr durch die Straßen lief, plapperte sie fröhlich drauf los:

„Mama, weißt du was, Lia aus 'm Kindergarten gesagt hat?"

„Nein, Mäuschen weiß ich nicht. Was war es denn?"

„Dass Jungs Mädchen nur hauen, weil sie sie so gerne haben. Stimmt das?"

Anne sah ihrer Tochter leicht lächelnd in die großen Augen und antwortete:

„Bei manchen Jungs, ja. Aber es ist immer schlecht, einen Menschen zu hauen, weil es ihm wehtut. Okay?"

„Weiß ich doch. Ich hab's nicht geglaubt, weil Lia immer lügt. Die weiß nicht, wie man nicht lügt."

„Dann spiel doch nicht mit ihr", schlug Anne vor.

„Aber manchmal ist sie auch nett."

Marisa lächelte nun vor sich hin und schwieg. Nach einer Weile fragte sie jedoch:

„Wo gehen wir hin, Mami?"

„Wir gehen zu meiner Tante."

„Und warum gehen wir heute dahin?"

Anne versuchte krampfhaft das Lächeln beizubehalten und sagte ihrer Tochter schweren Herzens:

„Mama und Papa wollen einen gemeinsamen Abend verbringen und du schläfst bei Molly."

„Und morgen holt ihr mich wieder ab?"

„Ja", log Anne diesmal.

„Okay. Hat Molly Kinder?"

„Das weißt du doch. Molly hat einen Sohn, der ist so alt wie deine Mama und der hat doch die kleine Olivia."

„Ach ja..."

Schon von weitem konnte Anne das Haus ihrer Tante erkennen. Es war ein altes Backsteinhaus mit einem bunten Garten, in dem eine altersschwache Kinderschaukel stand. Sie stellte den kleinen grünen Koffer neben sich ab. Er hatte viele bunte Aufkleber darauf und ein Namensschild, auf dem Marisas Name stand. Bei den vielen Umzügen in den letzten Jahren hatte das kleine Mädchen auf einen eigenen Koffer bestanden. Für ihr Alter hatte sie einen erstaunlich großen Wortschatz und extrem viel Fantasie. Sie malte ebenso gerne wie ihre Mutter. Anne konnte sich nicht erinnern, ob sie in dem Alter genauso war. Möglich war dennoch alles. Zitternd stieg sie die kleine Treppe zur Tür hinauf und klingelte bei Familie Paulus. Eine stämmige alte Dame öffnete ihr die Tür.

Molly hatte krauses rotes Haar, das sie zu einem Zopf zusammengebunden hatte. An ihren Ohren hingen große türkisfarbene Ohrringe. Auch ihr heutiges Kleid war Türkis.

„Hallo, Anne", sagte Molly traurig.

„Hi", gab Anne bloß zurück.

Sie lächelte sanft und ließ die Hand ihrer Tochter los. Dann gab sie ihr den Koffer in die Hand und sagte:

„Im Koffer sind alle deine Sachen, die du brauchst. Dein Lieblingsbuch habe ich dir auch schon eingepackt und den Teddy auch. Wenn du Molly lieb fragst, wird sie dir sicherlich etwas vorlesen. Ich hab dich sehr lieb, meine Kleine."

Sie küsste ihre Tochter auf den Haaransatz und stand auf. Sie sah zu Molly und flüsterte:

„Danke, Molly." In ihren Augen glänzten Tränen. „Wenn sich alles wieder beruhigt hat, hole ich sie wieder. Versprochen."

„Ist es wirklich so schlimm, wie du sagst? Ist Marisa so sehr in Gefahr, dass du sie nicht behalten kannst?", entgegnete Molly ebenso leise.

Anne nickte traurig.

„Sie haben mich immer und immer wieder bedroht", flüsterte sie weiter. „Ich will nicht, dass ihr etwas passiert."

„Wann kommst du mich abholen, Mami?", fragte Marisa plötzlich.

Anne sah sie kurz liebevoll an und blickte dann wieder zu Molly.

„Pass auf sie auf", sagte sie noch.

Dann drehte sie sich um und ging davon. In diesem Moment platze der Himmel auf und es regnete in Strömen.

28

Traurig und wütend fuhr Anne mit der Bahn nach Hause. Tränen der Wut rollten über ihre Wangen. Soweit hatten sie sie also gebracht. Ihre Tochter war zwar in Sicherheit. Doch trotzdem vermisste Anne sie jetzt schon. Wie sollte sie das nur Jannis erklären? Er liebte seine Tochter ebenso sehr, wie Anne es tat.

Ich wette, das endet in einem Desaster!, lachte eine Stimme in ihrem Kopf.

Anne kannte diese Stimme leider schon. Sie hatte sich tief in ihrem Gehirn eingenistet und gab zu jeglichen Lebenssituationen ihren Kommentar. Anne hasste sie. Denn sie hatte meistens Recht. Es war eine sarkastisch-hämische Stimme, von der Anne nicht sagen konnte, ob sie männlich oder weiblich war. Sie ignorierte sie meistens.

Ich hatte echt nicht gedacht, dass du das durchziehst. Wie willst du ihm das erklären? Oder glaubst du allen Ernstes, er merkt es nicht, dass seine Tochter verschwunden ist? Willst du ihn anlügen?

Anne schüttelte fast unmerklich den Kopf. Am liebsten hätte sie sich die Ohren zugehalten. Doch aus Erfahrung wusste sie, dass das nichts bringen würde. Mit zitternden Beinen stieg sie aus und lief die letzten Meter zu ihrer Wohnung.

Dort angekommen setzte sie sich in die Küche an den Tisch und starrte an die Uhr. Noch konnte sie alles rückgängig machen. Noch konnte sie zurück fahren und die Kleine nach Hause holen.

Steh zu deiner Entscheidung!

Anne nickte. Geantwortet hatte sie der Stimme noch nie. Sie war auf einmal da gewesen. Erst dachte sie, es sei ein Trick gewesen, sie aus der Reserve zu locken. Deshalb hatte sie versucht, sich die Ohren zuzuhalten oder extrem laute Musik zu hören. Doch das hatte nichts genützt. Auch, dass sie sich den Kopf blutig geschlagen hatte, hatte ihr nur Kopfschmerzen bereitet. Die Stimme war trotzdem geblieben.

Von diesem Zeitpunkt an, hatte sie nie wieder versucht, etwas gegen sie zu unternehmen. Auch Jannis hatte sie nie etwas davon erzählt. Wozu auch? Er hätte ihr eh nicht geglaubt. Anne hatte ebenfalls aufgehört, gegen den Druck zur Selbstzerstörung anzukämpfen. Es

gehörte zu ihr und machte sie zu dem, was sie war. Wer das nicht verstand, musste eben damit leben.

Anne sah zwar auf die Uhr, erkannte aber nicht, wie lange sie da saß. Es fühlte sich an wie Sekunden, aber als sie den Schlüssel in der Haustür hörte, war es bereits dämmrig. Jannis kam in die Küche, sah Anne und meinte fröhlich:

„Hey Liebling. Schön, dass du da bist. Wo ist mein schwarzer Engel?"

Anne sah ihn nicht an und antwortete auch nicht. Nur mit Müh und Not konnte sie sowohl die Tränen als auch die Wahrheit unterdrücken.

Jannis ging aus der Küche und zu Marisas Zimmer. Anne hatte es abgeschlossen und den Schlüssel versteckt. Deshalb kam er kurze Zeit darauf zurück und meinte angespannt:

„Warum ist ihr Zimmer abgeschlossen? Wo ist Marisa? Anne, sag doch was und starr nicht so auf die Uhr!"

Anne löste ihren Blick und sah Jannis in die dunklen Augen. Sie waren fast schwarz, also war er ehrlich besorgt. Anne entschied sich, weder zu lügen, noch überhaupt etwas zu sagen. Sie schwieg und zuckte mit den Schultern.

„Du weißt nicht, wo sie ist?"

Anne schüttelte den Kopf.

Gute Entscheidung, meldete sich die Stimme wieder.

Jannis atmete stoßartig aus und setzte sich zu Anne.

„Was ist passiert?", fragte er.

Du weißt es einfach nicht mehr.

„Weiß nicht mehr", flüsterte Anne.

Aus ihrem linken Auge quoll eine Träne. Sie sah Jannis an und wiederholte es:

„Ich weiß nicht, was passiert ist, Jannis. Ich wünschte, ich wüsste es."

Jannis streichelte Annes Hand, die unbeweglich auf der Tischplatte ruhte. Sie war eiskalt und schwitzte. Auch Jannis, der normalerweise sehr sparsam mit negativen Gefühlen umging, konnte seine Tränen nicht zurückhalten. Irgendetwas in ihm sagte, dass er Marisa, seinen Engel, seinen Schützling, so schnell nicht mehr wiedersehen würde.

Anne wandte ihr Gesicht ab und weinte still. Soweit konnten sie sie bringen. Wo waren ihre Grenzen? Warum sagte sie Jannis nicht einfach die Wahrheit? Vertraute sie ihm nicht mehr? Anne wünschte, sie wüsste die Antwort.

Ich weiß nicht, wieso, sagte die Stimme. *Aber ich habe soeben entschieden, dir zu helfen und dich durch das Leben zu manövrieren. Alleine bist du ja zu nichts fähig.*

In Gedanken antwortete sie ihr mit einem „Ja".

29

„Ich weiß nicht, was mit ihr los ist, Mama. Das geht schon seit Monaten so."

„Kannst du mir nicht helfen, Maik? Sie ist echt schräg drauf!"

„Mama, ich hab Angst um sie. Es wird wieder schlimmer."

„Mama, ich weiß immer noch nicht, was mit Marisa passiert ist. Anne hat anscheinend komplett das Gedächtnis verloren und weigert sich schlicht, zu einem Arzt zu gehen. Außerdem erzählt sie immer weniger und isst kaum etwas."

„Maik, bitte hilf mir."

„Es geht nicht mehr. Anne dreht total durch! Sie hat sich heute im Bad eingeschlossen und kam 'ne Stunde da nicht mehr heraus und als sie dann wieder vor mir stand, war etwas in ihren Augen, was ich nicht deuten konnte. Der Glanz war auf einmal weg. Die ganzen Emotionen. Als wäre sie tot, aber trotzdem lebendig. Ergibt das Sinn?"

„Maik, was ist das bloß? Im ersten Moment klammert Anne, wie ein kleines Kind und im nächsten ist sie aggressiv und abwertend. Sogar sarkastisch! Das kenne ich gar nicht von ihr. Ist es möglich, dass sie manisch depressiv ist?"

„Mama, ich halt das nicht mehr aus! Anne wird von Tag zu Tag merkwürdiger und ich werde das Gefühl nicht los, dass das etwas mit Marisas Verschwinden zu tun hat!"

„Maik, bitte. Hilf mir doch.

„Mama. Das geht mir hier zu heftig. Ich kann nicht mehr vernünftig in der Redaktion arbeiten, weil ich Angst habe, dass Anne nicht mehr da ist, wenn ich nach Hause komme."

„Maik, was soll ich tun? Anne isst nichts mehr, schläft nicht mehr, lacht nicht mehr. Ihre Stimme ist ganz schwach und dünn geworden und auch ihre Augen sind stumpf und leer. Was ist nur los mit ihr?"

„Tante Heidi? Ich bin's, Jannis. Was war das eigentlich bei Charleen, als sie sich selbstverletzt hat? Ging das wieder von alleine weg oder wurde das schlimmer?"

„Mama, ich schaff das nicht mehr! Ich habe keine Kraft mehr für uns beide. Nicht für diese Beziehung. Aber ich will Anne auch nicht verlieren."

„Maik. Hilfe!!"

„Mama. Anne hat gedroht sich umzubringen. Was mach ich jetzt? Soll ich es ignorieren? Oder doch ernstnehmen?"

„Mama. Ich will nicht, dass Anne weg ist."

„Ist so etwas Paradoxes überhaupt möglich? Anne lebt, aber gleichzeitig scheint sie wie tot. Wie eine Hülle."

„Anne wird immer blasser und dünner. Sie macht nichts mehr und kommt nicht mehr zu meinen Kollegen oder holt mich von der Redaktion ab."

„Ich werde um sie kämpfen."

„Sie sagt es schon wieder, Mutti."

„Annes schlechte Laune ist echt ansteckend. Dabei hat sie nicht mal schlechte Laune. Sie ist nur so traurig. Wie kann ich ihr helfen?"

„Mama? Anne liegt im Krankenhaus. Hab ich was falsch gemacht? Hab ich es zu sehr ignoriert? Was wird jetzt aus ihr? Aus uns?"

TEIL 3 ENDE

Zwischenteil
~ Annes Tagebuch ~

10.10.2004

Liebes Tagebuch,

seit sieben Wochen bin ich in einer Klinik für Psychiatrie (oder so ähnlich). Ich habe (mal wieder) versucht, den ganzen Schmerz zu beenden. Ich rede mit niemandem mehr. Auch nicht mit Jannis. Ich vermisse Marisa sehr und es tut mir weh, zu wissen, dass ich sie nie – nie – wiedersehen werde. Jannis leidet auch darunter, ich kann es an seinen Augen sehen. Er hat angefangen, zu rauchen. Er steht sehr unter Stress.

01.01.2005

Ich bin wieder zuhause. Und ich rede wieder. Nicht viel, aber ein bisschen.

09.10.2006

Liebes Tagebuch,

über anderthalb Jahre ist es nun her, dass ich Dir schrieb. Und 8 Jahre ist es her, dass ich die Gemeinde verließ. Trotzdem bin ich in Gedanken noch dort. Habe Albträume und hin und wieder das Gefühl, ich müsste jeden meiner

Schritte rechtfertigen. Würde für Fehler bestraft werden, obwohl es gar nicht so ist.

Letztes Jahr im Juni sind wir nach Berlin gezogen. Es war wundervoll dort. Groß und schnell. Wir waren anonym und unter uns. Doch Jannis war unglücklich. Er hat keinen Job gefunden, nur hier mal dort einen Artikel geschrieben und uns mehr recht als schlecht über Wasser gehalten. Wir sind oft ausgegangen, aber nie lange, denn in den Menschenmassen bekam ich schnell Panik.

Dann, vor vier Monaten (also auch im Juni), hat er ein Jobangebot für eine Festanstellung bekommen. In Dresden. Jetzt wohnen wir dort seit drei Monaten. Die Stadt ist kleiner und überschaubar. Fast jedes Wochenende sind wir bei Maik in Leipzig und seinem Sohn, Neo. Larissa hat jetzt ihr Abitur gemacht. Alle sind glücklich. Nur ich nicht. Und ich weiß nicht, warum. Ist es wegen Marisa?

Anne

07.01.2007

Ich mag nicht mehr. Die Freiheit kotzt mich an. Nein, eigentlich ist es recht schön hier, aber ich bin nicht wirklich frei. Werde ich es jemals sein?

Anne

09.03.2007

. . . was wollte ich schreiben?

10.08.2007

Ich weiß nicht, wie sie das andauernd schaffen, aber ich habe heute auf dem Markt Markus Meier gesehen. Er grinste mich an und ich bin – ohne zu bezahlen und ohne die Einkäufe – weggerannt. Sollte ich es Jannis erzählen?

Anne

09.09.2007

Alles Liebe, Marisa. Wo auch immer du nun bist.

10.09.2007

Ich habe es Jannis erzählt. Er meinte, ich könnte das auch nur ... hal-lu-zi-niert haben. (ist das so richtig geschrieben?) Das bedeutet, ich habe es mir eingebildet. Aber ... was wenn nicht?

Anne

08.02.2008

Wir sind wieder umgezogen. Ich habe mir das nämlich nicht eingebildet. Im Dezember 2007 hat Meier bei uns geklingelt, aber ich war nicht da. Jannis war da und hat sofort alles in die Wege geleitet, dass wir hier wegkommen. Wann wird endlich Ruhe sein? Wir wohnen jetzt in Rostock. Die beste Stadt, neben Dresden und Hamburg!

Anne

10.03.2008

Alles ruhig. Denke ich. Wir haben jetzt eine Katze.

09.07.2008/10.07.2008

Es ist echt heiß heute Nacht. Ich kann nicht schlafen und bin auf dem Balkon. Es riecht nach Salz und Meerwasser, ich liebe diesen Geruch. Mein Tee ist fast leer, aber ich mag noch nicht schlafen. Jannis ist auch noch wach, er recherchiert etwas auf seinem Computer. Er hat jetzt nämlich eine eigene Redaktion für eine tolle Zeitung. Ich hoffe, wir müssen hier nie wieder weg, denn gerade läuft alles sehr gut. Letzte Nacht hatte Jannis einen Albtraum. Er schrie nach Marisa und ich bin vor Schuldgefühlen in Tränen ausgebrochen. Gott, sei Dank, dachte er, es wäre, weil ich es nicht aushalte, dass sie weg ist. Stimmt ja auch irgendwo.

Anne

10.10.2008

Jannis wird komisch. Er arbeitet viel zu viel und spricht kaum noch mit mir. Was soll das? Das macht mich traurig.

19.11.2008

Ich gehe kaum noch aus dem Haus. Ich weiß auch nicht, warum. Ich bilde mir ein, wenn ich hierbleibe, finden sie uns nicht.

Anne

03.01.2009
Ich habe Angst. Fürchterliche Angst. Bin so alleine...

TEIL 4:
2009 und folgende

30

„Hier. Der Artikel ist fertig."

Jannis sah von seinem Schreibtisch auf. Vor ihm stand eine junge Frau mit mittellangen braunen Haaren.

„Danke, Gritt. Leg ihn da hin. Ich kümmere mich sofort darum", sagte er lächelnd.

Gritt setzte sich auf den Stuhl gegenüber von Jannis. Er sah sie an, lächelte und wandte sich dann wieder zu seinem Laptop. Er musste den Artikel unbedingt vor dem nächsten Morgen fertig kriegen.

„Ich hab gedacht, wir könnten heute Abend zusammen was unternehmen. Es ist schließlich Freitag", schlug Gritt dann vor.

Jannis sah sie erneut an. Diesmal erschrocken.

„Heute?", fragte er verwirrt. „Und was heißt wir?"

„Ja, heute. Wann denn sonst? Und wir bedeutet: Du, ein paar andere Kollegen und Kolleginnen, eine Freundin von mir und ich."

„Hm. Ich weiß nicht. Ich habe noch viel zu tun. Und das nicht nur hier."

„Ach, komm schon. Das wird sicher lustig."

Gritt sah ihn lächelnd an. Sie hatte hellbraune Augen und sah relativ gut aus, das konnte Jannis nicht leugnen. Trotzdem musste er unwillkürlich an Anne denken, die zuhause auf ihn wartete. Deshalb sagte er:

„Tut mir leid, Gritt. Aber heute geht wirklich nicht. Vielleicht ein anderes Mal."

„Was ist denn so wichtiges los bei dir? Eine Runde zusammensitzen in einem Café oder Club ist doch am Wochenende erlaubt, oder etwa nicht?", wandte Gritt ein.

Jannis schüttelte den Kopf und sagte schlicht:

„Ich habe noch viel zu erledigen. Ich muss nachher noch einkaufen, mich um meine Katze kümmern und die zwei Artikel noch kontrollieren, die mir heute gegeben wurden. Tut mir wirklich leid. So ist das nun einmal. Im Fernsehen ist ein Sommerloch und wir als Zeitung müssen dieses ausfüllen."

„Du hast eine Katze, aber keine Partnerin? Oder bist du schwul?"

Jannis lachte auf.

„Was dagegen, dass ich meine Zeit lieber mit Katzen verbringe? Die sind wenigsten still und halten mich nicht von der Arbeit ab."

Jannis hatte niemandem in der Redaktion gesagt, dass Anne existierte. Sie selber wollte es so. Er hielt sich an Abmachungen, log jedoch nicht. Sie hatten sich im vorherigen Jahr wirklich eine Katze gekauft. Anne hatte gesagt, sie fühle sich einsam, wenn er so lange arbeitete, also hatte er ihr zum Geburtstag eine Katze gekauft. Sie war ebenso ruhig wie Anne selbst, hatte ein schwarzes Fell und weiße Pfoten. Anne hatte sie liebevoll *Emilia* getauft. Seitdem Emilia in ihrer Familie und ihren Herzen einen Platz gefunden hatte, ging es Anne ein wenig besser. Sie wirkte ausgeglichener und entspannter.

Gritt schnaubte einmal eingeschnappt, stand auf und ging davon. Bevor sie zur Tür hinausgegangen war, drehte sie sich noch einmal um und sagte zickig:

„Wenn du so weiter machst, hast du am Ende nichts erreicht. Es gibt nicht nur Arbeit, Arbeit, Arbeit. Man braucht auch Freunde, Familie, Liebe. Aber das weißt du sicherlich nicht."

Als Gritt davon stöckelte, musste Jannis sich das Grinsen verkneifen. In ihrem Minirock, den Highheels und dem weitausgeschnittenem Shirt wirkte ihre Aussage ziemlich grotesk. Aber in Ordnung. Sie schrieb gute Kolumnen und nur das zählte in der Redaktion.

Jannis beschloss eine kurze Denkpause einzulegen und stand von seinem Schreibtisch auf. Vorsichtig schüttelte er seine Beine aus, die vom vielen Sitzen schon ganz steif geworden waren. Dann bewegte er sich in Richtung Kaffeeautomaten und holte aus seiner Hosentasche ein Eurostück heraus. Er warf die Münze in den Automaten und drückte auf „Kaffee/ schwarz". Sofort rumorte es in der Maschine und ein dampfender Becher wurde ihm gegeben. Jannis nahm ihn und ging hinaus auf den Balkon.

Dort stellte er sich an das Geländer, stellte den Becher neben sich auf dem Steingeländer ab und nahm seine Packung Zigaretten.

Vor vier Jahren, als Anne sich fast umgebracht hätte, hatte er mit dem Rauchen angefangen. Sie war damals für 16 Wochen in die Psychiatrie

gekommen, was ihr aber nicht wirklich geholfen hatte. Es war zwar nicht schlimmer geworden, aber eben auch nicht besser. Außerdem hatte sie sich schlicht geweigert, eine ambulante Therapie fortzuführen. Ein Glück, dass sie nicht noch einmal versucht hatte, zu sterben. Jannis glaubte, dass sie es dann vermutlich geschafft hätte. Seufzend steckte er sich die Zigarette an.

Anne saß stillschweigend auf dem Sofa und streichelte über Emilias Kopf. Diese schnurrte genüsslich und schlief fast ein. Ihr gesamter Körper war taub. Nichts, außer ihrer Hand, konnte sie bewegen. Und obwohl ihr Magen knurrte, verspürte sie keinen Hunger.

Du machst wirklich nichts anderes, als da rumzusitzen und diese Katze zu streicheln. Hast du kein Leben?

Anne hörte auf, Emilia zu streicheln und legte ihre Hände in den Schoß. Sie war auf einmal sehr aufmerksam.

„Was soll ich denn sonst machen?", fragte sie leise in die Stille hinein.

Sie hatte Mühe, ihre Stimme aufrechtzuerhalten, fühlte sich klein und schwach.

Räum auf, zeichne was. Ist mir egal. Aber wenn du so rumsitzt, siehst du einfach nutzlos und erbärmlich aus!

„Hmm", machte Anne nur.

Die Wohnung war mittlerweile nicht nur ordentlich, sondern auch sauber. Außerdem wüsste sie nicht, was sie hätte zeichnen können. Dinge fand sie dafür zu langweilig und Emilia hatte sie schon zu oft gezeichnet. Wenn sie geschlafen hatte, beim Sonnenbaden oder Gestreichelt werden.

Plötzlich hörte sie, wie die Tür geöffnet wurde. Wie durch ein Wunder, war die Taubheit von ihren Gliedmaßen gefallen und sie stand auf. Sie stellte sich vor Jannis in den Flur und fragte:

„Wie war dein Tag?"

Ihre Stimme war immer noch nicht mehr als ein Flüstern.

„Gut", antwortete Jannis. „Und deiner?"

„Hmm. Langweilig."

Sie schwiegen sich an. Jannis nahm Annes Hand, sah ihr in die Augen und lächelte. Die Tür war noch nicht geschlossen worden und Anne hatte noch vom Müllrausbringen ihre Schuhe an. Also zog er sie aus der Tür hinaus. Anne wusste gar nicht, wie ihr geschah, da standen sie schon auf dem Bürgersteig vor ihrer Wohnung.

„Was soll das?", fragte Anne ängstlich und stellte sich in den Hauseingang.

Jannis lächelte immer noch und sagte:

„Du musst mal raus. Immer nur in der Wohnung sitzen, das muss dich doch ganz krank machen."

Er zog Anne vom Eingang zu sich und sah sie an. In ihren Augen schimmerte die nackte Angst. Sie flüsterte:

„Und wenn Einer von ihnen uns sieht? Außerdem... es wird bald dunkel und ich habe Angst vor der Dunkelheit und... und..."

Fast panisch suchte Anne nach einem Ausweg. Jannis legte seinen Finger auf ihre Lippen und entgegnete:

„Anne ... Wir wohnen schon seit fast zwei Jahren hier. Ich, für meinen Teil, habe inzwischen sehr viel Vertrauen in diese Gegend gesetzt."

Anne nickte erschöpft.

„Und falls du es nicht mitbekommen hast: Es ist Ende September und gerade einmal 15 Uhr. Es wird noch lange nicht dunkel. Im Übrigen bin ich doch bei dir. Und ich weiche nicht von deiner Seite."

Anne lächelte schüchtern.

Irgendwie hat er ja Recht, mischte sie die Stimme ein. *Geh einfach mit. Ich pass auf dich auf.*

„Okay", ergab sich Anne. „Und wo willst du hin?"

„Einfach durch die Straßen laufen. Frische Luft schnappen. Etwas von den Eindrücken sammeln."

Anne nickte benommen. Gemeinsam gingen sie durch die Straßen, redeten und lachten sogar ein paar verkümmerte Lacher.

31

Die nächsten Monate vergingen für Beide auf verschiedene Weisen. Für Anne war jeder Tag wie der andere. Deshalb dachte sie, die Zeit würde nicht vergehen. Für Jannis dagegen raste die Zeit davon. Nur eines war für beide gleich. Das Leben zusammen. Mit jedem neuen Morgen wurde es schwieriger und anstrengender.

Es wurde Herbst und es wurde Winter. Weihnachten kam und ging. Das Jahr ging zu Ende, das Neue begann. Es war kein Leben in den Tagen, kein Licht am Ende zu sehen. Trotzdem ging es weiter.

Dann kam der Frühling und die Stadt blühte wieder auf. Doch so wie der Frühling das Stadtleben veränderte, so veränderte sich etwas auch im Leben und Zusammenleben von Jannis und Anne. Sein Optimismus in Bezug auf ihre Beziehung schwand mit jeder neuen Woche und jedem neuen Tag. Er schrieb viel, arbeitete noch mehr und machte Unmengen von Überstunden. Anne sagte ihm oft, dass das nicht gut für ihn sei, dass sie das störte. Doch er reagierte bloß gereizt. Nur Streiten taten sie nie. Lieber schluckten sie beide und schwiegen.

Der Frühling kam in seine Bestform. Die Sonne strahlte wie ein Weltmeister, aber in Jannis brodelte es. Er tigerte im Schlafzimmer auf und ab. Wie konnte er ihr das antun? Es würde sie zerstören, dass wusste er. Doch die Alternative war um vieles schlimmer. Wütend sah er sich um. Sie war auf ihn angewiesen, war von ihm abhängig. Er hatte immer versucht, sie auf ihre eigenen Beine zu stellen, ihr das Glücklich sein beizubringen. Es hatte nicht geklappt.

Nervös besah er sich Annes Nachttisch, auf seinem gab es nicht viel zu sehen. Er setzte sich auf das Bett und zog die eine Schublade auf. Darin war Annes Notizbuch. Eigentlich hatte er ihr versprochen, es nie anzurühren, aber sie war im Moment sowieso nicht anwesend. Also nahm er das kleine Büchlein und sah hinein. Wie lange musste sie das schon haben? Am Anfang fand er Bilder von einem jungen Mädchen, an dessen Ränder der Name „Kathleen" geschrieben wurde. Die Schrift war die eines Schreibanfängers. Viele Zeichnungen waren wieder herausradiert worden. In der Mitte des Buches trat immer wieder ein und derselbe Junge auf. Nur, dass er keine Augen hatte.

Zwischendurch traten auch andere Personen in den Vordergrund, aber Anne hatte erstaunlich oft diesen einen Jungen gezeichnet. Wenige Seiten später erkannte Jannis sich. Sie hatte mit den Augen angefangen. Auf einmal kam ihm das Bild so lebendig vor. Er sah wieder alles vor sich. Wie er Anne ansprach, weil sie weinte. Wie er ihr fleißig die Zettel schrieb. Wie er sie tröstete. Wie er sie rettete. Wie er sie beschützte und für sie die Kolumnen schrieb. Die Zeit kam ihm wie aus einer anderen Welt vor. Wie hatte er das nur vergessen können? Alle die guten und schlechten Momente. Die viele Tränen und lachenden Schluchzer. Seufzend blätterte er weiter. Da kamen Bilder von seiner Mutter, von Maik. Selbst zwei Zeichnungen von Larissa fand er. Das letzte bezeichnete Blatt war eine Zeichnung von seiner Tochter. Er kannte das Bild. Anne hatte lange dafür gebraucht. Sie war damals zwei Jahre alt gewesen. Sie hatte das Bild doch tatsächlich aufgehoben, obwohl Marisa nun schon seit sechs Jahren verschwunden war und Anne es zusetzte, an sie zu denken. Kopfschüttelnd legte Jannis das Notizbuch zurück und schloss die Schublade.

Dann sah er auf die Ablagefläche des Nachttisches. Er entdeckte das Hochzeitsfoto von sich und Anne. Wie glücklich sie auf dem Bild aussah. Sie hatten es in der Gartenlaube gemacht, kurz bevor sie sich umgezogen hatten und es zu dämmern anfing. Es stand in jeder Wohnung auf Annes Nachttisch. Jannis hatte oft beobachtet, wie sie es anstarrte, wenn sie nicht schlafen konnte. Er nahm das Bild in seine Hände und betrachtete es lange. Es war in einem Rahmen eingefasst und noch ganz glänzend. Eine einzelne Träne stahl sich aus Jannis Augen und fiel auf das Bild. Annes Gesicht war auf einmal nur noch verschwommen zu sehen.

In diesem Moment ging ein Ruck durch Jannis Körper. Er sprang auf und schleuderte das Bild an die gegenüberliegende Wand.

„Scheiße!", rief er lauthals. „Warum?!"

Aufgebracht ließ er den Scherbenhaufen liegen und stürmte aus dem Schlafzimmer ins Bad.

Dass Anne in diesem Moment nach Hause kam, bemerkte er nur am Rande.

Ein Lufthauch kam ihr entgegen, als sie in die Tür trat.
„Dir auch Hallo", flüsterte sie angespannt.
Sofort kam Emilia aus der Küche gestürmt und strich Anne um die Beine. Doch heute hatte sie nur wenig Zeit für ihre Lieblingskatze. Sie streichelte einmal kurz über ihren Kopf, brachte dann das benötigte Gemüse in die Küche und ging ins Schlafzimmer.
Als sie den Raum betrat, spürte sie eine unbändige Wut im Zimmer. Es war eine Spannung in diesem Raum anwesend. Das spürte Anne gut. Es war, als hätte sich eine Aggression in diesem Raum Luft gemacht und etwas aus dem friedlichen Bild zerstört.
Anne sah sich zitternd um und entdeckte das zerbrochene Bild. Es lag an der Wand und spiegelte die vermeintlich guten Sonnenstrahlen wieder. Fassungslos beugte Anne sich herunter. Sie war so in Gedanken, dass sie nicht mitbekam, dass es an der Haustür klingelte. Vorsichtig hockte sie sich hin und zog das Bild aus dem Scherbenhaufen. Es war eingerissen. Mitten durch Annes und Jannis' Kopf spaltete sich das Papier.
Irgendwo her kenne ich die Szene. Du auch?
Anne nickte verloren.
Und du weißt, was du damals getan hast, als ein Scherbenhaufen vor dir lag.
Wieder nickte Anne.
Warum nicht noch einmal?
Anne nahm eine Scherbe in die Hand und drückte sie zu. Vereinzelte Tränen liefen ihre Wange hinunter. Voller Wut schlug sie auf den Scherbenhaufen ein. Es tat zwar weh, aber es fing nicht an zu bluten.
In diesem Moment klopfte Jannis am Türrahmen und sagte bestimmt:
„Anne, wir müssen einmal mit dir reden."
Erschrocken sah Anne auf und ließ die Scherbe fallen.
„Was heißt ‚wir'?", fragte sie flüsternd.
„Gritt und ich. Kommst du?"

Anne nickte benommen und folgte Jannis in die Küche. Dort saß eine aufgetakelte Dame. Sie hatte dunkelbraune, wellige Haare, die ihr locker auf den Schultern lagen und dunkelrote volle Lippen. Ihre Augen glänzten hellbraun im Licht der untergehenden Sonne. Trotz dass die Frau saß, erkannte Anne, dass sie lange schlanke Beine hatte, die sie durch einen sehr kurzen Rock betonte. Sie trug hochhackige Schuhe und ein weitausgeschnittenes Shirt. Neben ihr kam Anne sich wie Aschenputtel vor. Sie trug mal wieder, wie nicht anders zu erwarten, eine Jeans, die ihr ausnahmsweise mal nicht zu groß war, und einen weiten schwarzen Pullover.

„Setzt dich bitte", bat Jannis.

Anne setzte sich gegenüber der Dame. Jannis blieb stehen, stützte sich mit beiden Händen auf den Tisch und sagte:

„Was ich dir jetzt sagen werde, fällt mir wirklich schwer, Anne, aber…"

Sie sah ihn erwartungsvoll an. Was erwartete sie nun?

„Gritt und ich… naja, sie ist … sie hat…"

Annes Augen wurden groß und schwankten zwischen Jannis und Gritt hin und her. Was versuchte er, ihr zu sagen? Gritt hob die Hand, um ihn zum Schweigen zu bringen und fuhr fort.

„Es hat sich so ergeben, dass Jannis und ich uns lieben und zusammen sein wollen. Nicht nur als Kollegen oder Freunde. Sondern richtig. In einer Wohnung."

Anne starrte sie mit offenem Mund an.

„Wirklich?", flüsterte sie verschüchtert.

Gritt nickte siegessicher. Anne sackte in sich zusammen.

„Oh…", sagte sie.

Oh? OH?! Man, was bist du denn für eine Frau? Wenn du ihn liebst, kämpf um ihn!

Anne sah Jannis an. Seine Augen glänzten. Anne vermutete, dass es die aufgeflammte Liebe zu Gritt war, die seine Augen so schimmern ließen. Abrupt stand sie auf.

„Wenn du es so willst", sagte sie mit zitternder Stimme. „Ich kann sowieso nichts dagegen tun."

Mit diesen Worten ging sie aus dem Zimmer, setzte sich zu Emilia auf den Boden und blendete die Realität einfach aus. Alles, was Jannis und Gritt ihr nun sagten, hörte sie ganz einfach nicht. Sie achtete nur auf das Atmen und Schnurren ihrer Katze. Als sie wieder aufsah, war es bereits dunkel und die Wohnung lag verlassen da. Erschöpft zog sie sich um und ging zu Bett. Das erste Mal seit 12 oder 13 Jahren lag Anne alleine in einem Bett. Um es sich erträglich zu machen, stellte sie sich einfach vor, dass Jannis noch diese eine Nacht bei ihr war, sie umarmte, ihr eine gute Nacht wünschte und sie in seinem Arm einschlief. Es half.

Die nächsten Tage und Wochen vergingen. Sie kamen und gingen. Die Sonne ging auf und sie ging auch wieder unter. Stundenlang saß Anne in ihrer Wohnung. Am Anfang lebte Anne in einer anderen Realität. Sie träumte sich fort von ihren Problemen. Jannis war zwar nicht mehr bei ihr, stand nicht mehr neben ihr, hielt sie nicht, wenn sie fiel. Doch ihr Verstand war verschlossen.
Wenn Anne die Augen schloss, sah sie schreckliche Bilder. Schreckliche Bilder, die sie seit langer Zeit eigentlich unterdrückt hatte. Bilder aus einer Zeit, die sie vergessen wollte.

32

Vorsichtig trat das junge Mädchen aus dem Klassenraum. Alle Mädchen liefen an ihr vorbei, lachten und redeten. Niemand achtete auf sie. Niemand sah sie an. Noch nie zuvor hatte sie sich so einsam gefühlt. Sie war so abwesend in den letzten Wochen gewesen. So ohne Halt durch den Tag getaumelt. Hatte die Realität nicht wahrgenommen. Eben in Mathe war sie knallhart auf den Boden der Tatsachen aufgeprallt. Eine 6. Die dritte in zwei Fächern. Ihr Vater würde sie umbringen. Schmerzhaft und leidend. Bestrafung. Sie weinte stille Tränen und ging langsam aus dem Gebäude raus. Die Sonne schien. Wie unwirklich ihr das vorkam. Ihre Welt war stehen geblieben. Nichts bewegte sich. Traurig setzte sie sich auf die Stufen der Schule und dachte nach. Was wollte sie jetzt tun? Würde sie nach Hause gehen, wäre nichts mehr wie zuvor. Ihr Vater würde ausrasten. Mal wieder. Würde sie schlagen, sie treten, sie beschimpfen und sonst was mit ihr anstellen. Und niemand könnte ihn aufhalten, denn er war ja der oberste Herr. Nichts, was er tat, war verboten oder unmoralisch. Seine Töchter mussten alles am besten können. Die Hübschesten sein, talentiert, intelligent und keine Träumer, wie ihr Vater es immer sagte.

Abrupt stand das Mädchen auf und lief in die Schule. Sie hatte einen Entschluss gefasst. Es musste endlich Schluss sein mit den Bestrafungen, mit der Kaltblütigkeit und der Emotionslosigkeit. Es musste endlich Schluss sein mit ihrem erbärmlichen Leben.

Sie hatten 15 Erste-Hilfe-Kästen und jedem einzelnen davon befanden sich mindestens zwei bis drei Tablettenschachteln. Kopfschmerztabletten. Welche gegen Übelkeit. Welche gegen Regelschmerzen. So etwas. Und in wenigen Räumen waren auch Allergietabletten enthalten.

Schnell lief sie jeden Raum ab und suchte nach den Pillen. Sie steckte die Packungen in ihren Rucksack und rannte, als sie alle Packungen gesammelt hatte, in eine der Toilettenräume. Die Schule war wie ausgestorben. Niemand würde sie je finden. Erst morgen früh, wenn die erste Schülerin auf die Toilette musste.

Eigentlich war das für sie eine ziemlich komische Vorstellung. So tot, so kalt und leblos auf dem Boden der Kabine zu liegen. Trotzdem drückte sie jede einzelne Tablette auf den Boden und schob sie zu einem Haufen zusammen. Dann nahm sie ihre Wasserflasche und begann zu schlucken. Irgendwann wurde alles zu viel im Mund, sie schluckte, kaute und schluckte noch mehr. Unterdrückte den Würgereiz.

Nach einer Weile wurde alles um sie herum schwarz und sie fiel auf die kalten Steine. In diesem Moment wusste sie, dass sie starb.

33

So viele Wochen waren vergangen. Mittlerweile war es Mai geworden und Anne lebte in einem unsäglichen Zustand. Ihr Kopf dröhnte unendlich. Ihre Arme und Handgelenke brannten. Ihre Augen waren verklebt als sie den Kopf vom Küchentisch hob, an dem sie saß. Emilia sprang auf die Tischplatte und begann um Annes Kopf zu schleichen. Sie schnurrte und maute. Langsam drang Emilias zartes Katzenstimmchen in ihr Gedächtnis. Sie hob die Hand und streichelte sie zärtlich. Gerade als sie aufstehen wollte, um sie zu füttern, vernebelte sich ihr Blick. Ihre Beine gaben nach. Sie knickte ein und kniete auf den kalten Fliesen in der Küche. Emilia sprang zu ihr hinunter.

Plötzlich musste Anne anfangen zu weinen. Ihr ganzer Körper schüttelte sich und sie musste sich beherrschen, nicht laut aufzuschreien. Der Boden unter ihr schwankte. Sie merkte, wie sie zur Seite kippte. Die Fliesen waren kalt und hart. Genauso wie ihr Innerstes. Gnadenlos. Bereit, etwas kaputt zu machen. Mit Wodka und Rum hatte sie versucht, ihre Gedanken wegzuspülen. Vergebens mit Blut und Klinge versucht, dem Schmerz zu entkommen. Sie fühlte sich, als wäre sie in einer anderen, unwirklichen Welt gefangen. Einer Welt am Ende der Wirklichkeit.

Schwerfällig rappelte Anne sich hoch und stützte sich am Küchentisch ab. Um sie herum versank alles im Chaos. Überall lagen Flaschen und Geschirr. Die meisten Teller noch bedeckt mit nichtgegessenen Nahrungsmitteln. Sie fühlte sich viel zu schlapp, um Ordnung zu schaffen. Der letzte Abend war ein reiner Schock gewesen. Die Illusion, dass Jannis noch immer bei ihr war, war immer eine Zeit lang geblieben. Der Alkohol, die Schnitte und ihre Angst hatten diese Illusion aufrechterhalten. Je mehr sie trank, desto intensiver war die Vorstellung. Doch letzte Nacht, am vorherigen Abend, hatte kein Schnitt und Schluck Jannis zu ihr bringen können.

„Es war nur eine Lüge!", schrie Anne in die Stille.

Ihre Katze fauchte und schoss aus dem Zimmer. Der Tränenfluss hörte nicht auf. Sie fühlte sich betrogen und belogen. Ausgenutzt. Doch am

meisten schmerzte es ihr, dass Jannis ihr geschworen hatte, auf sie aufzupassen und immer für sie da zu sein. Natürlich sah diese Gritt besser aus als Anne. Diese dunkelbraunen welligen Haare. Der kurvenreiche Körper. Die langen Beine. Ihre Oberweite. Es war klar, dass ein Mann sie sexy fand. Doch warum Jannis? Wo er doch noch wenige Tage vor ihrer Trennung gesagt hatte, er würde nur Anne lieben. Seine Bemühungen, sie zum Lachen zu bringen. Sein Lachen, wenn sie, tollpatschig wie sie war, etwas fallen ließ. Sein Herz, das Anne spürte, tief in der Nacht, wenn sie auf seiner Brust lag und nicht einschlafen konnte. Seine weichen, warmen Hände, die die ihren nahmen und kläglich versuchten, sie zu wärmen. Sein verlegenes Grinsen, wenn er etwas vergessen hatte, zu erledigen. Sein Atem in ihrem Nacken, wenn er sie sanft von hinten mit seinen Armen umschlang und minutenlang festhielt. Seine Worte, die sie beruhigen sollten, wenn die Angst zu groß und übermächtig wurde. War alles nur gelogen? War es ihm, schlussendlich, egal, wie es ihr ging? Anne konnte und wollte es sich nicht vorstellen.

Entschlossen stellte Anne sich gerade hin und versuchte, relativ sicher auf die andere Seite der Küche zu gelangen. Dort stand das Katzenfutter. Doch ihr war schwindlig vom Denken und der Alkohol wirkte noch nach. Deshalb torkelte sie ziemlich und stürzte. Nur kam niemand, um ihr aufzuhelfen und genau das verdeutlichte ihr ihre Situation. Da war niemand mehr, der ihr half, sie stützte und hielt. Kein Jannis, keine Schwester, keine Gemeinde, niemand. Doch bevor sie dorthin zurückkehren würde, müssten noch Jahrzehnte vergehen. Lieber würde sie sterben.

Ein Ruck ging durch Annes Körper. Wie in Trance stand sie auf und füllte den roten Napf mit Katzenfutter. Dann nahm sie einen Zettel, einen Stift und ihren Schlüssel und verließ die Küche. Kurz bevor sie die Wohnung endgültig hinter sich ließ, schrieb sie einen kurzen Brief an ihre Nachbarin, indem sie sie bat, sich um ihre Katze zu kümmern – sie würde ein paar Tage nicht da sein. Wenn Frau Brotkopf dann merkte, dass Anne nicht wiederkommen würde, würde sie sich

sicherlich ganz um Emilia kümmern. Schließlich hatte sie selbst zwei Katzen – Charly und Brown.

Noch einmal tief durchatmen und schon schloss Anne die Haustür hinter sich. Ein letzter Blick auf die Türklingel. „A&J Rohde". In ein paar Wochen würde dieses Schild wieder weiß sein. Diese Zeit war vorbei.

Schwer seufzend klingelte sie bei Frau Brotkopf. Sie wartete, doch niemand öffnete ihr die Tür. Also lief sie die Treppen hinunter zu den Briefkästen und warf den Zettel samt Schlüssel in den Kasten ihrer Nachbarin.

Auf dem Weg in die Innenstadt verdunkelte sich der Himmel. Wo eben noch die Sonne auf lichthungrige Gesichter schien, tropften nun dicke Tropfen auf den grauen Asphalt. Grau in Grau. Schwarz in Schwarz. Es war ein typisches Aprilgewitter, wobei es doch schon Mitte Mai war. Auf Annes Wangen glänzten Tränen.

Feigling, sagte etwas in ihrem Kopf. *Renn davon. Das kannst du ja so gut.*

Es war nicht die typische Stimme, die sie aufmunterte. Es waren immer andere. Anne wusste sie nicht einzuordnen. Sie waren einfach da. Eine oder zwei von ihnen mochte Anne sogar. Sie schafften es, dass ihre Mundwinkel sich leicht nach oben zogen und sie weiterkämpfte. Doch heute blieben sie stumm. Heute hagelte es nur Kritik.

Ein Schluchzer stahl sich aus Annes Kehle. An der Veranstaltungshalle der Stadt stieg sie aus. Der Regen wurde schlimmer. Noch ein paar Meter ging sie. Die rote Ampel übersah sie geflissentlich. Es hätte sie nicht gestört, hätte man sie überfahren. Das Ziel würde sie damit auch erreichen. Immer schneller wurden ihre Schritte. Sie spürte, wie der Mut sie verließ. Wie aus der Wut Trauer wurde. Und Angst. Riesige Angst. Doch genau das wollte sie nicht mehr. Sie wollte, dass die Angst und die Einsamkeit aufhörten.

Ihr Bewusstsein verschwamm. Sie schlüpfte in die offene Haustür, von der sie nicht wusste, wer sie hatte offenstehen lassen. Sie nahm zwei Stufen auf einmal, stieg alle Stockwerke hinauf. Vielleicht waren es

zehn. Vielleicht weniger, vielleicht mehr. Ihr Atem ging schwer. Ihr Herz raste. Oben auf dem Gebäude war der Wind schärfer und die Tropfen kälter. Doch Anne konnte schon am Horizont erkennen, dass die Sonne wieder durch die Wolken brach. Die Luft roch nass und schwer. In schwindelerregender Höhe stand Anne auf dem Rand des Daches und blickte hinab. Keiner der Passanten, die dort hinüberliefen, sich mit Regenschirmen und Kapuzen beschützend, nahm von ihr Notiz. Langsam schob sie sich immer weiter vor, bis ihre nackten Füße über den Rand des Hauses hinüber kamen. Die Schuhe hatte sie in der Wohnung vergessen. Ihr Herz schlug immer schneller. *Bitte spring nicht,* bat eine leise Stimme in ihr. Sie hatte sich wochenlang nicht gemeldet. *Wir wissen beide, dass das nichts bringt.* ‚Verschwinde', war das Letzte, das Anne dachte bevor sie sich mit einem kräftigen Ruck vom Haus stürzte und fiel.

TEIL 4 ENDE

Epilog

Jannis traute seinen Augen nicht. Wie hatte er das wissen sollen? Wie hätte er ahnen sollen, dass sie bereit war, das wirklich noch einmal zu versuchen? Er konnte das einfach nicht fassen. Er war so naiv gewesen. Hatte sie eigentlich beschützen wollen. Das war dann wohl kräftig danebengegangen.

Nun stand er also hier. Vor ihm das Grab seiner Frau, von der er sich hatte trennen wollen. Was war nur schief gegangen? Immer wieder las er die Inschrift.

Anne Rohde, geb. Röckitz

*13.02.1980

†12.05.2010

Nur 30 war sie geworden. Ob sie in der Gemeinde älter geworden wäre? Ob sie alt geworden wäre? Mit Kindern? Wo war Marisa? Was war mit ihr geschehen? Anscheinend hatte Anne dieses Geheimnis mit ins Grab genommen und er musste damit zurechtkommen. Wie er das schaffen wollte, war ihm noch nicht bewusst.

Danksagung

Ein riesengroßer Dank geht an meine Familie und Freunde, an alle, die immer an mich und meine Zukunft geglaubt haben. Danke an meine Mutter, die mir bei jeder Schreibblockade einen Tee brachte. Danke an die vielen Menschen, die beim Weitermachen und Recherchieren geholfen haben.

Auch einen großen Dank erhält mein kleiner Bruder, dem ich ein paar Szenen vorlesen durfte, ebenso wie Sabrina R. und Leena K.

Eine kleine Entschuldigung geht an meine Lehrer, die an meiner Eigenart, im Unterricht an meinen Büchern zu arbeiten, verzweifelt sind. DANKE
, dass Sie mich trotzdem bis zum Ende begleitet haben.

Herstellung und Verlag:
BoD-Books on Demand, Norderstedt
ISBN: 978-3-7347-9622-7